SERÁ QUE É O MEU NÚMERO?

If the shoe fits
Copyright © 2021 by Disney Enterprises, Inc.
© 2022 by Universo dos Livros

Todos os direitos reservados e protegidos pela Lei 9.610 de 19/02/1998.
Nenhuma parte deste livro, sem autorização prévia por escrito da editora, poderá ser reproduzida ou transmitida sejam quais forem os meios empregados: eletrônicos, mecânicos, fotográficos, gravação ou quaisquer outros.

Diretor editorial
Luis Matos

Gerente editorial
Marcia Batista

Assistentes editoriais
Letícia Nakamura
Raquel F. Abranches

Tradução
Marcia Men

Preparação
Aline Graça

Revisão
Carlos César da Silva
Marina Constantino

Arte
Renato Klisman

Dados Internacionais de Catalogação na Publicação (CIP)
Angélica Ilacqua CRB-8/7057

M96s

    Murphy, Julie
       Será que é o meu número? : uma história moderna da Cinderela / Julie Murphy ; tradução de Marcia Men.
       –– São Paulo : Universo dos Livros, 2022.
       304 p.

    ISBN 978-65-5609-198-3
    Título original: *If the shoe fits*

    1. Ficção norte-americana
    I. Título II. Men, Marcia III. Série

22-1387   CDD 813

Universo dos Livros Editora Ltda.
Avenida Ordem e Progresso, 157 — 8º andar — Conj. 803
CEP 01141-030 — Barra Funda — São Paulo/SP
Telefone/Fax: (11) 3392-3336
www.universodoslivros.com.br
e-mail: editor@universodoslivros.com.br
Siga-nos no Twitter: @univdoslivros

JULIE MURPHY

SERÁ QUE É O MEU NÚMERO?

São Paulo
2022

Grupo Editorial
UNIVERSO DOS **LIVROS**

Para Ian, mon petit chou

PRÓLOGO

— Era uma vez... — disse baixinho para si mesma Cindy, uma criança rechonchuda de dez anos, cabelos dourados presos num rabo de cavalo cheio de grumos e bochechas coradas e quentes, enquanto esperava na varanda da frente da casa, o queixo repousando no joelho com um Band-Aid de emoji de cocô estendido por cima da casquinha de um machucado especialmente feio. — Uma moça que esperava pelo Príncipe Encantado trazendo a carga mais preciosa, torcendo para que, se ele chegasse atrasado, pelo menos fosse atrasado o bastante para que a pizza fosse gratuita, graças à Garantia de Entrega Rápida da Marco's.

Cindy sonhava com muitas coisas, mas no topo da lista estava a esperança de que um dia conseguiria fazer valer essa garantia e enfim teria uma pizza gratuita. Ela tinha chegado perto muitas vezes, mas a vitória sempre lhe escapava.

Um Toyota Yaris branco coberto de adesivos que diziam coisas como JESUS ESTÁ CHEGANDO, DISFARÇA e MEU OUTRO CARRO É UMA TARDIS encostou depressa, os pneus cantaram até parar e um adolescente esguio com uma camiseta desbotada da Marco's saiu tropeçando com uma pizza na mão.

— Já estava na hora! — disse Cindy, levantando de um salto. — Você estava a isso aqui de me dar uma pizza grátis, Blake!

Ao som de seu nome, Blake tropeçou no meio-fio, a caixa de pizza quase levantando voo.

Cindy não conteve uma careta de leve ao pensar na pizza aterrissando com o recheio para baixo na calçada.

— Eu consegui? — perguntou Blake, entre arfadas.

Ela conferiu seu celular e então o levantou para ele visse a hora.

— Por pouco — disse ela, enquanto entregava a nota novinha de vinte que seu pai lhe dera.

Blake chacoalhou a cabeça.

— Você vai receber aquela pizza grátis um dia desses, Cindy.

As bochechas de Cindy coraram, quentes. Ele se lembrava do nome dela. O adolescente bonitinho e muito mais velho que ela se lembrava *do nome dela*. E a pizza grátis? Bem, isso acabaria acontecendo. Era o destino, afinal. Pizza era sempre coisa do destino.

Ela ficou ali de pé com a caixa quente nos braços enquanto o carro dele descia a rua e, assim que ele desapareceu no horizonte nebuloso de Burbank, correu de volta para casa.

— Pai! A pizza chegou!

Cindy e seu pai, cuja única religião era a Noite da Pizza às Quintas, sentaram-se na sala de estar, onde comeram diretamente da caixa. O lulu da pomerânia dos dois, Mac, dava voltas em torno da mesinha de centro fungando na esperança de um pepperoni caído.

Mac era três anos mais velho que Cindy e havia sobrevivido milagrosamente a toda complicação médica possível, a tal ponto que Simon, o pai de Cindy, brincava que o cachorro talvez fosse viver mais do que ele. Mac fora uma oferenda de paz do pai de Cindy para a mãe dela após uma divergência sobre querer filhos ou não. A mãe de Cindy, Ilene, estava pronta para isso; e o pai dela, não. Um cachorro, no final, não era a melhor coisa a se oferecer à esposa quando o alarme do relógio biológico dela está soando. Simon descobriu seu erro na manhã seguinte, quando viu que Mac não apenas havia despedaçado seus mocassins favoritos, como também precisaria de um procedimento bem caro para extrair pedaços dos sapatos dos intestinos. Pelo menos uma criança tinha menos probabilidade de comer seus sapatos.

Enfrentaram dois abortos espontâneos e três anos de tentativas, mas, no final, eles conseguiram seu milagre. Cindy Eleanor Woods. Até o Rei Mac a recebeu de patas abertas. *Era o destino,* jurou Simon quando Ilene segurou Cindy pela primeira vez. E apesar dos anos de decepção e dor, Ilene não pôde deixar de concordar.

Cindy adorava ouvir essa história. Ela sabia que provavelmente era doloroso para o pai em vários sentidos, mas adorava ouvir qualquer lembrança que ela mesma não tivessse sobre a mãe — fosse porque era jovem demais para se lembrar, ou simplesmente porque havia acontecido antes de sua época. Eram pedras preciosas surpresa para Cindy desencavar. Como se a mãe ainda estivesse viva em alguma realidade, criando novas memórias para serem conservadas.

— Cindy, meu bem — disse o pai, enquanto lhe entregava um guardanapo. — Eu... eu tenho algo importante para falar com você.

— Tudo bem — disse ela, sem hesitação. Adultos sempre diziam *importante* quando queriam dizer *triste*.

— Primeiro, quero que você saiba que a amo muito. — Ele meneou a cabeça e riu para si mesmo. — Se a sua mãe estivesse aqui, diria que eu pareço um daqueles programas vespertinos especiais.

Cindy se remexeu, desconfortável, um sorriso triste mas encorajador implorando a ele para que terminasse logo com isso.

— Eu amo a gente — disse ele. — Amo a vida que construímos juntos, mesmo que não seja como sempre imaginei que seria. E não quero que você pense que isso tem algo a ver com tentar substituir a nossa vida... ou substituir sua mãe. Ninguém poderia substituí-la. Eu sei disso muito bem.

— Papai, apenas diga. Está tudo bem. Apenas diga logo, por favor — implorou ela, lembrando-se do medo que sentia quando o pai ficava tão chateado sobre a mãe dela que mal conseguia soltar as palavras. Ela sabia que sua mãe havia partido, e tudo o que queria era que a notícia viesse logo. Arrancar depressa, como se fosse um curativo.

— Conheci uma pessoa. Uma pessoa de quem gosto muito.

Cindy assentiu enquanto passava um pedaço de massa escondido para Mac, que prontamente cuspiu fora ao perceber que não era pepperoni.

— Como assim você conheceu alguém? Tipo, na loja?

— Eu... eu estou namorando. E é bem sério, na verdade. — Simon deu uma risadinha, como se isso surpreendesse até ele mesmo. — Ela tem duas filhas mais ou menos da sua idade. Acho que vocês três podem se dar muito bem. Se... se as coisas derem certo, você teria as irmãs que sempre quis.

O desconforto borbulhou na barriga de Cindy. Ela sempre *quisera* uma ou duas irmãs, mas isso foi quando sua mãe ainda estava viva para tornar esse sonho realidade.

— Eu estava pensando que talvez pudéssemos todos nos reunir para jantar em breve — disse ele.

— Aqui? — perguntou Cindy, olhando de relance para a cozinha, onde podia se lembrar tão facilmente da mãe e do pai cozinhando, brigando, dançando e fazendo todas as coisas que faziam dessa casinha um lar.

— Bom, não — respondeu ele, observando o olhar de Cindy. — Não, se você não quiser. Talvez pudéssemos começar num terreno neutro. Quem sabe aquele minigolfe no fim da rua, com o ótimo *food truck* de tacos?

Cindy assentiu. Ao longo de tudo, o pai havia sido o seu pilar. Ela sabia que ele merecia alguém em quem se apoiar também, mas a ideia de ele estar com outra pessoa... abraçando, beijando, rindo, seguindo em frente... Tudo isso queria dizer uma coisa: a mãe dela realmente havia partido.

— Nós iremos devagar — explicou ele, vendo toda hesitação e ansiedade franzindo o cenho dela. — E não importa o que aconteça, sempre teremos um ao outro. Qualquer outra pessoa que entre na nossa vida será apenas a cereja no topo.

Cindy sorriu.

— Eu gosto disso. A cereja no topo.

Ela não pôde evitar se perguntar sobre as potenciais irmãs. Será que eram bonitas? Inteligentes? Magras? Engraçadas? Malvadas? Cindy olhou para baixo, para sua barriga arredondada e os pijamas que não combinavam. Será que gostariam dela? Cindy era meio que solitária. Fazia parte de seu DNA de filha única.

Simon se recostou na poltrona com um livro surrado na mão e Mac em seu colo, deixando o controle remoto para Cindy. Ela surfou entre os canais até uma fileira de mulheres reluzentes chamar sua atenção. Parecia um concurso de beleza, mas essas mulheres não estavam no palco. Estavam na frente de um imenso *château* branco que lembrava mais um castelo do que uma casa, com uma escadaria estonteante levando à massiva porta de entrada e dois torreões, um de cada lado.

Cada mulher trajava um admirável vestido de festa combinando com sapatos de salto alto perfeitos que faziam com que suas pernas parecessem não acabar nunca. Havia barras franzidas e sapatos com aplicações, alguns com tiras que subiam pelos tornozelos como sapatilhas de balé e outros que eram esguios e discretos do mesmo jeito que um carro esportivo consegue ser.

Um homem com cabelos pretos e ondulados num smoking bem passado postou-se na frente das mulheres e encarou a câmera.

— Boa noite e bem-vindos ao episódio de estreia de *Antes da meia-noite*. Sou seu apresentador, Chad Winkle. Nesta noite, tenho o orgulho de apresentar um experimento social inovador, conduzido pela revolucionária produtora Erica Tremaine.

Simon levantou a cabeça enquanto Chad continuava.

— Vinte e quatro mulheres e um excelente partido solteiro. Será que eles encontrarão o amor antes que o relógio bata meia-noite? Fiquem ligados.

A câmera passou pela fileira de mulheres, ostentando mais uma vez o arco-íris de sapatos e vestidos, e Cindy, que estava absolutamente enfeitiçada, ofegou:

— Todos esses sapatos!

Simon abaixou o livro, perplexo.

— Como elas se equilibram nessas coisas? Algumas delas parecem ter facas amarradas nos pés.

— Que lindezas!

Simon riu.

— Não tão lindas quanto você.

Ela ficou boquiaberta, fingindo desgosto, mas as bochechas rosadas não conseguiam mentir.

— Aff, pai! Eu estava falando dos sapatos.

— Quando eu a conheci, sua mãe tinha um armário cheio de sapatos que nunca usava — disse ele. — Ela dizia que gostava da ideia deles.

— O quê? — perguntou Cindy. — Do que você está falando? Os únicos sapatos chiques que a mamãe tinha eram aqueles azuis, do casamento de vocês.

Os sapatos de salto de cetim com a ponta fina tinham sido tingidos no tom perfeito de azul para o dia do casamento, mas, depois de alguns anos, haviam desbotado para um branco-azulado suave. Cindy os mantinha guardados debaixo da cama na caixa em que vieram, junto com o medalhão da mãe, escondido na parte da frente de um dos sapatos para mantê-lo a salvo.

— Ela os usou para entrar na igreja e os tirou assim que a cerimônia começou. — Simon abriu um sorriso amplo. — Sua avó não ficou nada feliz.

Cindy não sabia muito sobre os avós, exceto o fato de que, do lado materno, eles eram bem formais e achavam que Simon estava roubando a filha deles do estilo de vida confortável que ela merecia.

— Mas ela também tinha uma porção de sapatos chiques para trabalhar que havia guardado.

Cindy girou para ficar de frente para a televisão.

— Se eu tivesse permissão para usar sapatos de salto alto, eu os usaria todos os dias, mesmo que fosse para usar nas mãos.

Simon resfolegou.

— Ainda bem que você não pode usar saltos altos.

— Algum dia — falou Cindy, sua atenção se desviando do pai de volta para as mulheres deslumbrantes na tela da TV. — Algum dia.

CAPÍTULO UM

— Tá, espera — digo. — Dessa vez, eu sento na mala e você tenta fechar. Além do mais, sou maior do que você, e muito.

Sierra estende um braço para mim com um suspiro e eu a puxo para ficar de pé.

— Cin, já fizemos três viagens para a agência do correio para enviar sapatos para casa. Não brigue com o mensageiro aqui, mas... talvez você tenha que deixar alguns...

— Não! Nem diga isso, S! — Eu me largo em cima do baú com um beicinho derrotado. — Por acaso é um crime amar sapatos tanto assim? — pergunto.

Soa materialista, eu sei, mas cada um desses pares de sapatos representa um momento para mim: um par para o qual poupei; um par que comprei para ir a um encontro. Para um casamento. Para um funeral... E até alguns pares que eu mesma criei. Sapatos não são apenas uma obsessão para mim, são o trabalho da minha vida. Ou eram, pelo menos.

Sierra se agacha e tenta mais uma vez cerrar os fechos antes de olhar para mim, as espessas sobrancelhas pretas franzidas.

— Pode me dizer a verdade, doutora — digo.

— Três pares — diz ela. — Se você conseguir deixar três pares, talvez ainda consiga chegar ao aeroporto a tempo e não perder o voo. E antes que eu comece a ouvir somente um pio sobre pegar o próximo voo, você não pode pagar pela taxa de remarcação.

As palavras *pagar* e *taxa* transformam minha coluna numa barra firme.

— Certo, certo, certo.

Levanto-me e abro a mala, deslizando os dedos sobre cada salto agulha, anabela e tênis. Cada tira, fita, tachinha e pedra. Cada um desses sapatos tem uma história para mim. Não é como se eu simplesmente tivesse entrado numa Saks e comprado meu primeiro par de Manolo Blahniks a preço cheio. Foram anos vasculhando porões de liquidações, eBay, Poshmark e até o craigslist em busca de tudo, desde Steve Madden até LuMac, passando pelos Gucci. E alguns desses exemplares são ainda mais preciosos. Alguns deles são únicos. Originais da Cindy.

Entrego a Sierra meu par Kate Spade de couro legítimo vermelho com salto gatinho.

— Você sempre gostou desse — falo a ela. — E, de verdade, eu deveria ter comprado um tamanho maior para mim.

Ela os segura junto ao peito, os olhos começando a se encher de lágrimas.

— Eu não deveria — diz Sierra —, mas vou.

Eu rio e talvez até chore um pouco. Quando papai morreu no meu último ano de ensino médio, eu não podia imaginar o que o futuro me reservava, ou sequer se eu teria algum futuro que valesse a pena. Quase desisti de vir para Nova York, planejando apenas frequentar algumas aulas na faculdade comunitária até descobrir qual seria meu próximo passo. Tudo o que eu queria era algo que me parecesse familiar ou me lembrasse de meu pai, mas a única família que eu tinha eram minha madrasta e minhas meias-irmãs. E aí conheci Sierra — essa garota naturalmente descolada vinda de uma família grega enorme capaz de encontrar algo em comum com praticamente todo mundo. Se não fosse por Sierra, eu jamais teria me dado bem em Nova York. Não acredito em destino, mas, se acreditasse, ter Sierra como minha colega de quarto quando era caloura seria a coisa mais próxima disso que eu poderia imaginar. Agora, com a formatura tendo ocorrido na semana passada, Sierra é minha família, e ela é do tipo que escolhi. Segundo meu pai, a família que você escolhe é tão importante quanto aquela em que você nasce. Se, depois de quatro anos na Parsons School of Design, Sierra for a melhor coisa que levarei de lá, já terá valido a pena. (E depois do desastre que foi meu último semestre, pode muito bem ser o caso.)

Enfio meus chinelos Balenciaga e meus mocassins preferidos da Target na bolsa e fecho o baú. (Ei, eu não sou toda pretensiosa.)

Meu telefone vibra com um alerta.

— Meu Uber chegou. — Inspirando profundamente, tento sugar de volta para dentro cada lágrima que pretende escapar. — Certo, então é isso — digo a Sierra.

Puxo-a contra mim num abraço apertado.

— Eu te amo, te amo, te amo. — Nós duas dizemos, sem parar.

— Chamada de vídeo todo dia — diz ela.

— Duas vezes por dia — prometo.

— E isso não é para sempre, tá? — exige Sierra, desesperadamente.

Ela vai ficar em Nova York. Seu estágio virou um emprego de meio período como assistente da assistente da principal compradora de roupas esportivas femininas da Macy's. Quando não está fazendo isso, ela ataca de barista para conseguir pagar as contas. Pode não parecer muita coisa, mas são planos maiores do que os que consegui reunir enquanto eu falhava completamente, mal conseguindo chegar até a formatura.

Concordo, movendo a cabeça junto ao ombro dela, incapaz de dizer algo sem chorar.

— Temos apenas que descobrir quais são nossos próximos passos. Esse negócio de ser babá é apenas para você conseguir se reerguer. Algo temporário.

— Temporário.

Trocamos mais um adeus choroso depois de colocar meu baú, duas malas e a bagagem de mão no carro, e então me vou.

— JFK? — confirma o motorista, enquanto digita na tela do celular com outro telefone preso entre o ombro e a orelha.

Faço um sinal de positivo e partimos. Tenho vontade de implorar a ele para ir mais devagar para que eu possa me despedir adequadamente desta cidade e de todos os meus lugares. A estação de trem na rua 28. Meu mercadinho. O gato do meu mercadinho. Meu lugar favorito de frango peruano. Aquela tela gigante do Madison Square Garden, sempre piscando. Minha loja coreana de cosméticos preferida, com todas as melhores máscaras faciais. Mas, assim como tanta coisa nos últimos quatro anos, tudo passa num borrão e, antes que eu me dê conta, estou esperando para embarcar com trinta minutos de sobra.

Corro para a banca em frente ao meu portão de embarque para comprar algumas revistas, mas as únicas disponíveis têm várias Kardashians e Sabrina Parker, então pego três miniglobos de neve para os trigêmeos e uma garrafa de água. Rondando em torno do portão está um grupo de homens de calças sociais e paletó, como se alguém pudesse tentar roubar seus lugares na classe executiva se eles não chegarem lá primeiro. Minha madrasta, Erica, enviou dinheiro suficiente para um upgrade para a primeira classe. Era para ser um presente de formatura, mas, em vez disso, usei o dinheiro para enviar a maior parte da minha coleção de sapatos para o outro lado do país. Erica provavelmente teria pagado por isso também, mas não existe um manual de como cultivar um relacionamento com sua madrasta e pedir dinheiro a ela depois da morte súbita do seu pai.

Depois que papai morreu, passei seis meses morando com minha madrasta e minhas meias-irmãs. Apesar de termos nos mudado para a casa de Erica quando ela e papai se casaram no verão anterior ao meu primeiro ano do ensino médio, aqueles seis meses depois que ele morreu me deram a sensação de ter sido largada na vida de outra pessoa. Erica e suas filhas, Anna e Drew, sabiam como existir sem o papai. Eu... não. Depois que parti para a faculdade, Erica começou a construir uma nova casa que finalmente ficou pronta no ano passado. O único lugar em que me sinto em casa é o apartamento que acabei de deixar.

Meu telefone toca e espero que seja Sierra, já conferindo como estou, mas não é ela.

— Oi — digo.

— Querida — cantarola Erica. — Você conseguiu passar pela segurança direitinho? Temos que cadastrar você no CLEAR. A pré-verificação com a TSA está quase sempre mais lotada do que a fila comum da TSA hoje em dia.

— Eu não voo tanto assim — digo.

— Os trigêmeos estão agitadíssimos esperando por você. Dá para acreditar que vão fazer quatro anos esse verão? Vou mandar meu motorista buscá-la.

— Posso chamar um Uber — falo, enquanto atravesso cuidadosamente um agrupamento de adolescentes de ensino médio em viagem. — Com licença... — Oscilo antes de perder o equilíbrio e me segurar no descanso de braço de uma pessoa aleatória.

Uma mão segura meu braço, me estabilizando e, quando levanto os olhos, estou praticamente no colo de um cara que podia ser dublê do Príncipe Encantado. Cabelo escuro e olhos de um castanho profundo com flocos de âmbar e a pele ligeiramente amendoada. Nossos olhares travam um no outro, congelados por um momento.

— Um Uber! — Erica estremece. — O novo ponto de saída de aplicativos no aeroporto de Los Angeles é um desastre absoluto. Uma regressão real na evolução. Eu insisto...

— Oi, Erica? Desculpe, tenho que ir.

Empurro-me para ficar em pé enquanto o calor se acende em minhas bochechas.

— Desculpe, sinto muito mesmo — digo ao Príncipe Encantado.

Ele sorri de volta e seus dentes são tão brancos que podiam ser coisa de Photoshop, tirando o fato de que esta é a vida real.

— Aaaah! — Ele finge gritar, baixinho. — Não pise na lava!

Minhas sobrancelhas se franzem enquanto tento entender o que ele está falando.

O sorriso dele desaparece.

— Lava, sabe? Tipo quando a gente era criança? O chão é lava! Pule de uma almofada para a outra!

— Aaaaah, sim! Sei, sim, é, eu era mais chegada em livros, acho...

— Eu leio — diz ele, imediatamente.

— Não, não, eu não quis dizer que você não lia — falo, tentando me recuperar.

— Embarque autorizado para o grupo A — anuncia o agente no portão, em meio à estática do interfone.

O Príncipe Encantado se levanta, e é claro que ele também é alto.

— Minha vez. Hum, com licença.

Eu me viro para trás.

— Cuidado com a lava! — grito, enquanto ele dá a volta em torno da fileira de assentos para o lugar em que o restante dos passageiros de primeira classe estão enfileirados.

— Cuidado com a lava? — repito para mim mesma.

Atrás de mim, um grupo de adolescentes ri.

— Muito sutil — diz uma garota branca com cachos castanhos espessos presos num rabo de cavalo.

— Dá pra parar? — disparo de volta enquanto me arrasto pelo corredor e espero pelo meu grupo de embarque.

Sinto-me mal de imediato por ser uma solteirona ranzinza. Adolescentes malvadas e interações constrangedoras com Príncipes Encantados de carne e osso. Algumas coisas não mudam nunca.

CAPÍTULO DOIS

No minuto em que entro no avião, me arrependo de imediato por ter decidido não pegar um lugar na classe executiva. De lado, me espremo pelo corredor para que meus quadris não batam em nenhum dos passageiros da classe executiva enquanto eles desfrutam de mimosas e Bloody Marys. Quando chego à minha fileira, uma mulher pequenina e idosa se levanta do assento do corredor enquanto levanto minha mala para o compartimento do bagageiro com um grunhido.

Sentado no meu assento da janela está o rei de todos os *bros* — um cara branco com uma camisa polo com o colarinho levantado e óculos de sol com lentes tão reflexivas que posso ver minha própria cara de decepção me encarando de volta. Que delícia.

— Com licença — digo para o Rei dos Bros —, acho que você está no meu lugar.

Estendo meu telefone para que ele possa ver minha passagem digital.

Ele não se move.

— Ah, nós estamos indo para o mesmo lugar, querida.

Posso sentir a multidão atrás de mim perdendo a paciência, e eu também estou.

— Isso mesmo — digo, no meu melhor tom de professorinha do maternal. — Estamos. Em nossos lugares designados.

O cara reclama e levanta o descanso de braço enquanto desliza para o lugar correto, no meio da fileira. Sou forçada a contorcer meu corpo acima do dele, o que não é pouco para qualquer um, quanto mais para uma mulher plus size dentro de uma lata de sardinhas voadora.

Sento-me e faço uma oração para que o cinto de segurança sirva. Nunca se sabe nos aviões. Às vezes, o cinto funciona bem; já outras, juro que as únicas pessoas que os fabricantes tinham em mente eram crianças. Por sorte, porém, dessa vez consigo afivelar o cinto em segurança sem ter que pedir uma extensão à comissária.

Fecho os olhos e aperto meu corpo contra a parede do avião. Ou dormirei pelas próximas seis horas ou vou fingir estar dormindo, porque não quero conversar com esse perna-arreganhada mais do que o estritamente necessário.

Chame de exaustão ou determinação, mas desmaio pelas primeiras duas horas e, quando finalmente olho pela janela, estamos em algum ponto acima das extensas planícies do Centro-Oeste. O que me acorda, porém, é meu vizinho de banco, o Rei dos Bros, levantando-se para ir ao banheiro.

A mulher no assento do corredor olha para mim enquanto ele se espreme para passar por ela, e compartilhamos um olhar de compreensão.

Aproveito o momento de liberdade para pegar meus fones de ouvido na bolsa e ver o que a linha aérea tem a oferecer no que diz respeito a entretenimento.

— Com licença? Moça? — diz uma voz familiar.

Levanto o olhar e encontro o Príncipe Encantado segurando meu chinelo Balenciaga no corredor. Ele olha para baixo, para a mulher no assento do corredor.

— Desculpe o incômodo.

E então, de volta para mim.

— Acho que você deve ter perdido isso em nossa... celeuma.

Solto uma bufada.

— É assim que você chama aquilo?

Ele sorri.

— Eu assisto a *Masterpiece Theatre* com frequência, tá bem?

— Ah, é mesmo? E você é mais fã de *Downton Abbey* ou *Poldark* é o que mais lhe apetece?

— Bem, já que você quer saber, sou fã de carteirinha de *Death Comes to Pemberley*.

— Tá, você realmente é uma tiazinha.

A mulher no assento do corredor olha para mim.

— E não há nada de errado nisso! — retruco, alto demais, e me sinto muito grata pelo ronco do jato.

É neste ponto que o Rei dos Bros volta. Ele olha para o Príncipe Encantado e apruma os ombros, as narinas se inflando. Homens como ele são uma espécie com a qual não tenho interesse algum em travar amizade.

— Hey, cara — diz o Príncipe Encantado.

O Rei dos Bros o cumprimenta com o queixo.

— E aí?

O Príncipe Encantado aponta para o assento do meio.

— Esse é o seu lugar?

O Rei dos Bros faz que sim com a cabeça uma única vez, e me surpreendo por ele não bater no peito para clamar seu território.

— Está interessado em trocar? — O Príncipe Encantado aponta para trás de si, algumas fileiras mais à frente. — Estou bem ali no corredor. Espaço de sobra para as pernas.

O Rei dos Bros olha para mim.

— Esse cara tá te incomodando?

Não consigo deixar de soltar uma risadinha.

— Hum, não.

O Rei dos Bros encara o Príncipe Encantado.

E então o Príncipe Encantado dá um sorriso para ele — o tipo de sorriso que funciona para qualquer criatura viva.

— Só a fim de trocar ideias com uma velha amiga.

O Rei dos Bros ri.

— Bom, bro, não deixe que eu te impeça! Com licencinha — diz, enquanto se estica por cima da mulher no corredor. Ele levanta a cabeça brevemente para mim. — Desculpe, meu bem. O espaço para as pernas está me chamando!

Sabe, o *com licencinha* quase me fez gostar dele, mas aí ele tinha que me chamar de meu bem.

Depois de uma rápida troca de bagagens, o Príncipe Encantado está se ajeitando ao meu lado e minha mente começa a fervilhar pensando em todas as maneiras em que meus quadris largos poderiam se intrometer no espaço dele.

— Posso abaixar o descanso de braço, se você quiser — digo a ele, já imaginando o hematoma que isso deixará na minha perna.

— Não precisa, estou bem assim. — Ele estica o braço entre as pernas para debaixo do próprio assento, apalpando com uma expressão pensativa.

— Tudo bem aí embaixo?

Ele parece encabulado.

— Eu... estava checando se havia um colete salva-vidas.

Inclino-me um pouquinho mais para perto dele e sussurro:

— Você sabe que estamos sobrevoando um continente ininterrupto, né?

— Podemos cair num lago — diz ele, muito sério. — Ou num rio. Um rio excepcionalmente largo. Nunca se sabe.

Levanto as mãos.

— É justo.

— Não é tão neurótico assim — diz ele, na defensiva. — Eu só quero estar preparado.

Confiro debaixo do meu assento rapidamente.

— Por aqui, tudo em dia.

— Ah, se você acha que isso é dramático de minha parte, deveria me ver num helicóptero. Eu preferiria morrer pelado num poço de escorpiões.

— Está aí uma... imagem forte — falo, incapaz de ignorar a quentura no rosto ao pensar nele nu.

— Quem é que quer voar num helicóptero? Se aquele motor apagar, acabou.

— Eles são tipo as motocicletas do céu — digo, incentivando-o um pouco.

— Isso! Obrigado. Bem, agora que você sabe meu medo mais profundo, posso oficialmente confiar em você para me ajudar com a máscara de oxigênio quando chegar o momento.

— Eu juro colocar adequadamente a minha primeiro e então ajudar todas as crianças ao redor, inclusive você.

— Obrigado. — O sorriso dele cintila.

Sinto aquele puxão ansioso no peito que ocorre quando seu senso de humor se alinha perfeitamente com o de outra pessoa. É como ficar rodando por estações de rádio. Estática, estática, estática, e de repente: *clique!,* e vocês estão na sintonia certa.

Ficamos quietos por alguns momentos, completamente em silêncio, olhando inexpressivos para as telas instaladas nos assentos à nossa frente. Enfim a mulher no corredor expele o ar num risinho antes de colocar seu fone de ouvido de novo e voltar à sua palavra cruzada.

— Espaço extra para a perna? Isso é tudo? — pergunto. — Você parece o tipo de cara da primeira classe.

E ele parece mesmo, com sua camiseta branquinha e impecável, calça jeans justa, jaqueta bomber verde-oliva e um par de tênis de uma marca pequena da Austrália que está prestes a estourar.

— Bem, já que você pergunta, eu estava na executiva, mas perdi meu primeiro voo, então peguei o que pude arranjar.

Solto um gemido.

— Não tem nada de bom em perder um voo.

Ele dá de ombros.

— Não é tão ruim assim.

Tenho que pressionar os lábios para baixo para não sorrir como uma palerma.

— E então, por que foi? Trânsito? Algum programa de TV sendo gravado na sua rua? O percurso até o JFK é meio que a jornada do herói da vida real.

Ele ri.

— Eu estava na dúvida sobre a minha viagem. Pensando em adiar ou simplesmente cancelar mesmo.

Suspiro, me recostando na poltrona.

— Eu também não queria ir embora, mas não tinha nenhuma outra opção no momento.

Ele digita em sua tela distraidamente antes de apontar para o cartaz do reality show *Antes da meia-noite.*

— Você já viu esse?

— Uma ou duas vezes, acho — minto descaradamente.

— Sabe, ouvi falar que os solteiros nessa série passam por um processo de seleção mais criterioso do que os candidatos à vice-presidência. — Ele recua algumas temporadas até chegar na de Tyler Buchanan. — E sei, com certeza, que esse cara deixou a garota que escolheu para ficar com alguém da produção do show.

Tenho de cerrar os dentes para me impedir de imitar com exatidão o que Erica diria: *Não posso confirmar nem negar essas alegações.* O que o Príncipe Encantado não sabe é que esse alguém por quem Tyler se apaixonou não foi uma garota, e sim um rapaz.

— Isso é verdade? — pergunto. — Bem, não sei que tipo de pessoa acha que pode encontrar o amor verdadeiro num programa desses, mas ao menos a tolice delas serve como um bom entretenimento para o restante de nós.

Ele abre um meio sorriso rígido e suspira.

— Pelo menos serve para alguma coisa.

A comissária passa pelo corredor com um carrinho de bebidas e o Príncipe Encantado pede um uísque.

— E o que ela quiser — diz a ela.

A atendente praticamente se exibe na direção dele.

Eu levanto a mão.

— Ah, para mim só uma ginger ale, por favor.

— Ah, o que é isso — diz ele.

— Hum, tá bem, um champanhe, então.

A comissária enche meu copo de plástico até o topo, e pode ser champanhe barato, mas ao menos ela não é mão de vaca com a bebida.

Quando ela passa para a fileira seguinte, ele levanta seu copo.

— A voos perdidos e a uma viagem transcontinental da qual talvez nos arrependamos em breve!

Eu rio e bato de leve meu copo no dele.

— A... isso aí!

Pelo restante do voo, nós dois ficamos de fones de ouvido. Eu escolho episódios antigos de *The Office,* enquanto ele assiste a

Exterminador do futuro 2. (Não conta como espiar se você estiver sentada de bunda colada com alguém na classe econômica, ok?)

Quando aterrissamos, quase todo mundo se levanta quando o sinal de *apertem os cintos* é desligado.

— Existem dois tipos de pessoa neste mundo — afirma ele, enfiando os fones de ouvido na bolsa. — Aquelas que se levantam imediatamente, não importa a distância que estejam da porta de saída, e aquelas que esperam sentadas em sua poltrona como um ser humano civilizado.

— Exato! Obrigada! — digo. — Eu tenho um ódio disso...

Vejo por cima da fileira à minha frente que o Rei dos Bros abre caminho a cotoveladas para o corredor.

— Parece que já sabemos que tipo de cara o seu velho amigo é — diz ele, indicando o Rei dos Bros com a cabeça.

Quando chega a nossa vez de sair, o Príncipe Encantado se levanta e ajuda todos os que precisam de ajuda com as bagagens de mão. Ele dá uma olhada na minha etiqueta de identificação na forma de um sapato de salto alto.

— Estou supondo que essa seja a sua.

Eu rio.

— Tenho uma quedinha por sapatos.

Abro caminho para o corredor, mas, quando me viro para ver onde está meu novo amigo, o Príncipe Encantado, noto que ele está encalhado onde o deixei, ainda ajudando os outros com suas malas. Por um lado, acho isso uma graça; por outro, me pergunto o quanto ele é ruim em impor limites em sua vida cotidiana.

Chego à ponte telescópica e corro até o banheiro, porque aquele champanhe quer descer direto por mim, queira eu ou não.

Quando saio do banheiro, espero por alguns minutos, torcendo para encontrar com ele. Nem fiquei sabendo o nome dele. Depois de desistir de encontrá-lo, corro para a retirada de bagagens, onde uma fileira de motoristas vestindo terno completo espera com iPads à mostra, exibindo o sobrenome de seus clientes.

Um homem branco, alto e careca de terno preto e óculos escuros espera por mim com uma placa onde se lê TREMAINE.

Caminho até ficar frente a frente, antes que ele me note.

— Tremaine?

— Ah, sim, srta. Tremaine? — pergunta ele.

— É Woods, na verdade, mas pode me chamar de Cindy — respondo. — E você é?

— Bruce Anthony Colombo Terceiro, mas pode me chamar de Bruce.

— Prazer em conhecê-lo, Bruce. Você é novo na equipe da Erica?

— Eu não diria novo, mas recentemente contratado com exclusividade.

O sucesso de Erica fora meteórico nos últimos quatro anos, então não deveria me surpreender o fato de ela ter agora um motorista particular.

— Tenho um carrinho de bagagens. — Bruce gesticula para a área de retirada de bagagens. — Podemos?

Sorrio, sem graça.

— Hã, talvez você precise de dois desses.

Ficamos de pé esperando por séculos. (Dica para quem vai chegar no aeroporto de Los Angeles pela primeira vez: nunca — repito, nunca — despache mala. Tristemente, eu não tinha escolha.)

— Presa no inferno das bagagens, hein?

Eu dou meia-volta e encontro Príncipe Encantado, meio amarrotado pelo longo voo e o cabelo despenteado pelos dedos que passaram por ali.

— Você também? — pergunto.

Ele aponta para a bagagem de mão.

— Estou aqui só para encontrar meu motorista.

— Com licença — diz Bruce —, srta. Cindy, parece que uma de suas bagagens foi danificada na viagem. Ela parece ter sido fechada com fita adesiva, e acho que talvez precisemos falar com a companhia aérea. Todas elas são iguais. Não conseguem nem entregar uma mala no destino correto inteira.

Droga. Espero não ter perdido um sapato. Não tem nada pior do que ficar com um pé só do par.

— Ah, está bem, eu já vou.

O Príncipe Encantado ri baixinho.

— Então esse é o seu nome. Cindy.

— Eu ia me apresentar — falo.

— Bem, o meu é Henry — diz ele.

Bruce pigarreia.

— Parece que outra mala...

— É melhor você cuidar disso — diz Henry.

Concordo.

— É, bem, prazer em conhecê-lo, Prín... Henry. Obrigada por me salvar da lava e do pior companheiro de fileira.

Ele assente.

— E não se esqueça do serviço de achados e perdidos de sapatos.

— Jamais! — falo, por cima do meu ombro, enquanto sigo Bruce até a mesa de atendimento ao cliente.

CAPÍTULO TRÊS

Erica Tremaine é um nome conhecido nessa cidade. Quando eu estava no segundo ano do ensino médio, o programa *Hollywood Reporter* a apelidou de "a nova rainha dos realities". Seu tipo específico e o que lhe rendia mais dinheiro eram os reality shows de namoro. Ela começou com um reality de namoro que passava tarde da noite na MTV no começo dos anos 1990, em que uma pessoa dirigia um táxi numa cidade grande enquanto conversava com a pessoa no banco de trás. A pessoa apanhava e deixava vários passageiros e, no final, escolhia a pessoa com quem queria sair. As coisas decolaram para ela quando eu estava no ensino fundamental e ela lançou um programa chamado *Antes da meia-noite*. Agora ela comanda toda uma franquia que inclui *Antes da meia-noite* e seus vários spin-offs.

Ela não é o que eu chamaria de afetuosa, ou mesmo maternal, mas meu pai amava Erica e suas duas filhas, Drew e Anna, então eu também as amo. Não pelo que nós temos, necessariamente, porque elas ainda me dão a sensação de desconhecidas em muitos sentidos, mas pelo que nosso relacionamento simboliza: minha última conexão viva com papai.

Quando Bruce entra no caminho em semicírculo na frente da casa modernista esparramada e totalmente reformada de Erica em Silverlake, posso ver um dos trigêmeos espiando pela cortina da grande janela panorâmica antes que alguém o puxe para trás.

— Hã, só um minutinho... — murmura Bruce enquanto se atrapalha com seu celular.

Olho por cima de seu ombro e o vejo digitar, tudo em maiúsculas: *O PÁSSARO ESTÁ NO NINHO*.

Meus olhos se enchem de lágrimas quando junto dois e dois. Posso estar devastada por deixar Nova York e minha família escolhida para trás, mas estar em casa — mesmo que seja um quarto de hóspedes na casa nova e chique de Erica, onde fiquei por apenas alguns dias nas férias de Natal — me deixa emotiva.

Bruce capta meu olhar no retrovisor.

— Srta. Cindy, eu vou, hã, levar suas malas para dentro se você quiser já ir entrando.

Pego minha bagagem de mão e deixo as outras para ele. (Eu detestaria arruinar a surpresa de todos ou fazer com que esperem mais do que já esperaram.)

Quando confiro a maçaneta, encontro a porta da entrada destrancada.

— Olá? — chamo, minha voz ecoando pela sala de estar. — Tem alguém em casa?

Uma risadinha vem de trás de uma das poltronas.

— Oláááá? — chamo outra vez, brincalhona.

— Surpresa! — gritam os trigêmeos, saltando de trás da mobília com cartazes caseiros em suas mãozinhas minúsculas.

— Cindy! — gritam Drew e Anna em uníssono.

Ambas vieram saltitando do corredor nos modelitos de ioga mais descolados que já vi. Drew em um conjunto todo branco com uma fenda de redinha na perna, e Anna num conjunto taupe cheio de tiras, apenas um pouquinho mais escuro do que a pele dela. As duas lembram gazelas com cabelos castanho-claros perfeitamente desbotados pelo sol e a pele, normalmente próxima do alabastro, bronzeada alguns tons graças ao vídeo de bronzeamento artificial caseiro "faça você mesmo" que acabaram de filmar.

— Belas roupas! — digo, enquanto as duas fazem um sanduíche comigo no meio e os trigêmeos atacam meus joelhos.

— Gostou? — pergunta Drew.

— Obrigada, meu bem — diz Anna. — Estávamos filmando um post patrocinado mais cedo.

— A gente podia arranjar um conjunto desses pra você — Drew me diz.

Anna ofega.

— Ai, meu Deus, nós três deveríamos fazer uma colab mesmo! Aaaaahhh! É tão bom ter você em casa!

Se o Instagram fosse um ser vivo (e às vezes eu acho que talvez seja), ele seria Drew e Anna. As pessoas pensam com frequência que elas são gêmeas, mas têm nove meses de diferença entre si. Honestamente, a única característica distintiva entre elas é a marca de nascença no ombro de Anna e os lábios mais carnudos de Drew. (Embora, no Natal passado, Anna tenha feito preenchimento nos lábios, e até Erica a chamou de Drew.) As duas se formaram um ano antes de mim. Nos primeiros meses depois do ensino médio, elas tentaram continuar estudando e testaram alguns empregos, mas acabaram começando um canal juntas no YouTube chamado QuaseGêmeas e, desde então, se tornaram influencers em tempo integral.

— Como foi a viagem? — pergunta Drew. — O amendoim estava quente ou em temperatura ambiente?

— Você pediu um broche de asas para o piloto? — pergunta Gus, os braços em torno da minha perna e uma linha fina de chocolate em volta da boca.

— Ah, eu me esqueci — digo a ele.

— Você trouxe lembranças de Nova York pra gente? — pergunta a pequena e doce Mary.

— Talvez eu tenha uma ou duas surpresinhas na minha bolsa — respondo, grata por ter tido a previdência de pegar três miniglobos de neve na banca perto do meu portão no JFK.

Jack faz uma dancinha e levanta o punho no ar.

— É!

Meu coração se infla ao ver essa empolgação irrestrita. Os trigêmeos nasceram de uma barriga de aluguel que Erica e papai escolheram antes de ele morrer tão subitamente. Depois de ponderar um pouco, Erica resolveu seguir com o plano e, a princípio, fiquei com muita raiva... mas aí eles nasceram, e foi como se eu tivesse recebido três pedacinhos do papai de volta. Foi assim para todas nós.

— Não, você entende... — Erica vem da cozinha com o telefone preso entre o ombro e o ouvido.

Minha madrasta é o tipo de mulher que parece alta e esguia em qualquer coisa, mas opta frequentemente por terninhos com pantalonas de cintura marcada. Seu cabelo grisalho exibe um corte anguloso e severo que destaca perfeitamente seus malares fortes. Se Anna Wintour e Katharine Hepburn tivessem uma filha, o nome dela seria Erica Tremaine.

— Droga! Eu perdi a surpresa? — Ela suspira e diz ao telefone: — Vamos voltar a isso mais tarde.

— Tudo bem, Erica! — digo. Honestamente, eu não estava esperando nada.

Ela me chama para junto de si com os dois braços, e manco até ela com Gus ainda agarrado à minha perna.

— Minha querida! — exclama ela, apertando-me contra si, e é fácil me apoiar em sua afeição, deixar meu corpo relaxar junto ao dela. — Você colocou uma máscara de hidratação nos últimos trinta minutos do voo, como te falei? O ar do avião estraga toda minha pele.

— Não, mas pode ter certeza de que vou fazer a hidratação esta noite — afirmo.

Ela me solta e dá um passo para trás com o intuito de me dar uma boa olhada, e posso ver que seus olhos se desviam um pouco. Eu também posso ver, toda vez que me olho no espelho: papai. Seu maxilar. Seu nariz. Seus olhos. Ele dizia que mamãe sempre teve ciúmes de quanto nós nos parecíamos.

— Fico tão feliz que esteja em casa — murmura ela, enfim. — Certo, vamos pedir sushi esta noite! Anna? Drew? É melhor não terem outros planos. Noite em família.

Anna choraminga um pouco, e acho que a ouço dizer algo sobre um encontro, mas Drew lhe dá um chute na canela.

Estou tão acostumada a estar aqui por apenas por alguns dias no fim do ano que não sei muito bem o que esperar da vida cotidiana. Será que a noite em família é algo regular? Quando estávamos no ensino médio, não era. De fato, houve várias noites em que papai cozinhou para nós três, as crianças, deixando um prato pronto para Erica na geladeira. Ele nunca pareceu se incomodar muito. Ele sabia o que estava levando com Erica, e noites em família não eram um evento agendado com regularidade.

Depois de Bruce trazer minhas malas, Erica tem que entrar em reunião e arrasta Anna e Drew para cuidar dos trigêmeos antes de exigir que eu tire uma soneca e tome um banho.

Para minha surpresa, Erica me colocou na casa de hóspedes junto à piscina, no quintal dos fundos. Ela diz que eu preciso de um espaço só meu (o que é verdade, mais ainda do que eu precisava na cidade) e que isso lhe deu um motivo para reformar a casa da piscina mais cedo do que esperava. Definitivamente é um avanço comparado ao quarto de hóspedes ao lado dos trigêmeos.

Depois de um banho quente e longo, desabo na cama para fazer uma videochamada com Sierra. O telefone toca e toca, e bem quando estou prestes a desistir, o rosto dela ilumina a tela. De alguma forma, parece impossível que eu a tenha visto hoje mesmo. Aquele momento parece tão distante... A diferença de horário entre Nova York e Los Angeles resulta num dia muito longo.

— C! — grita ela, por cima da música estrondando. — Estamos no Graham's! Queria que você estivesse aqui!

— Eu também queria — falo.

— Como é? — O alto-falante estala. — Não consigo te ouvir!

— Mande uma mensagem pra mim depois — grito, em meu quarto silencioso.

— Sierra! Volte para cá! — grita alguém de trás dela.

— C, não consigo ouvir você, mas eu te amo! Estou contente que tenha chegado bem. Te mando uma mensagem depois!

Assinto e aceno. O telefone fica preto e o coloco na mesinha de cabeceira antes de me virar de lado e encolher o corpo. Esse deveria ser o meu grande ano. Eu iria me formar com um portfólio épico e conseguir um punhado de ofertas de emprego incríveis. Mas não foi assim que meu último ano na Parsons se passou.

Em vez disso, todo o luto que ignorei e soterrei depois que papai morreu me atingiu de uma vez só. Papai morreu. Erica foi adiante com a barriga de aluguel. E fui a Nova York para fugir dos meus sentimentos

SERÁ QUE É O MEU NÚMERO?

a respeito disso tudo. Tudo estava bem. As pessoas ficaram muito surpresas ao ver como eu estava lidando bem com a situação. Mas aí, Erica comprou essa casa nova no verão passado e eu vim para cá no Dia do Trabalho para empacotar as coisas do meu quarto e avaliar alguns objetos de papai que Erica havia guardado para mim. E tudo me atingiu de novo, só que dessa vez eram três anos de dor, tudo guardadinho, só esperando para ser sentido. Ondas renovadas de luto, não apenas por papai, mas também por mamãe, porque não eram só coisas do papai, mas também algumas das coisas dela. Pequenas joias que ele havia guardado para ocasiões especiais, como minha formatura ou meu casamento. Tudo que eu nunca teria com eles caiu como um peso no meu peito.

E desde então, mal consigo me forçar a sequer desenhar. Toda a alegria se foi. Não é mais uma fuga, porque não há como me esconder desse tipo de luto. Mas talvez, algum dia, tudo se aquiete só o suficiente para eu encontrar meu caminho de volta para o design. Talvez... Meus pensamentos vão desacelerando o suficiente para eu adormecer.

CAPÍTULO QUATRO

Anna solta gritinhos de empolgação enquanto desembala o jantar e Drew e eu ajudamos os trigêmeos a arrumar a mesa.

— O cheiro está ótimo — suspira Drew.

— Garfo à esquerda, Jackie. — Eu o relembro, vindo por trás dele. — Mary, você pode pegar os guardanapos?

— E eu? — pergunta Gus, os pequenos óculos escorregando no nariz.

— Gus, que tal você anotar os pedidos de bebidas?

Ele assente num pulo e sai correndo até Anna.

Erica vem flutuando de seu escritório, inalando profundamente.

— Preciso de um gim e tônica.

— Gus, você ouviu isso? — pergunto.

Ele estuda o caderninho em que começou a anotar os pedidos.

— Como se soletra isso?

Drew e eu rimos.

— É melhor eu ir ajudá-lo — falo.

Assumo o comando das bebidas de adulto enquanto Gus pega as caixinhas de suco para ele, Mary e Jack.

Depois de algumas tentativas e erros na mistura dos drinques (não sou nenhum gênio dos coquetéis), nós sete enfim nos sentamos na longa mesa de jantar de Erica.

Erica está sentada na cabeceira comigo a seu lado; ela retira os fones Bluetooth e os coloca na mesa.

— Chega de chamadas na mesa de jantar — diz para mim.

— Uau — solto. — Você mudou muito.

Ela dá uma risada irônica.

— É uma luta diária. Mas meu coach de educação diz que é essencial.

Ela ergue seu copo.

— Coach de educação? — pergunto.

— É — diz Drew. — Nossa querida mãe contratou um guru de criação de filhos para guiá-la na maternidade.

— Onde estava esse guru quando *nós* éramos crianças? — pergunta Anna, rindo, debochada.

Erica sorri e revira os olhos.

— O caos da infância de vocês funcionou como elo entre nós três. Quantas outras mulheres podem dizer que foram criadas num trailer de produção?

Drew dá de ombros.

— Um terço de Los Angeles, no mínimo. — Ela se vira para mim. — O coach de educação de Erica a fez jantar sem interrupções, ter noites de família quinzenais, e olha só: ela largou os deveres de produção *in loco*. Ela passou a tocha.

— Uau!

Essa versão de Erica — ou, na verdade, apenas o fato de ela estar aqui, e não no trabalho — é completamente estranha para mim.

Erica suspira.

— É verdade. Eles me domesticaram. Sinto saudade da adrenalina de estar presente nas filmagens, mas uma noite inteira de sono é um luxo do qual nunca percebi que sentia falta. — Ela pigarreia. — Certo, prole.

Ao meu redor, meus meios-irmãos levantam seus copos e caixas de suco.

Erica reluz quando toda nossa atenção se volta para ela.

— Nossa meiga Cindy está finalmente de volta em casa, conosco outra vez. Cindy, minha querida, nós amamos você. Sei que está decidindo seus próximos passos, mas seja lá o que você fizer, seu futuro é brilhante.

— A Cindy! — diz Anna, batendo seu copo no meu.

— A vocês! — exclamo. Não é nenhuma noitada com Sierra, mas talvez estar aqui com a minha família... por uma temporada... não vá ser tão ruim, no fim das contas.

Estendo o braço para o outro lado da mesa e brindo com suas taças de vinho e caixas de suco.

Os trigêmeos comem arroz frito enquanto Anna, Drew, Erica e eu atacamos o sushi. Após o silêncio que cai com o início de uma boa refeição, Erica se vira para Anna.

— Victor vem hoje?

— Eles terminaram — responde Drew antes que Anna tenha a chance de responder.

— Drew! — diz Anna.

— Se a mamãe souber que você terminou com ele, vai ser mais difícil que você o aceite de volta quando ele vier rastejando.

— Bem, isso foi brutalmente honesto — afirmo.

Erica estende a mão por cima de Drew e pega a mão de Anna.

— Eu sinto muito, meu bem, mas sei que vai encontrar alguém que a mereça de verdade. E que também consiga manter um emprego.

Anna bufa.

— Victor tinha um emprego.

— Administrar, e mal, suas vendas no Poshmark não conta — diz Drew a ela.

— Ui. — Sugo o ar entre os dentes. — Você está melhor sem ele, Anna.

Honestamente, fico chocada que Anna ou Drew aguentem caras como Victor, que não valem nada.

O telefone de Erica toca dentro do bolso e todos olhamos para ela.

— Mamãe, você pode atender — fala Anna. — Não tem nada a provar deixando de atender ao celular. Sem problema.

— Sem problema! — repete Mary, seguida por Jack e Gus.

Erica tira o telefone do bolso e resolutamente manda a chamada para a caixa postal.

— Seja lá o que for, estará à minha espera para resolver depois do jantar — afirma ela, como se estivesse tentando se convencer. — Cindy, agora me conte tudo sobre o seu projeto de último ano.

Abro a boca para contar que meu orientador me deu uma fol-guinha no último segundo e permitiu que eu exibisse alguns sapatos feitos à mão durante meu semestre de intercâmbio, no penúltimo ano, que só consegui me forçar a fazer o mínimo durante os últimos nove meses e que é um milagre que tenham permitido que eu me formasse. Mas Drew se intromete.

— Foi incrível, do cacete!

— Do cacete! — grita Jack.

Drew morde o lábio e murmura:

— Desculpe.

— Jackie — diz Erica —, nós não dizemos isso fora de casa, entendeu?

Ele a saúda.

— Do cacete!

Erica revira os olhos.

— Mal posso esperar para explicar essa ao coach Geneva. Cin, eu queria poder ter estado lá para o seu projeto de último ano e para a formatura.

— Mas você enviou a segunda melhor coisa — falo.

Erica não podia atravessar o país com os trigêmeos a tiracolo — em pleno auge da temporada de escalação de *Antes da meia-noite*. Ela enviou Anna e Drew em seu lugar, que compareceram à minha formatura com sinos de vaca, literalmente, e fizeram barulho o bas-tante para competir com a grande família italiana que estava atrás delas quando atravessei o palco.

— E aí, ai, meu Deus — diz Anna —, Cindy nos levou para uma festa de formatura épica que os pais de uma de suas colegas de classe deram na cobertura do Standard, e, tipo, teve um momento, juro por Deus, que eu pensei que talvez pudesse virar uma nova-iorquina.

Drew ri.

— Esse momento passou rapidinho.

— Foi curto, mas foi real! — Anna deita a cabeça no meu ombro. — Cindy teria me mostrado tudo, não é, Cindy?

— Anna, minha meiga irmãzinha — digo, a palavra ainda soando um pouco estranha mesmo depois de todos esses anos —, não sei como dizer isso, mas não acho que você tenha sido feita para o transporte público.

Erica ri tanto que fica ofegante, e os trigêmeos olham um para o outro, confusos.

— Piadas de gente grande — diz Gus com um suspiro.

O telefone de Erica toca de novo, atravessando nossas risadas. Ela dá uma olhadinha para o identificador de chamadas e diz:

— Ah, droga. Isso vai levar só um segundinho.

Girando para o lado em sua cadeira, ela fala em seu fone de ouvido.

— Vou contar pro coach Geneva! — cantarola Mary.

Erica inala profundamente, lançando um olhar penetrante para Mary, e diz:

— Beck, você tem dez segundos. Estou no meio do jantar em família.

Todos nós a assistimos enquanto ela ouve com atenção.

— Você está aqui? Na minha casa? — Erica suspira e se vira para nós. — Alguma chance de termos um prato extra?

— Já cuido disso — diz Drew.

Erica se levanta e vai até a porta.

— Tudo bem, vou abrir o portão.

Momentos depois, Erica retorna com uma mulher branca e robusta com a lateral do cabelo preto raspado, de coturnos, calça jeans com as barras dobradas, uma regata branca e suspensórios vermelhos e largos — que pareciam mais uma questão de necessidade do que de estilo.

— Vocês todos conhecem Beck — fala Erica. — Cindy, você deve se lembrar de Beck do casamento, anos atrás. Ela é meio que minha...

Beck finge jogar os cabelos longos inexistentes.

— Protegida! — Então seus olhos se arregalam quando ela me nota. — Espere aí. Essa é a Cindy? A Cindy do Simon? Mas você... você está uma mulher! — Ela se vira para Erica. — Ela está uma mulher!

Erica sorri, conduzindo Beck para uma cadeira desocupada.

— A nossa Cindy virou adulta.

Sem um momento de hesitação, Beck estende o braço por cima da mesa para se servir de sushi e, com a boca cheia, diz:

— Problemão. Zuas mochas zesistiram!

— Zuas? — pergunta Erica.

— Zuas! — diz Beck, apontando para a própria boca. — Zuas! — Finalmente, ela agita dois dedos no ar e engole o resto do sushi com um gole de água. — Duas! Duas moças!

Erica geme.

— Sempre tem uma ou duas. Quem temos de reserva?

Assisto fascinada ao bate e volta da conversa delas.

Beck dá outra mordida no atum e seus olhos ficam praticamente vesgos de satisfação.

— Olha, não consigo me lembrar da última vez que fiz uma refeição na mesa. — Ela termina seu bocado e aponta os palitinhos para os trigêmeos. — Vocês aproveitem enquanto isso dura, porque um dia terão trinta e dois anos e estarão comendo um jantar romântico sozinhos em cima da lata de lixo para as migalhas já caírem lá dentro, poupando os três minutos que levaria para limpar depois de comer.

Os trigêmeos piscam, fitando essa estranha criatura que se infiltrou no lar deles, sem entender.

Solto um assovio baixo.

— Isso ficou sombrio bem rápido.

Beck sorri.

— E é por isso que os programas de reality nunca são reais. — Ela levanta um dedo para contar. — Perdemos a virgem de Kentucky. Algo sobre a avó dela estar aborrecida, ou sei lá. E aí veio à tona que a modelo de moda praia de Miami não é bissexual. Ela é monossexual... por mulheres.

— Ah — solta Erica, com riso na voz. — Bem, acho que foi melhor assim. Embora isso fosse dar um espetáculo *delicioso*.

— Quero comer o seu cérebro — diz Beck, com sinceridade completa.

— Mamãe! — grita Jack, lágrimas instantâneas escorrendo pelo rosto enquanto dispara em volta da mesa até Erica. — Não deixe Beck comer o seu cérebro!

Mary cruza os braços e fala:

— Jack, seu bebezão, ela não vai comer o cérebro da mamãe de verdade.

— Tem razão. — Beck sorri. — Porque só como cérebros DE CRIANCINHAAAAAS! — Ela dá um rosnado de zumbi e Mary e Gus soltam gritinhos deleitados, enquanto Jack se aninha no colo de Erica.

Erica suspira.

— Não temos tempo para analisar novas pretendentes. Não plenamente, mas...

Ela batuca com o dedo indicador nos lábios fechados enquanto se perde em pensamentos.

Todos nós — até as gêmeas — ficamos completamente em silêncio para não interromper nenhuma possível ideia genial que ela possa ter.

— Já sei — afirma ela, afinal. — Drew e Anna.

— Como é? — dizem ambas, em uníssono.

Beck ofega.

— Gêmeas!

— Não somos gêmeas — dizem elas.

— De acordo com quem? — pergunta Beck. — Isso é perfeito. Gêmeas? Gêmeas! Nossa audiência vai ficar maluca!

Erica se vira para Anna e Drew e não posso deixar de notar como elas são absolutamente perfeitas, mesmo com os rabos de cavalo bagunçados e as roupas de academia.

— O que vocês acham, meninas? Estão dispostas? Vocês duas me pedem isso há anos. Além do mais, acho que vão se divertir... e agora que estão um pouco mais velhas, devem saber lidar melhor com algo assim.

Acho que o que ela quer dizer é que colocar as filhas de dezoito anos no programa apenas um mês depois da formatura do ensino médio teria sido um desastre, mas agora que elas estão mais velhas e tiveram algumas experiências reais com corações partidos na madura idade de vinte e três anos, talvez não fiquem tão surpresas ao descobrir que o solteiro não se apaixonou por elas à primeira vista.

— Espere — diz Anna, empenhando-se ao máximo para conter sua empolgação. — Isso é de verdade, de verdade mesmo?

Drew ofega.

— Quem é o solteiro?

Erica estala a língua.

— Não posso divulgar essa informação nem para minhas filhas. Mas escutem: se vocês fizerem isso, precisamos manter nossa conexão familiar em sigilo.

— Mas que diabos! — exclama Beck. — Podemos colocar a Cindy também, já que vamos pegar essa rota!

Anna e Drew arregalam os olhos e berram.

— Éééé! O trio reunido outra vez!

As duas se remexem e dançam em suas cadeiras, e não posso deixar de sorrir ao pensar em ser incluída com elas.

— Ah, só faltam duas moças. Não vamos bagunçar os números — explica Erica, num tom pragmático que nem Beck ousa contrariar.

Estou tão acostumada a dizer não, a me afastar antes que me expulsem, que minha resposta vem naturalmente.

— É — falo. — Não acho que eu seja a pessoa certa para algo assim.

A ideia de me juntar ao elenco de pretendentes é rapidamente esquecida enquanto minhas meias-irmãs ficam obcecadas com cada detalhe, como o que vão levar na mala e quem vai cuidar da cachorra delas, Gigi, um mix de maltês e yorkshire. Enquanto ambas discutem a logística com Erica e Beck, eu escapo discretamente com os trigêmeos e os ajudo a se prepararem para dormir, inclusive contando uma história sobre como salvar sua mãe de ter o cérebro devorado por sua produtora assistente.

Depois que as crianças foram para a cama, encontro Erica na mesa da cozinha tomando outro drinque.

Procuro na geladeira e pego uma água com gás alcoólica sabor romã.

— Você se incomoda? — pergunto.

— Ah, meu bem — responde ela —, essa casa é sua. A casa de hóspedes está do seu agrado?

— Está linda — afirmo. — De fato, acho que vou ficar sentada lá fora perto da piscina tomando isso aqui, se você não ligar.

— Quer um pouco de companhia? — Erica oferece.

— Claro.

Saio pelas imensas portas deslizantes de vidro que Erica parece deixar abertas na maior parte do tempo e me ajeito numa espreguiçadeira de teca com almofadas listradas de preto e branco.

— Aqui. Embrulhe-se, está frio. — Erica apoia seu drinque e me entrega um cobertor de chenille rosado antes de jogar um igual em torno dos próprios ombros e se recostar na espreguiçadeira ao meu lado.

Ficamos sentadas em silêncio por um momento, procurando por estrelas que sabemos que estão ali, se conseguíssemos enxergar além da poluição luminosa. Depois de crescer em Los Angeles e passar os últimos quatro anos em Nova York, estrelas são algo meio que inapreensível para mim. Estou tão acostumada a não vê-las que, quando enfim vejo, elas são de tirar o fôlego. Infelizmente, nada de estrelas para mim. Ao menos nesta noite.

— Obrigada por colocar as crianças na cama — agradece Erica. — Eu pretendia ler para elas hoje, mas o tempo me escapuliu. Acontece com mais frequência do que eu gostaria de admitir.

— Elas estavam exaustas mesmo. Além do mais, parece que você está se esforçando mesmo com esse coach.

Os olhos dela vasculham as colinas acima de nós enquanto ela balança a cabeça.

— Não era para eu fazer isso sem ele. Anna, Drew e eu nos viramos, mas por pouco. Alguns dias eu ligava para a escola dizendo que estavam doentes porque não havia conseguido levá-las no dia. E aí... no ensino médio, mas com Simon... as coisas meio que se encaixaram. As meninas não precisavam tanto de mim, e também tinham Simon. Mas ele cuidou delas muito melhor do que eu poderia, então aqui estou eu, fazendo o melhor que posso. Pelos trigêmeos, mas por ele também.

Com Erica, foi papai quem implorou por mais filhos. Ele queria ser um pai/dono de casa, e o melhor pai/dono de casa. Não foi nada sutil ao sugerir isso, e é claro que Anna, Drew e eu sempre o

SERÁ QUE É O MEU NÚMERO?

encorajávamos. Finalmente, Erica cedeu. Não era que não quisesse outro filho com meu pai. O que ela não queria era ficar grávida. Assim, quando Erica sugeriu que eles usassem uma barriga de aluguel, papai concordou de bom grado.

A escolhida foi uma hippie de West Hollywood chamada Petra. Apenas alguns dias antes da data marcada para a inseminação, um carro se chocou com o de papai na rodovia 405 quando foi trocar de pista. Papai estava no ponto cego do motorista.

No final, Erica decidiu ir em frente com a barriga de aluguel. Ela disse que era o seu jeito de curar a ferida, e apesar de ter sido excruciante, sempre serei grata por ela ter tomado a decisão de honrar o papai indo até o final no sonho dele de ter um filho. Mesmo que não pudessem fazer isso juntos. A surpresa, porém, foi que em vez de um bebê, Petra carregou três.

Foi uma jornada difícil, com Erica tentando encontrar seu rumo, mas sua babá, Roxanne, foi a salvação. Então, dois meses atrás, Roxanne conheceu uma garota e se apaixonou, decidindo viajar pelo mundo com uma mochila e um notebook.

É aqui que eu entro. Apesar de Erica tentar estar mais presente, os trigêmeos tiveram uma rotação de babás desde Roxanne. E com poucas, ou nenhuma, perspectiva após a faculdade, pareceu-me que o mais correto a fazer era voltar para casa e ajudar até Erica poder encontrar alguém para ficar aqui em tempo integral. Eu amo os trigêmeos de paixão, mas também tenho que lembrar a mim mesma que isso é temporário e que algum dia — *um dia* —, quem sabe, minha criatividade vai retornar.

Erica beberica o drinque e o coloca na mesinha de vidro entre nós.

— Sabe, fiquei muito mal por ter perdido sua formatura.

— Está tudo bem, de verdade. O dia foi um caos total, e é um negócio muito longo para aguentar por meros cinco segundos.

— Quando terminarmos de filmar o programa, daremos uma festa enorme para você, e vou ver se falo com alguns contatos meus na indústria da moda. Não posso acreditar que ninguém apareceu para te contratar assim que você atravessou o palco. — Ela suspira.

— Negócios criativos são tão volúveis. Vou fazer alguns telefonemas, mas até lá, significa tanto para mim o fato de você estar aqui com...

— Erica, posso lhe fazer uma pergunta? — Desde que Beck foi embora, algo está efervescendo no fundo de minha mente.

— É claro — diz ela, ainda um pouco espantada por eu tê-la interrompido. A lista de pessoas que interrompem Erica Tremaine é bem curta.

— Quando Beck estava aqui... por que você refutou a ideia de eu entrar no programa? Não pode ser só o número de pretendentes. Isso já flutuou antes... e sei que você precisa de mim aqui com os trigêmeos...

— Ah, querida, é só um programa bobo. Você não iria querer desperdiçar seu tempo com isso. Você ainda tem tanta coisa pela frente. Programas de reality são perfeitos para algumas pessoas, mas para outras, eles podem assombrá-las por anos.

— É porque... É porque eu sou gorda?

Ela arfa e então ri, nervosa.

— Você não é gorda! Não diga isso de você mesma.

Erica e eu superamos muita coisa ao longo dos anos. Primeiro, eu pensava que ela fosse uma figurona de Hollywood, cruel e faminta por poder, que engoliria meu pai vivo. Porém, por mais que tenhamos evoluído, a única coisa que ela ainda parece não entender é como falar sobre o meu corpo.

— Erica — digo, com firmeza. — Eu sei o que sou. Tá tudo bem. Mas é por isso? É por isso que você disse não para Beck?

O lábio inferior dela treme por um instante e ela o morde, segurando-o no lugar.

— Cin, no momento em que aquelas garotas entram no *château*, viram bucha de canhão para a internet. Eu sei que você é linda e perfeita, mas os outros podem não ser tão gentis. Não posso lhe garantir nenhum tratamento especial quando estiver no *château*. As câmeras começam a rodar e é isso. Eu não acho que poderia conviver comigo mesma sabendo que o seu pai me deixou a cargo de cuidar de você, e permiti que você se tornasse outra thread no Reddit sobre por que algum perdedor odeia... pessoas plus size.

Algo dentro de mim se rebela contra essa ideia e diz que eu não deveria ter que alterar minha vida por causa da opinião de algum troll na internet. Por outro lado, eu não participaria desse programa jamais na minha vida. Tenho zero desejo de fazer parte de algo assim. Um cara saindo com você e mais outras vinte mulheres, tudo ao mesmo tempo? Não, obrigada. E há algo no fato de Erica ser protetora comigo que me faz sentir querida e segura. Como uma família. Família de verdade.

— Você sabe que eu nunca entraria num programa desses mesmo. Ninguém conhece o amor da sua vida num programa de reality.

Num avião... talvez. Definitivamente, não num helicóptero. Sorrio para mim mesma e abaixo a cabeça para não parecer uma idiota perdida em devaneios.

Erica ri, obviamente aliviada por mudar de assunto.

— Você é tão cética, não é? O que aconteceu com a magia? Contos de fada? Destino?

Dou uma fungada zombeteira.

— Acho que contos de fada podem ser mais histórias de alerta do que qualquer outra coisa. E o destino é somente uma desculpa para que as pessoas sejam participantes inativas de sua própria vida.

Conversamos assim por mais algum tempo, rindo e falando sobre amor verdadeiro e probabilidades estatísticas e astros e estrelas de programas de reality que são um pesadelo. Quase conto a ela sobre meu encontro fofinho no avião, porque sei que ela devoraria essa história, mas logo estou bocejando tanto que meus olhos estão cheios de água e preciso ir dormir.

Nós nos desejamos boa noite e Erica me dá um beijo na testa enquanto sussurra quanto está feliz por eu estar em casa. Não posso evitar pensar se é porque ela me ama tanto ou pela ajuda que vou dar com os trigêmeos. De qualquer maneira, enquanto entro na casa da piscina e dou uma olhada para a cobertura de luzinhas piscantes por cima do lindo quintal, é inevitável sentir que este lugar não me pertence. É apenas mais uma parada numa longa busca pela minha casa.

CAPÍTULO CINCO

— Mamãe disse para não acordá-la! — diz uma vozinha esganiçada. — Tá quase na hora do almoço — retruca outra. — Se a gente não a acordar agora, ela vai dormir até o jantar.

— Eu tô com fome — contribui uma terceira voz.

Minha fala sai toda enrolada. Quero dizer que *já estou indo,* mas o que acabo dizendo é:

— Sou vindo.

Abro os olhos na marra, mas depois de dormir tanto, até esse simples ato é estonteante. Se já é hora do almoço em Los Angeles, deve ser a hora do happy hour em Nova York.

— Acho que ela acordou — murmura Gus.

Sorrio ao som da voz dele.

— Eu consigo ouvir vocês três. — Sentando na cama, dou uma longa espreguiçada. — Está tarde demais para o café da manhã? Eu estava morrendo de vontade de cereal de cérebro!

Gus e Jack gritam e voltam correndo para a casa principal com Mary pisando duro atrás deles.

— A Cindy não come cérebros! — diz ela a eles.

Depois de escovar os dentes e passar um pouco de xampu a seco nas raízes dos cabelos, abro meu baú para escolher um par de sapatos. Não tenho muitas regras, mas a primeira e mais importante entre elas é: primeiro, os sapatos.

Decido usar o Converse de cano alto preto da Comme des Garçons, da linha PLAY, com o coração vermelho com olhos subindo pela lateral, e pego um vestido de verão xadrez amarelo da bagagem de mão — um que consegui pegar num brechó plus size no Brooklyn.

Meu primeiro dia como babá não é, de fato, o primeiro dia, já que é sábado e Erica me fez prometer dormir até mais tarde. (Pelo visto, sou uma mulher de palavra.)

O que não espero quando caminho na direção da cozinha é encontrar Anna e Drew planejando freneticamente uma saída para fazer compras épicas enquanto engolem suco natural às pressas. Erica está na mesa da sala de jantar formal com dois notebooks e três celulares. Ao lado dela está Beck, que parece definitivamente não ter dormido desde a última vez que a vi.

— Uau, entrei sem querer na sala de controle da missão?

— Bom dia! Boa tarde! — cumprimenta Erica.

— Trouxemos suco verde para você — diz Anna, sem levantar os olhos do iPad enquanto mapeia com Drew o plano de ataque das duas.

— Aaaah, obrigada — agradeço, embora eu sinta que precisarei de algo um pouco mais substancial do que suco verde.

Encontro os trigêmeos com os narizes enfiados em telas enquanto brincam com joguinhos e assistem a vídeos no YouTube de outras crianças brincando com brinquedos — algo que não sei se vou conseguir entender mesmo.

— Certo, quem vai querer um queijo quente?

Os três se viram para mim, praticamente babando.

— Aceitarei isso como um sim.

Vou para a cozinha, certificando-me de tomar meu suco verde, e começo a preparar uma linha de montagem de pão, queijo e maionese. (Maionese fica melhor em queijo quente do que manteiga. Prove que estou errada, eu te desafio.) Em breve, o cheiro do queijo chiando cria uma plateia e, rápido assim, estou fazendo oito sanduíches em vez de quatro.

Quando o sanduíche de Beck está quase pronto, ela se ajeita num banquinho à minha frente, do outro lado da ilha da cozinha.

— Erica me disse que você está fazendo design de sapatos agora, é verdade?

Viro um queijo quente e tento não soltar um ruído de zombaria.

— Eu não diria que ativamente. Neste exato momento, estou fazendo sanduíches.

Dou uma olhada rápida para Erica do outro lado da vasta sala de estar/jantar em conceito aberto. Ela está com um telefone preso na curva do ombro, um lápis entre os dentes e os dedos pairando acima do teclado.

— E fazendo um excelente trabalho — diz Beck.

— Fico feliz em ouvir isso. — Suspiro. — Mas sim, estudei design de moda na faculdade. Sapatos. E roupas. E bolsas. E qualquer coisa com que eu pudesse encher meu bloco de rascunhos. Mas sapatos foram o meu primeiro amor.

— Você é um achado, de verdade, Cindy. — Beck se debruça por cima da bancada e sua voz cai algumas oitavas. — Você deve saber que eu não estava brincando sobre você entrar no programa.

Balanço a cabeça e prendo um cabelo perdido atrás da orelha.

— Não fui feita para realities. Além do mais, você ouviu a Erica.

— Deixe a Erica comigo — diz ela.

— Tem certeza de que isso é seguro? — pergunto, a sobrancelha arqueada.

Ela dá de ombros.

— Quem melhor para convencer a mestra do que sua aprendiz?

Coloco o queijo quente de Erica num prato e o levo até ela.

— Pense nisso — diz Beck quando volto. — A maioria das moças que entra nesse programa não vai para lá por amor. Elas estão lá em busca de exposição, da grande oportunidade. Não há nada de errado nisso. Você acha que as intenções do solteiro são sempre puras? Isso poderia ser uma chance enorme para você como designer. O público te adoraria.

— Erica parece pensar de outra forma — falo, a meia-voz. Além do mais, não tenho muito a oferecer de verdade como designer no momento.

Beck se debruça para mais perto ainda.

— Erica tem medo — explica ela, como se soubesse exatamente do que estou falando. — Ela é um ícone. Eu a idolatro. Mas quando você é um ídolo, não precisa correr riscos. Está na hora de os Estados Unidos verem mulheres de todos os formatos e tamanhos correndo atrás de seus sonhos.

— Eu não diria que o meu sonho é um cara aleatório tentando aumentar seu status sendo o protagonista de um programa de namoro com mais de vinte mulheres...

— Você consegue imaginar como é ir para a cama certa noite, totalmente normal, e acordar na manhã seguinte com seu nome na ponta da língua do mundo todo? Quer que o mundo veja o seu trabalho? Qual é o melhor jeito de fazer isso senão aparecendo uma vez por semana no horário nobre da televisão?

Isso bastou para me fazer parar. Passei os últimos quatro anos entrando e saindo de estágios, rezando para que o assistente de alguém me levasse a sério ou que eu conseguisse dois segundos cara a cara com um diretor de marca que me desse ao menos um grama de feedback. E senti que o ano passado foi ainda mais desesperado, já que secretamente torcia para que toda pessoa com quem me encontrava fosse a que reacenderia minha chama criativa.

Mesmo que eu tivesse uma visão de como quero que minha carreira se desenvolva, entrar em um programa de TV parece um atalho, de alguma forma. Muita gente faz isso. Uma das garotas que foi desqualificada em um ano virou a solteira na temporada seguinte, e agora tem seu próprio programa no canal Food Network. Às vezes, você só precisa dar o passo que for possível e torcer para que ele te leve na direção certa.

— Eu não posso deixar as crianças — afirmo, forçando-me a voltar para a realidade.

— Posso contratar uma nova babá para Erica em três dias. Ela só estava segurando a vaga para você para te convencer a finalmente aceitar um pouco de dinheiro vindo dela, e você sabe que é verdade.

Eu suspeitava disso. Se estou sendo completamente honesta comigo mesma, sei que há pessoas de sobra para esse emprego — muitas das quais são mais qualificadas do que eu. Minha única experiência com crianças é ter cuidado uma vez do recém-nascido da vizinha do andar de cima quando ela foi tomar banho.

— Beck — chama Erica. — Você já teve alguma resposta do Nick sobre a procura pelo local para filmar o encontro da segunda semana? Já fechamos isso?

— Hã, deixe eu conferir. — Beck bate os nós dos dedos na bancada de mármore. — Pense nisso. Promete?

— Claro — respondo, sem muito ânimo.

Passo o resto da tarde com os trigêmeos. Assistimos a um programa em que os participantes tentam fazer bolos e doces, mas nunca conseguem, e fico de olho nas crianças enquanto elas respingam água no lado raso da piscina.

Estou sentada na beira, com as pernas balançando na água, quando meu celular toca.

O rosto de Sierra aparece na tela.

— Como é que faz só vinte e quatro horas?

— Ai, meu Deus, é só isso mesmo?

— Quem é? — Mary exige saber.

Viro a câmera para que Sierra possa ver os trigêmeos e eles possam vê-la.

— Essa é a minha melhor amiga, Sierra. Digam oi!

— Oi! — berram eles em uníssono.

— Eles são tão fofinhos! — diz ela, quando viro o telefone de volta para mim. — Desculpe por ontem à noite. Estava tão barulhento lá dentro, mas preciso te contar o que aconteceu!

As bochechas dela estão coradas e ela parece prestes a explodir.

— Tá bem...

— Eu conheci uma pessoa.

Meu queixo cai. Sierra tem tanto interesse em romances quanto em aprender como consertar cortadores de grama.

— Quem? O quê? — Abaixo minha voz para um sussurro. — A pessoa está aí? Tipo, agorinha? Eu saio de perto por *um dia* e você já tem um caso de uma noite?

Ela ri.

— Calma aí, pervertida. Conheci a diretora de desenvolvimento de marca da Opening Ceremony. Ela me deu o cartão de visitas dela, Cin! E me disse para ligar logo cedo na segunda-feira para marcarmos um almoço! Eu só mostrei um pouco do meu trabalho para ela, super-rápido, tipo, no celular mesmo, e ela adorou.

Uma coisa que você pode confiar na área de moda é que ninguém é educado só por ser educado. Se alguém está interessado no seu trabalho, é genuíno.

— Uau, Sierra, isso é incrível! Você se encaixaria perfeitamente lá.

— Não é? É bem a minha estética. Vou passar o final de semana estudando a história da marca.

— Eles vão te amar — digo, com um sorriso forçado.

— E você, garota da Califórnia? Alguma notícia transformadora para compartilhar?

— Nada, só levando minha vidinha de babá. Talvez eu corra atrás do grande sonho de ser uma chef especializada em queijo quente.

Ela revira os olhos.

— Você ainda pode voltar. Eu provavelmente conseguiria até pagar seu aluguel por um mês e dizer a Wendy que o seu quarto não está mais disponível.

Depois de Sierra, nosso apartamento foi uma das coisas mais difíceis de abrir mão. Demos sorte em consegui-lo graças à dica de um coordenador de moradia fora do *campus* e um ex-aluno que aceitou um emprego na Espanha e concordou em sublocar para nós razoavelmente barato, enquanto Erica ajudava a completar o que faltava.

— Não, Erica precisa da minha ajuda e Wendy está se mudando para aí na quinta, sua maluca! Você não pode dar para trás com ela assim. E ela pode realmente bancar o aluguel, então talvez você devesse tentar mantê-la feliz.

Ela dá de ombros.

— Wendy sobreviveria. E Erica também. Ela poderia contratar uma babá num instante. Nós podemos dar um jeito de fazer isso funcionar, de verdade.

Olho para além do meu telefone, para os trigêmeos.

— Gus, Jack, Mary, digam tchau, Sierra!

— Tchaaaaaau, Sierra! — Eles cantarolam de volta, num caos.

— Tchau — me despeço. — Eu amo você. Ligue para mim na segunda, quando tiver uma resposta.

Sierra solta o ar numa lufada frustrada.

— Tchau. Também amo você.

Depois de mais um tempinho na piscina, tiro os trigêmeos de lá e os seco. Cada um deles tem sua vez para usar a ducha do lado de fora de casa e então me deixam embrulhá-los em toalhas grandes e felpudas.

Enquanto entramos em casa numa fileira, Erica fica de pé.

— Cin, tire uma folguinha. Eu vou esticar as pernas e conferir se meus ratinhos se vestiram. Além disso, talvez eu precise de você para ficar de olho neles essa noite, se não se incomodar... Você não tem planos ainda, não é?

Meneio a cabeça.

— Plano nenhum.

— Eu vou escolher minha roupa! — exclama Mary, antes de disparar na direção dos quartos.

— Essa vai ser boa — diz Erica, seguindo logo atrás com Jack e Gus.

Desabo na frente de Beck.

— Para onde Anna e Drew foram?

Ela não levanta a cabeça do laptop.

— Para um lugar chamado Euphora em busca de máscaras faciais suficientes para o programa todo.

— Você quer dizer Sephora? — pergunto.

— Claro, pode ser.

Acompanho um nó na madeira da mesa da cozinha com o dedo, esperando que minha boca se abra e simplesmente diga as palavras. Eu estava à espera de inspiração, de algo que me tirasse do meu marasmo. E se esse algo está bem aqui, bem à minha frente? Sierra está conseguindo sua chance. E se essa for a minha, embrulhada numa caixinha em formato de reality show?

— Estou dentro.

Beck olha para mim então e fecha o notebook.

— Diga isso mais uma vez.

Assinto.

— Estou dentro. Vamos em frente.

Os olhos dela se iluminam por um momento e então imediatamente se estreitam em seu modo "empresária".

— Deixe Erica por minha conta.

— Eu quero contar para ela.

Beck faz uma careta.

— Tem certeza?

Se vou fazer isso, preciso ter força de vontade. Posso muito bem começar indo contra a vontade da mulher mais feroz que conheço.

— Tenho.

Erica volta para a sala e vai pegar uma água com gás na geladeira. Após um momento, ela olha por cima do ombro e nos encontra fitando-a ansiosamente.

— Que foi?

Pigarreio.

— Erica?

— Sim, querida — diz ela, fechando a geladeira com um palito de cenoura na mão.

— Vou participar do programa.

Ela deixa a cenoura cair e se vira de frente para mim com a testa franzida em confusão.

Levanto-me da mesa.

— Beck me convidou para ser uma participante de *Antes da meia-noite* e aceitei. Se você disser não agora, tudo o que estará me dizendo é que Anna e Drew merecem uma chance de encontrar o amor... ou, merda, pelo menos de ter seus cinco minutos sob os holofotes... e eu não. — Viro-me para Beck. — Vocês duas podem se entender sobre a logística, mas eu vou participar.

— Cindy. — A voz dela é suave, chocada. Pela primeira vez desde que a conheci, Erica Tremaine está sem palavras.

A postura rígida que eu vinha mantendo relaxa enquanto cruzo os braços.

— Eu sei que tudo o que você disse ontem à noite foi por amor. Mas agora preciso de respeito. Eu quero fazer isso. Por favor, não seja a razão para eu não fazer.

Erica se abaixa para pegar a cenoura e dá uma mordida nela. Não digo nada sobre a regra dos cinco segundos, porque pelo dinheiro que Erica paga para limparem esse lugar, ela deveria ser capaz de comer do chão. Com um pouquinho mais de compostura, ela se volta para Beck.

— Se isso der errado, a responsabilidade é sua.

Beck assente.

— Plenamente ciente, capitã.

— Irmãs — diz Erica. — Irmãs disputando a atenção do solteiro.

O olhar dela passa por nós e vai para o quintal.

— Suponho que três seja melhor do que duas.

CAPÍTULO SEIS

— **C**in? — Drew enrola o dedo na porta do provador. — Não consegui encontrar um número maior.

Abro a cortina para ela se juntar a mim e a Anna, que está sentada num pufe gigante. Expliquei a Drew que eu havia experimentado o maior tamanho de que eles dispunham, mas ela balançou a cabeça e me mostrou seu celular como prova:

— Está vendo? Diz bem aqui. Agora com tamanhos maiores.

Expliquei que lojas como esta (lugares na moda que de repente entraram na onda de *body positive* e aceitação do corpo para ganhar uma graninha rápida) via de regra só oferecem tamanhos maiores no site, mas ela insistiu em verificar pessoalmente.

Eu me largo no pufe de couro ao lado de Anna.

— O que eu queria saber mesmo é: quem considera que pufes sejam assentos adequados para o provador?

Anna cruza os braços.

— Isso é ridículo. Como é que você vai saber se algo cabe, se só puder comprar on-line? Especialmente se é de uma marca que você nunca comprou!

Estou desiludida demais para me juntar a seu ultraje e também sofrendo flashbacks de todas as visitas que fizemos ao shopping na época do ensino médio. Naquele tempo, as opções eram mais limitadas ainda.

— Eu consigo me virar com as coisas que tenho em casa — digo a elas. — Não preciso de um guarda-roupa novinho só para um programa de TV.

— Eu me lembro da mamãe ter dito que havia um departamento de figurino para os encontros individuais e coisas assim — afirma Drew, mas, pela cara dela, posso ver que está pensando o que já sei. Se estamos com esse tanto de dificuldades para comprar nesta loja, a probabilidade de que o programa tenha algo já pronto no meu tamanho é basicamente inexistente.

— Certo, vamos — falo.

Contorço-me até levantar do pufe e então Drew e eu puxamos Anna até ela ficar de pé.

Saímos do provador cheias de peças rejeitadas e nos encaminhamos para a porta de entrada.

— Obrigada por terem vindo, meninas! — agradece a vendedora, nos vendo sair. — Uma pena não terem encontrado nada dessa vez.

Estamos quase do lado de fora, mas Anna dá meia-volta e retorna ao balcão, pisando duro.

— Na verdade, minha irmã encontrou várias coisas de que gostou, mas sei lá por que, sua empresa não tem o tamanho dela no estoque.

A mulher dá um passo para trás, assustada com a bravata de Anna.

— Hã... nós sabemos que, tipo, você não tem controle sobre isso, mas talvez possa repassar essa mensagem para os seus superiores — sugiro.

A mulher me nota, aparentemente pela primeira vez.

— Ah, sim, é claro. Acho que talvez tenhamos algumas de nossas peças básicas em extra grande, se você quiser experimentar.

— Minha irmã te parece básica? — dispara Anna.

— Anna — censuro. — Vamos.

Anna volta até onde estamos e passa um braço pelo meu e outro pelo de Drew enquanto saímos juntas, como uma força invencível.

— Anna — diz Drew, assim que estamos longe o bastante —, aquilo foi tão fora do comum para você!

Anna ofega.

— Eu sei! — Sua voz retorna aos níveis normais de doçura. — Mas foi gostoso. Um pouco sexy também. Eu devia falar sobre isso nos meus stories do Instagram.

Repouso minha cabeça no ombro dela.

— A gata tem garras!

Eu não sabia bem o que esperar quando voltei a LA, mas estar com Anna e Drew é... confortável. Penso que, se eu vou fazer esse negócio de reality, pelo menos será com elas.

Passei a semana com os trigêmeos durante o dia, enquanto Anna e Drew faziam todos os retoques imagináveis. Luzes, tratamentos faciais, depilação, manicure. Se era possível ser polido, destacado ou depilado, elas deram um jeito. Junto-me a elas para algumas coisas, conforme o tempo permite — fazer as unhas rapidamente ou cortar as pontas duplas, mas Erica tem a agenda cheia, o que significa que a minha também está. Prometi-lhe que ao menos passaria a semana com os trigêmeos, e ela me garantiu que encontraria uma solução mais permanente para eles enquanto eu estivesse longe. E, toda noite, enquanto adormeço, relembro a mim mesma que era essa a minha vontade, e aí me pergunto brevemente quem pode ser o homem misterioso. Uma pena que o Príncipe Encantado não poderá chegar num rompante e me resgatar, caso o solteiro seja apenas outro *bro*.

Três dias antes da data marcada para eu partir da casa de Erica para o *château*, uma equipe de filmagem cai sobre mim. Eu sabia que eles viriam fazer pré-entrevistas para o episódio de estreia da temporada, mas ainda assim sou pega de surpresa. Fico à espera de que haja apresentações formais à equipe, mas, em vez disso, todos apenas correm em volta de mim como se eu fosse parte do cenário.

Beck me disse para aparecer sem maquiagem e ter várias opções de roupa preparadas, então optei por um vestido branco de verão e o antigo relicário da minha mãe, com uma foto do meu pai dentro.

No momento em que saio da casa na piscina, três mulheres bem diferentes se lançam sobre mim. A primeira, uma negra mignon, usa um penteado ao estilo *pin-up*: cachos em torno do rosto e o restante preso num lenço de seda. Ela passa a mão pelos meus cabelos sem nem perguntar e começa a examinar as raízes.

— Hum. Não tem muitos danos.

Outra mulher, essa alta e branca, com cabelos loiros compridos e ondulados e o tipo de maquiagem que parece inexistente, mas que requer muita habilidade para conseguir fazer, coloca um blush perto do meu rosto.

— Belas maçãs do rosto — elogia ela.

A terceira e última mulher, de pele oliva e vestida toda de preto, mantém-se a alguma distância, uma fita métrica no punho.

— Definitivamente mais carnuda do que Beck disse que ela seria — diz, num pesado sotaque do Leste Europeu.

— Mais carnuda? — pergunto.

— Essa é a Irina — explica a mulher com lenço de seda. — Ela é do figurino e não tem filtro, mas, comparada com o restante do pessoal de vestuário com quem já trabalhei, ela late, mas não morde. Sou a Ginger e cuido dos cabelos. Você vai fazer seus próprios penteados durante o programa, na maior parte do tempo, exceto nos encontros individuais, mas estarei por perto para dar uns retoques. O mesmo vale para a maquiagem.

A mulher com o blush passa a inspecionar minhas sobrancelhas.

— E eu sou a Ash. Tecnicamente, eu não deveria tocar nas suas sobrancelhas, mas você tem só... — Ela ataca com uma pinça. — Só um pelinho fora do lugar.

Solto o ar num chiado.

— Obrigada... acho.

As três rapidamente me levam para dentro da casa principal, onde montaram um posto improvisado para toda a preparação e arrumação.

Enquanto Ash aplica base em mim, uma mulher muito elegante mais ou menos da idade de Erica aproxima-se de nós e diz:

— Cindy? Oi, meu nome é Tammy e vou interpretar sua madrasta. Talvez a gente possa ensaiar algumas falas quando você terminar aí, que tal?

— Como é? — Eu olho para Ash em busca de respostas, mas ela está ocupada, trabalhando no meu rosto. A mulher é conduzida para longe antes que eu possa pedir mais detalhes. — Beck?

— Tô indo! — A voz dela vem do outro lado da sala. — Cindy! — diz ela, aproximando-se pela lateral. — Você está radiante! Ash não é a melhor?

— A melhor — digo rapidamente, apesar de não ser qualificada ainda no assunto. — Mas você pode, por favor, me explicar por que uma mulher aleatória chamada Tammy acaba de me abordar, dizendo que vai interpretar o papel da minha madrasta? E, pelo jeito, eu tenho falas? Pensei que realities deveriam ser reais... ou algo assim.

— E são. Totalmente. Mas, às vezes, temos que preencher um pouco os vazios. E Erica não pode ser a sua madrasta, por motivos óbvios. Você imagina quantos questionamentos isso traria? Seria um pesadelo de relações públicas. Todo mundo pensaria que você só entrou no programa por nepotismo e por ter as conexões certas.

— Bem — falo —, foi *exatamente assim* que entrei no programa.

— O povo não precisa saber disso. Às vezes, precisamos ir muito além para manter a magia viva. Isso não é uma *mentira*, de fato. É apenas uma *verdade alternativa*.

— Hum, isso soa como uma mentira.

— Relaxe e separe os lábios — ordena Ash.

Emito um gemido por entre os lábios relaxados e separados enquanto ela aplica um gloss grudento.

— E você não tem falas — me garante Beck. — Nós só tivemos que dar alguns parâmetros para Tammy, para que ela tivesse algumas informações básicas e, a partir delas, improvisasse um pouco. Vai ser supernatural, prometo. Você nem vai saber que as câmeras estão aqui.

Olho ao meu redor para a equipe passando cabos e montando luzes por toda a sala de estar de Erica.

— Improvável — afirmo, ainda entre os lábios relaxados e separados.

— Ah, aliás — diz Beck —, mudanças de planos. Anna e Drew não são mais suas irmãs. Pelo menos, não no programa. Então certifique-se de que as outras pretendentes não descubram que vocês são parentes, tá? Isso deixaria tudo... complicado.

— Como é que é? Achei que a coisa toda seria que somos três irmãs disputando o solteiro.

Beck dá de ombros.

— Estamos tentando outra abordagem com você e...

— Beck! — Alguém a chama.

— Tenho que ir! — fala ela, enquanto desaparece no emaranhado de membros da equipe.

— Abordagem? Eu tenho uma abordagem? Qual é a minha abordagem?

Mas ninguém responde. Meu estômago salta ao pensar em enfrentar isto sozinha. Anna e Drew ainda estarão lá, mas qualquer chance que eu tinha de me esconder atrás delas se foi.

Quando termino o cabelo e a maquiagem, sou guiada até o sofá, onde alguém enfia uma almofada atrás das minhas costas para eu ser forçada a me sentar corretamente.

Beck se senta num pufe à minha frente, atrás da câmera.

— Certo, vamos apenas conversar. Farei perguntas e você responde. Se alguma coisa acontecer, continue falando. Talvez tenhamos que fazer uma pausa aqui ou ali por causa de ruídos. Quando isso acontecer, Ash, Ginger ou Irina talvez apareçam para arrumar seu cabelo ou alguma outra coisa. Tudo bem?

— Hã, claro. Tem... tem muita gente aqui.

Eu me forço a respirar calmamente, senão vou hiperventilar.

Beck vem se sentar ao meu lado no sofá.

— Olha, se tivéssemos feito sua pré-entrevista semanas atrás, como fizemos com as outras meninas, poderíamos te introduzir nisso com um pouco mais de calma. Porém, do jeito que as coisas estão, estamos correndo contra o tempo, sem um minuto a perder com delicadezas. Quero que você se sinta confortável, então posso mandar lá pra fora quem não seja essencial neste momento e podemos fazer isso com uma equipe básica. Mas você também precisa saber que, quando entrar na casa, vai ser igual a isso aqui, mas com anabolizantes. Estou falando de anabolizantes pesados, de estourar as veias e encolher as bolas.

Assinto. Entendo o que ela está dizendo. Não há tempo de ir aos poucos, e talvez seja disso que eu precise: só mergulhar de vez e tão completamente em algo que não possa sequer pensar muito nisso.

— Eles podem ficar. Mas, hum, será que posso pegar um copo d'água, pelo menos?

Beck concorda e estala os dedos.

— K! Água.

Em segundos, um rapaz branco e desengonçado segura uma garrafa de água com um canudinho na frente do meu rosto.

— Beba — diz ele.

— Eu não preciso de canudinho — retruco.

— Precisa, sim — afirmam Ash, Irina e Ginger em uníssono.

— É de papel — explica ele, obviamente entediado. — Salvem as tartarugas.

Eu obedeço e tomo um golinho enquanto ele segura a garrafa para mim e, assim que termino, digo:

— Bom, isso foi constrangedor.

Beck ignora minha preocupação com um aceno.

— Aquele moleque acaba de receber para te servir água. Ele está bem. Você está hidratada. Estamos todos bem. — Ela se levanta e volta para seu pufe. — Como está nossa luz? Como estamos?

Irina vem correndo.

— Tire o relicário.

Coloco a mão por cima dele e instintivamente digo:

— Não.

— Estraga a imagem — diz Irina, desafiadora.

Nós duas olhamos para Beck em busca de um desempate, e acho que se Irina tirar esse colar de mim, talvez eu chore, o que é ridículo, mas estou tão tensa quanto uma daquelas consumidoras que pagam com cupons na hora de fechar a conta no caixa.

— O colar fica. Ele parece... amigável.

Irina resmunga baixinho e acho que nós duas ainda vamos ter um atrito antes que tudo chegue ao fim.

— Silêncio no set! — Uma moça do sul da Ásia com duas longas tranças e uma prancheta coberta de adesivos de bandas anuncia.

— Obrigada, Mallory — agradece Beck.

A sala inteira fica em silêncio. Tão quieta, de fato, que me dá medo de talvez estar ofegante demais... E se eles puderem ouvir isso no microfone pendurado acima da minha cabeça, fora do enquadramento?

Beck assente para o cara atrás da câmera.

— Gravando! — grita a moça com a prancheta.

Ao longo da hora seguinte, Beck basicamente faz um *post mortem* da minha vida até este momento. A única exclusão é qualquer detalhe específico sobre Erica. Tirando isso, ela pergunta sobre tudo: a morte do meu pai; os trigêmeos; a faculdade de moda; a mudança de volta para a Califórnia. Enfim Erica aparece, entrando e saindo periodicamente, anuindo em aprovação, e tento não deixar meus olhos se desviarem. Pausamos algumas vezes por causa da passagem de um avião ou por um alarme de carro e, às vezes, digo algo que me pedem para repetir, mas com "mais ênfase", seja lá o que isso signifique.

Quando terminamos, a sala toda suspira em uníssono e, em segundos, o volume da equipe explode outra vez.

Beck dá tapinhas no meu joelho.

— Você foi ótima.

— Você não me contou que ia basicamente exibir todas as minhas entranhas para o mundo inteiro ver.

Ela ri.

— Parece muita coisa, mas precisamos de opções. Abordagens diferentes. E não se preocupe com essa gente toda. Muitos deles se distraem enquanto as câmeras estão gravando até que esteja na hora de trabalhar de novo. De qualquer forma, tudo isso vai ser cortado para, tipo, uns dois minutos de filmagem.

Ela levanta um dedo e presta atenção a algo que estão lhe dizendo no fone de ouvido antes de sair.

Acho que tudo isso deveria ser reconfortante, mas passar pelo esforço de colocar minha vida toda à mostra é um pouquinho doloroso, num sentido diferente.

Erica se joga no sofá ao meu lado e integrantes da equipe se esparramam como formiguinhas fugindo de um formigueiro destruído.

— Eles podiam pelo menos ter contratado alguém que se parecesse comigo — diz ela, indicando a mulher na cozinha, onde Beck prepara a filmagem. — Desculpe por não poder interpretar a sua mãe — diz ela.

— Deve ter sido bem esquisito para Drew e Anna.

Ela dá um riso sardônico.

— O nome da mãe falsa delas era Natalie. Elas gostaram bastante, na verdade.

— Por que é que não estou surpresa?

— Eu queria poder ter estado aqui hoje cedo. Nosso solteiro passou por uma... situação.

Eu a cutuco com o cotovelo.

— Uau, dá pra ser mais vaga?

— Você tem sorte por eu ter contado mesmo isso.

Eu me viro de frente para ela.

— Só me diga uma coisa. Você acha que vou pelo menos gostar dele?

Espero que ela me ignore; em vez disso, ela pressiona o dedo nos lábios e pensa por um longo instante.

— Sabe, até a semana passada, eu teria dito que de jeito nenhum... Mas as pessoas às vezes surpreendem a gente... e vocês dois... — Ela para de súbito, voltando à máscara inexpressiva, como se tivesse acabado de se dar conta de que trocou por acidente seu papel de produtora pelo de madrasta. — Venha. Vamos dar alguns retoques.

Ela se levanta.

— Precisamos de retoques!

Em segundos, somos cercadas.

Erica aperta minha mão antes de me deixar com Ash, Irina e Ginger.

Pelo resto da tarde, eu e minha falsa madrasta, Tammy, assamos cookies falsos e lavamos a louça falsa e temos conversas falsas e me divirto falsamente. O tempo todo, atrás das câmeras, Beck insiste:

— Sorria! Aja naturalmente!

Essas três palavras giram em círculos na minha cabeça pelo resto do dia e até tarde da noite, enquanto faço minhas malas e coloco os trigêmeos para dormir mais uma vez. *Sorria. Aja naturalmente.*

CAPÍTULO SETE

Na manhã seguinte, dou uma rápida olhada pelo quarto para garantir que não me esqueci de nada. Apoiada num joelho, confiro embaixo da cama, mas não encontro sapato nem delineador perdidos. Tudo o que vejo é uma caixa grande de papelão. Estendo a mão e a arrasto para fora. Escrito no topo, na letra ligeira de Erica, lê-se: *Coisas do Simon, p/ C.* Um ofego baixo me escapa.

No verão passado, quando tentei separar algumas coisas de papai, pedi a Erica se ela podia guardar algumas para mim. Eu já havia pegado uma das camisas gastas de flanela, seus chinelos preferidos e alguns de seus livros do Clive Cussler logo depois que ele morreu, então achei que tudo bem deixar para ela decidir o que valia a pena guardar. Especialmente quando a alternativa era que eu encarasse toda a dor da qual venho me escondendo há anos.

Deixo meus dedos dançarem sobre o nome dele por um momento. Uma parte de mim está desgostosa por saber que dormi aqui a semana toda, com seus pertences remanescentes pairando sob mim, como um fantasma. Eu não estava pronta no verão passado, e definitivamente não estou pronta agora. Empurro a caixa de volta para o lugar onde a encontrei e carrego minha bagagem pelo quintal, para dentro da casa principal.

Lá dentro, Erica está correndo de um lado para o outro com uma mulher um pouco mais velha que ela numa camisa social florida, bermudas cáqui e sapatos de caminhada de sola grossa.

— E aqui é onde guardo os copos preferidos deles. Eles usam outros, mas esses são os preferidos. Gus odeia aipo. Mary vai dizer que ela sabe nadar sem as boias, mas é mentira. Inclusive, é melhor partir do princípio que Mary está mentindo, é mais frequente do que ela dizendo a verdade. Ela não é maldosa. Apenas criativa. E Jack é mais coração mole do que quer fazer crer. E...

O som das minhas duas malas grandes rolando sobre o piso interrompe o descarrego de informações de Erica em cima dessa pobre mulher.

— Ah, Cindy! — diz ela. — Você está pronta! Vamos pedir a Bruce para te levar até o Marriott para conhecer o resto das meninas.

— Talvez eu devesse pegar um Uber? Mais discreto?

Os olhos dela se iluminam.

— Isso! — Ela se vira para a mulher a seu lado, que se encontra surpreendentemente calma. — Esta aqui é Jana. Ela vai cuidar dos trigêmeos durante o verão.

Jana sorri.

— Prazer em conhecê-la.

— Jana foi a babá dos bastidores da série *Nicole + Joel + Mais*. Sabe, aquela série sobre o casal jovem com problemas de fertilidade que acaba tendo quíntuplos.

— Ah, sim — afirmo. — Ele não acabou traindo a esposa com...

Jana dá um sorriso malicioso.

— Com a nova babá. Depois de eu voltar para Los Angeles.

Assinto.

— Bem, acho que trigêmeos serão moleza pra você.

— Era o que eu estava tentando explicar para a sra. Tremaine — diz ela, com gentileza, mas firme.

Erica suspira.

— Desculpe. A ansiedade materna está altíssima hoje.

Eu meneio a cabeça, demonstrando que entendo, e fico ali por um instante. Odeio me despedir, especialmente de Erica. Trocamos um abraço? Dizemos um "amo você"? Nós duas oscilamos, desajeitadas, por um momento antes de optar por um abraço de lado. Nada diz mais *Você é minha única figura parental viva* do que um abraço de despedida de ladinho.

Deixo meu celular na gaveta da cozinha, mas antes de desligá-lo disparo uma mensagem de texto para Sierra. *Vou desaparecer por um tempinho, mas se você ligar a* TV *no canal 8 na terça à noite, vai ver por quê. Amo você.*

Quando chego ao hotel, descubro que o programa tomou conta do bar, ainda fechado.

Há uma mesinha de check-in com alguns assistentes de produção júnior, inclusive Mallory, de ontem, aquela das tranças e da prancheta com adesivos de bandas. Entro na fila, recebo um crachá com meu nome e sou instruída a deixar minha bagagem e circular entre as outras integrantes do elenco.

— Cin!

Meu coração infla ao som da voz de Drew.

A cabeça dela está saltitando acima da multidão de mulheres — todas elas altas e magras e usando roupas muito chiques, mas simples ao mesmo tempo.

Meus quadris e eu abrimos caminho entre a massa até eu ver Anna e Drew.

— Graças a Deus — cochicho.

— É tão bom ver você! — diz Anna em voz alta, soando mais como uma conhecida do que uma irmã.

Uma mulher que poderia ser confundida com uma das Kardashian, com cabelo liso e preto se estendendo quase até a cintura, cruza os braços sobre os seios avantajados. Unhas pontudas em tom nude fazem seus dedos parecerem intermináveis.

— E como é que vocês três se conhecem?

A cara de Anna se torna inexpressiva com o branco que ocorre, mas Drew vem em seu resgate:

— Frequentamos a mesma escola no ensino médio. Ela estava um ano abaixo do nosso, não é, Cindy?

Concordo. A melhor mentira é sempre a verdade.

— É, no ensino médio.

— Que bonitinho — diz a mulher.

Anna abre um sorriso enorme.

— Addison, essa é Cindy. Cindy, essa é Addison.

E então, como se fosse a prefeita de Gostosópolis, Anna me apresenta para o resto das garotas em seu pequeno círculo. Zoe, Claudia, Jen S., Jen B., Jen K., Gen com G, Jenny, Olivia, Trina... Os nomes não paravam mais. Havia algumas advogadas, uma médica e uma professora, mas a maioria dizia apenas que trabalhava com consultoria de redes sociais, o que parece ser código para modelo no Instagram.

— Certo, senhoritas! Sentem-se, por favor — anuncia Beck de onde se encontra no bar, com as mãos em concha em volta da boca. — Hora da orientação, gente!

Nós nos amontoamos em volta de mesinhas redondas e me encontro escondidinha entre Anna e Drew. Aceno para Beck, mas o olhar dela passa direto por mim, e acho que é porque ela está tentando não ter favoritas aqui. Por outro lado, isso presume que sou a preferida dela. Afasto essa ideia, chacoalhando a cabeça. Ela provavelmente é amigável daquele jeito com todas as participantes, assim elas pegam o jeito mais depressa. *Controle-se, Cindy. Isso aqui não é a vida real. Isso é um programa de reality.*

Eu me sentia bem hoje cedo. Coloquei um par de mocassins coral de bico fino, de couro legítimo, que fiz para minha prova final enquanto estudava na Itália, e uma camiseta branquíssima por dentro da minha calça jeans boyfriend preferida, com as barras dobradas. Mas cada uma das mulheres aqui é brilhante, polida e lustrosa de um jeito como nunca fui. Estou, definitivamente, fora do meu elemento aqui.

— Certo, classe, prestem atenção — diz Beck. — A maioria de vocês me conhece, mas para aquelas que não conhecem, meu nome é Beck. Naquela mesa ali estão Zeke, Mallory e Thomas. Eles são os assistentes de produção. E este aqui é o Wes. — Ela indica o cara alto de pele marrom-clara a seu lado, com o cabelo raspado nas laterais e uma pilha de cachos na parte de cima da cabeça. — Pensem em Wes e mim como copilotos. Nós somos os seus assistentes de produção executiva. Somos a sua turma. Se acontecer alguma coisa, vocês falam com a gente. Se algo que deveria acontecer não aconteceu, vocês falam com a gente. Pensem em nós como suas mães, irmãs, terapeutas, fadas madrinhas, aquele seu tio engraçado, mas também seus pais, que às vezes têm que falar duro.

— Conta uma piada de tiozão! — grita alguém.

Sem perder o ritmo, Beck diz:

— Estou lendo um livro sobre a história dos adesivos. É impossível desgrudar.

Metade da sala ri ironicamente, enquanto a outra metade dá uma risadinha confusa.

— E, é claro, a famosa Erica Tremaine é a criadora e produtora executiva da série. Ela estará presente às vezes durante as gravações. Estamos prestes a colocar todas vocês num ônibus chique — continua ela. — Quando isso acontecer, distribuiremos um pacote de boas-vindas com algumas regras da casa, um mapa do *château*, uma breve biografia de nosso solteiro misterioso...

As mulheres, inclusive Anna e Drew, assoviam e soltam gritinhos agudos.

— Ouvi dizer que ele é piloto — diz alguém, atrás de mim.

Beck pigarreia.

— E vocês também vão descobrir o número de seus quartos, junto com os nomes de suas colegas de quarto. Temos cerca de quatro mulheres em cada, mas isso vai mudar conforme forem sendo eliminadas. Esta noite, passaremos de vinte e cinco pretendentes para dezoito, então algumas não vão nem estar com o quarto lotado assim que se deitarem.

As mulheres soltam um grunhido, e até eu sinto um peso no estômago.

— Este é o ponto em que dou uma palestrinha sobre sororidade e *fair play* e blá-blá-blá, mas sejamos francas: quando é que isso rendeu programas divertidos na TV?

A sala fica nitidamente quieta, exceto pelo riso dos produtores lá no fundo.

— Estou brincando — diz Beck. — Mais ou menos. Mas, falando sério, queremos que vocês se deem bem, claro, mas não se esqueçam de que esta é uma competição em nome do amor verdadeiro.

Ao meu redor, várias mulheres assentem, fervorosamente. Addison, não. Ela se mantém parada, as pernas cruzadas na altura dos joelhos e uma segunda vez perto do tornozelo — essa mulher é contorcionista? Talvez uma influencer contorcionista? Existe público para isso?

— E, é claro — prossegue Beck —, de cem mil dólares.

Todas soltam um *uhuuuul* empolgado, inclusive eu. Eu poderia fazer tanta coisa com esse dinheiro! Andei sem destino nesse último ano, mas não posso ignorar a pequena explosão de entusiasmo que sinto ao pensar no que eu poderia fazer se ganhasse. Esse dinheiro, mesmo com os impostos, poderia ser o começo real de algo enorme para mim e que poderia, algum dia, ser a minha marca. Remexo os dedos dentro de meus sapatos, as palmilhas gastas de couro moldadas perfeitamente ao formato de meus pés, e, por um momento, imagino como seria ver meus bebês à venda em todo lugar, em todas as cores e tamanhos. E uma parte pequenina de mim até anseia pelo bloco de desenho. Não porque eu tenha alguma ideia imensa borbulhando e prestes a emergir, mas porque sinto falta de senti-lo em minhas mãos.

— Para muitas de vocês, essa será uma experiência que vai mudar a sua vida, e nós esperamos de verdade que se conectem umas com as outras, mas não se esqueçam do porquê vieram para cá. Ou *por quem* vieram para cá. — Beck bate as mãos. — Formem uma fila lá fora, perto dos ônibus à sua espera na garagem. Por favor, confiram se sua bagagem está marcada claramente... E com isso, nós partimos para o *château*!

Todas comemoramos e Anna aperta minha mão.

— Mal posso acreditar que estamos fazendo isso de verdade!

No ônibus, Drew e Anna se sentam juntas e eu, logo atrás delas. Várias mulheres passam por mim em busca de outras participantes, mas uma mulher branca e mignon com cabelos castanho-claros e vestindo uma chemise listrada de branco e rosa e alpargatas combinando para na minha fileira.

— Esse lugar está ocupado? — pergunta ela, com um sotaque sulista.

— É todo seu — respondo.

Ela estende a mão para mim e fico honestamente surpresa por ela não estar também com luvas de renda combinando.

— Eu me chamo Sara Claire — diz.

Aperto sua mão e tento me espremer contra a parede para lhe dar um pouquinho mais de espaço.

— Cindy. — Apresento-me. — Só esse nome.

Ela ri e dá tapinhas na minha coxa.

— Eu tenho espaço de sobra, Cindy. Não precisa se encolher até virar uma bolinha.

— O-obrigada — agradeço, sentindo um pouco de vergonha por ela ter notado. Por outro lado, já ouvi dizer que as mulheres sulistas têm um modo de ser polidas e diretas ao mesmo tempo.

Ficamos sentadas em silêncio enquanto começamos a ler nossos pacotes de boas-vindas.

REGRAS DO *CHÂTEAU* DA MEIA-NOITE

1. Proibido todo e qualquer recipiente de vidro no ofurô.
2. Será imposto um horário para apagar as luzes. (O horário varia, dependendo da noite.)
3. Proibido o uso de celulares, e-mails e mensagens de texto. Nenhuma comunicação com o mundo exterior.
4. Não será tolerada violência. Qualquer violência acarretará eliminação imediata e possível envolvimento da polícia.
5. Sorria! Você está sendo filmada.

Um calafrio percorre minha coluna. Sinistro.

Ao meu lado, Sara Claire arfa.

— Somos colegas de quarto!

Olho para o pacote dela e então rapidamente passo para a terceira página, chegando onde ela está.

QUARTO 6:
Sara Claire
Cindy
Addison
Stacy

— Espero que Addison e Stacy sejam legais — diz Sara Claire.

Dou uma olhada por cima do ombro para onde Addison se encontra, algumas fileiras atrás de nós, cochichando com outra mulher.

— Isso seria pedir demais — resmungo.

Volto uma página e descubro que ela se intitula:

BIOGRAFIA DO SOLTEIRO

O solteiro desta temporada vem de uma família emblemática, famosa por seu império na moda.

Como é que é? O possível herdeiro de um império da moda?

— Você viu isso? — pergunto, apontando para a bio.

Sara Claire dá uma espiada por cima do meu ombro.

— Que marca será?

— Não sei, mas a indústria da moda é um mundo menor do que se imagina, especialmente para os figurões de luxo.

Continuo a ler em busca de uma pista.

O solteiro é famoso por seu humor afiado e seu tino comercial. Ele pode ser cruel numa sala de reuniões, mas é coração mole com as moças. Entre seus hobbies estão velejar, polo aquático, Scrabble com apostas altas e retornar os telefonemas de sua mãe. Ele está pronto para subir de nível, abandonar o estilo de vida de solteiro e finalmente sossegar com uma mulher que o desafie e o ajude a representar a marca da família.

Sara Claire bate com a unha cor-de-rosa na página.

— Reabilitação da reputação de playboy.

— Oi?

Ela se vira para mim e diz, baixinho:

— Esses caras são sempre algum arquétipo. Rapaz do interior com valores de família, querendo sossegar? Na verdade, é um doido de direita, cheio de problemas mal resolvidos com a mãe. Aventureiro de espírito livre buscando por sua alma gêmea, querendo criar raízes?

Um valentão imaturo que acha que é mais especial que todo mundo. Você precisa ler nas entrelinhas.

Inclino a cabeça, olhando mais uma vez para a bio.

Ela aponta para a segunda linha.

— *Humor afiado* significa "cretino sarcástico". *Scrabble com apostas altas?* Mais para vício em jogos. *Estilo de vida de solteiro?* Parece que ele tem um pendor para casos de uma noite.

Olho de novo para ela, tentando analisá-la. Sara Claire não é o que eu esperava.

— Como é que você sabe de tudo isso?

— Estou no negócio dos negócios. Fundos de investimento. É a empresa da família, no Texas. Papai me chama de seu radar para besteirol. Eu vou às reuniões e fico quietinha, bonitinha. Todo mundo me subestima, e escuto tudo o que não estão dizendo.

— Uau — digo. — Esse emprego parece uma loucura. O que é que você está fazendo aqui?

Ela dá de ombros, sorrindo.

— Você acreditaria em mim se eu dissesse que estou em busca do amor verdadeiro?

— Espere aí. Você quer dizer que realmente acredita em tudo isso?

— Escuta, estou com trinta e dois anos. No sul, quer dizer que sou uma anciã. Tentei todos os aplicativos. Todo grupo de solteiros da igreja. Todo site. Todo amigo de um amigo. — Ela balança a cabeça, pensando consigo mesma em algo. — Quando os olheiros do elenco me abordaram, eu calculei que não podia dizer para minha mãe que tentei de tudo para lhe dar netos antes de tentar realmente de tudo.

Ela deve ter notado quanto meus olhos se arregalaram com aquela declaração, e dá um tapa na minha perna.

— Você ainda é jovem, mas um dia vai acordar e se perguntar para onde o tempo escorreu. — Ela ri. — Ou talvez não.

— Mas você quer mesmo se apaixonar por um playboy tentando reabilitar a reputação?

Ela acena.

— Eu já trabalhei com todo tipo de escória, e o que posso lhe dizer é que a única coisa que todos temos em comum são os segredos escondidos em algum canto.

Seguimos na estrada por mais uma hora, mas, nesse tempo todo, as palavras de Sara Claire são absorvidas. Não sei quais seriam os meus segredos, mas tenho certeza de que eles existem.

Sinto-me ansiosa e irrequieta sem meu telefone, então acho que, no final, sou mais viciada naquele tijolinho tecnológico do que eu pensava. Eventualmente, acabo encostando a cabeça no vidro e assistindo a Los Angeles passando por nós conforme mergulhamos mais fundo nas montanhas.

Algumas garotas reclamam de enjoo, e ouço alguém atrás de mim sussurrar:

— Sempre achei que o *château* ficasse num estúdio de gravação.

Outra voz responde:

— Ouvi falar que fica num complexo antigo que era de uma seita antes de eles se envolverem num tiroteio com o FBI. Supostamente, ninguém queria adquirir o imóvel, então a emissora conseguiu comprar por uma bela pechincha.

Dou uma risadinha comigo mesma, sabendo que ambas as histórias têm um fundo de verdade. O programa começou num estúdio, mas rapidamente se transferiu para as montanhas quando conseguiram comprar por uma bagatela a propriedade que já havia pertencido a Vince Pugh, um astro do cinema adolescente dos anos 1990 que acabou se revelando um assassino em série na vida real. Ele, por sua vez, havia comprado o imóvel de um executivo de um estúdio cuja esposa queria trazer o interior da França para o sul da Califórnia.

Quando passamos pelo portão do *château*, muita coisa parece familiar, mas muitas outras não. Do outro lado de uma extensão de sebes altas, há fileiras de trailers e caminhões cheios de equipamentos, tudo estrategicamente escondido. Para lá das sebes, um longo caminho com paisagismo elaborado dos dois lados leva até a porta de entrada, que nos recebe com sua escadaria de mármore e torreões imponentes. É um pouco mais encardido e menor do que parece na televisão, mas isso não impede que praticamente todas ofeguem. E tenho que admitir, algo no telhado dramático me atrai.

Quando a porta do ônibus se abre com um sibilo, Beck salta para dentro.

SERÁ QUE É O MEU NÚMERO?

— Certo, senhoritas, vocês são responsáveis por levar as próprias malas até seu quarto. Este pode ser o famoso *château*, mas não é um hotel. Não há um camareiro. Prestem atenção em seu mapa da casa. Se uma porta estiver trancada, está trancada por um bom motivo. Se não está no mapa, você não precisa saber o que é. E, francamente, se encontrar uma porta trancada, posso quase garantir que a única coisa por trás dela é equipamento de gravação antigo. E, antes que perguntem, sim, o solteiro está residindo na propriedade. E não, não vou contar onde está.

Algumas mulheres soltam gritinhos, e então Beck recua, abrindo caminho para nós.

Todas paramos por um segundo, depois saímos correndo. Isso me lembra de sair do avião quando aterrissei no LAX e o Príncipe Encantado — digo, Henry — e eu nos conectamos pela irritação que ambos sentimos com o caos antes de ele gentilmente ajudar uma penca de gente com as malas.

Deixo as outras passarem na minha frente até ficarmos apenas Beck e eu no ônibus. Quando passo por ela, espero que ela me dê algum tipo de sinal de que, para ela, não sou apenas outra participante. Ela está olhando para o celular enquanto me aproximo e sinto uma pontada súbita de inveja ante a visão de alguém com um telefone.

Uau, talvez eu precise mesmo de um detox de tecnologia.

Beck levanta os olhos bem quando passo por ela e me dá uma piscadela exagerada:

— Sara Claire é uma das boazinhas. Cole nela.

— Bem, ela é minha colega de quarto...

Ela sorri, sabichona.

— E você acha que isso foi um acidente? Pouquíssimas coisas nesse programa acontecem por acaso. Você também vai gostar da Stacy.

— Obrigada — agradeço, antes de descer os degraus apressadamente e arrastar minhas duas malas imensas até o *château*. Não posso esperar que Beck demonstre ter favoritas, mas, pelo menos, é bom saber que tenho uma amiga por aqui.

Todos os quartos ficam no andar superior, num corredor comprido com dois banheiros grandes no estilo dormitório de faculdade.

Se eu não estivesse tão ocupada com minha própria bagagem, acharia muito divertido assistir a todas essas mulheres arrastando malas imensas e superlotadas pela luxuosa escadaria em espiral. De fato, uma das participantes deixa escapar uma das malas, que desce a escada com tudo, quase derrubando a mim e a uma outra moça.

No final do corredor, encontro o quarto seis, onde Sara Claire já está pendurando sua mala de vestidos coloridos.

— Aí está ela! — Ela se vira para Addison. — Essa é a Cindy!

— Ah, nós já nos conhecemos — diz Addison, seca. — Cindy parece conhecer todo mundo.

Sorrio, tensa.

— Oi, Addison.

Empoleirada na cama em frente a ela está uma garota negra com cabelos encaracolados vestindo um *cropped* florido adorável, com saia combinando, e um par de Air Jordan branco. Sua pele é perfeitamente viçosa, com a quantidade certa de iluminador, e o delineador preto forma o efeito gatinho mais preciso que já vi.

— E esta aqui é a Stacy! — Sara Claire me diz.

— Oi — fala Stacy, despreocupada.

Imediatamente, já sei que Stacy é o tipo exato de garota de quem tendo a me aproximar. Ela combinaria certinho com Sierra, lá em Nova York. As duas são garotas cujas confiança e a energia calma as tornam as pessoas mais descoladas em todos os grupos.

— Oi! Adorei seus tênis. De onde você é? — pergunto.

— Obrigada. Sou viciada em *sneakers*. Chicago, nascida e criada. Bibliotecária de dia, maquiadora à noite. — Ela tira de sua bolsa um pequeno difusor de óleos. — Alguém se incomoda se eu usar isto?

— Ah, meu Deus, não mesmo — diz Sara Claire. — Eu adoraria!

Addison franze o nariz.

— Acho que não, desde que você não use patchuli. Eca.

Viro de costas para Addison e fito Stacy com os olhos bem abertos.

— Não me incomoda nem um pouco.

Stacy ri da minha expressão enquanto continua a desfazer a mala.

— E aí, Addison, o que é que você faz?

— Sou atriz e modelo.

Sara Claire perde o ar.

— Será que você esteve em alguma coisa que eu tenha visto?

— Ai, meu Deus! — exclama Stacy. — Eu sabia que tinha reconhecido você!

— Fiz várias coisas — fala Addison, rapidamente. — Eu vou descer...

— "Ele me deu uma FitBike. Era tudo o que eu queria" — diz Stacy, numa voz robótica, citando o agora infame comercial da FitBike lançado no Natal passado. Nele, uma mulher recebe uma FitBike de Natal e, com uma expressão vidrada, fala sem parar sobre como tudo o que ela desejava era uma daquelas. Em pouco tempo, #EsposaRobô estava nos assuntos do momento e a internet tinha seu meme de fim de ano.

— Também estive no *csi: Nova Orleans* antes disso, e fiz algumas campanhas de moda praia para a Target, então aquele comercial estúpido é, tipo, o rodapé do meu currículo, só para sua informação.

E com isso, Addison dá meia-volta sobre seu salto agulha e sai para o corredor, pisando duro.

Nós três ficamos quietas por um segundo depois que a porta se fecha antes de cairmos na risada.

— Em minha opinião profissional — diz Sara Claire —, ela deveria abraçar seu status de meme. Esse tipo de fama raramente acontece duas vezes.

— Correto! — concorda Stacy.

Ajoelho-me na frente da minha mala para abrir o zíper.

— Honestamente, aquele GIF do sorriso robótico assustador dela foi um dos que mais usei no ano passado. Uma pena ela ser tão metida.

Stacy se joga na minha cama.

— Ca-ram-ba... essa é a sua coleção de sapatos?

Ela pega um Stuart Weitzman de salto agulha e bico fino com um broche de cristal. Uma cópia perfeita do sapato que minha mãe usou no dia do seu casamento, e que era, na verdade, de uma loja superbaratinha.

— Acho que se pode dizer que eu tenho uma quedinha por sapatos...

— Pensei que eu era obcecada — diz Stacy, virando o sapato. — Nós usamos o mesmo número!

Sorrio. É isso o que eu adoro nos sapatos. Adoro que eu possa usar o mesmo número que essa deusa esguia e elegante sentada à minha frente. Pode não haver muita coisa para nos conectarmos na área de vestuário, mas sapatos são a exceção. No fim do ensino fundamental e durante o médio, eu passava horas fazendo compras com amigas e sempre acabava no departamento de acessórios e sapatos, porque não havia chance de qualquer uma daquelas lojas ter roupas do meu tamanho. Mas sapatos... Eu podia usar sapatos de qualquer lugar. Sapatos não são perfeitos. Muitas marcas não usam formas largas nem passam do 40; mas, para mim, eles sempre foram reconfortantes.

— Eles podem estar um pouco deformados, porque meu pé é mais largo, mas fique à vontade para pegar emprestado qualquer par que quiser — digo a ela. — Desde que você me ajude a fazer a minha maquiagem chegar aos pés da sua.

— Trato feito — afirma ela.

Ouve-se uma batida abrupta na porta e Mallory, com o cabelo espesso e ondulado preso em dois rabinhos de cavalo, enfia a cabeça pela porta.

— Oi, Mallory — diz Sara Claire.

— Meninas, precisamos de todas prontas para as apresentações daqui a uma hora e meia.

— Apresentações? — pergunto.

— Para o solteiro — explica Mallory, enquanto fecha a porta e sai.

Olho para Sara Claire e então para Stacy.

— Isso está mesmo acontecendo?

— Pode apostar seu traseiro que sim — grita Sara Claire, pulando para sua cama e começando a usá-la como trampolim. — Estão prontas para conhecer meu futuro marido ou não?

Stacy sorri devagar, feito um gato.

— Que comecem os jogos.

CAPÍTULO OITO

Stacy foi gentil e fez minha maquiagem, o que eu agradeço, porque é algo pelo qual nunca me interessei. Dê-me um hidratante com cor e por mim já está bom. Entretanto, vim até aqui com uma visão clara do que vestiria no primeiro baile, e essa noite gira em torno dos calçados.

Meus sapatos, originais Cindy do segundo ano de faculdade, são um par de sandálias turquesa de tiras com plumas combinando, que sobem e se curvam atrás do tornozelo. Levei semanas para encontrar a pluma perfeita e dias para descobrir o melhor jeito de prender cada uma delas, mas quando o design finalmente alcançou a visão com a qual sonhei no papel, tive vontade de desfilar com meus bebês para todo lugar. Eles são os sapatos que mais aumentam minha confiança, e hoje vou precisar de cada gotinha de confiança que puder reunir.

Para o vestido, escolhi um original Sierra, um vestido de baile midi em tom marfim que ela criou no outono passado e que me abraça pelo corpo todo, até a metade das canelas, e tem uma fenda alta na parte de trás. Ele não esconde nada e definitivamente deixa bem claro tudo com que estou trabalhando aqui. Pensei que se esse cara vai me dar um pé na primeira noite, provavelmente será por causa do meu tamanho, e se for assim, quanto antes, melhor. O decote é quadrado e profundo e me deixa com o que Sierra sempre se refere como "peitos de estalajadeira", e as mangas são de malha transparente. O visual todo é mais "mulher com um objetivo" do que "participante de concurso".

— Uau — diz Stacy, fechando meu zíper, nossos reflexos abrindo sorrisos enormes no espelho. — Isso é, tipo, mulherão chique.

Stacy está com um vestido de gala de seda mostarda com colarinho alto e um decote profundo em V nas costas. É exatamente a quantia certa de sensualidade. E Sara Claire está atordoante num tomara que caia incrustado de pedras preciosas com decote em coração.

— Estamos gostosas e prontas para esse raio de baile! — exclama Sara Claire ao abrir a porta de uma vez.

O baile é outro elemento essencial da franquia *Antes da meia-noite*. Basicamente, é um coquetel realizado na primeira noite e depois de novo antes de cada eliminação. Na televisão, ele parece ser elegante, com fontes de champanhe e esculturas de gelo. Também é a última chance de as pretendentes chamarem a atenção do solteiro.

Saímos para o corredor e, enquanto seguimos o rebanho de mulheres escadaria abaixo, lembro de perguntar:

— Cadê a Addison?

Uma mulher de nariz estreito cuja ponta mal se levanta fala:

— Ah, os produtores vieram buscá-la junto com algumas outras garotas para que a equipe fizesse o cabelo e a maquiagem delas.

— Como é? Pensei que isso fosse apenas para os encontros individuais — diz outra pessoa.

A mulher dá de ombros.

— Acho que os produtores já estão de favoritismo.

Sara Claire me cutuca.

— Estão só tentando mexer com a cabeça da gente.

— Quem? — pergunto.

— Os produtores — diz ela, simplesmente.

E é neste ponto que sou lembrada do fato de que ninguém aqui sabe quanto estou intimamente ligada ao cérebro por trás dessa máquina.

— Quanto mais doidas nós somos, mais entretenimento oferecemos, e quanto mais entretenimento oferecermos, maior é a audiência — explica Sara Claire enquanto saímos pela porta da frente e carrinhos de golfe que lembram pequenas minivans nos levam para lá dos portões, onde se encontram as filas de tendas recheadas de cadeiras.

Sei que tudo o que ela está dizendo é verdade, teoricamente falando. Já ouvi Erica dizer inúmeras coisas desse tipo em telefonemas, mas ver isso na realidade é... perturbador. É um lado de Erica e de

SERÁ QUE É O MEU NÚMERO?

seu trabalho que eu sabia que existia, mas com o qual nunca pensei que teria de lidar.

— Senhoritas! — anuncia Beck num megafone. — Seus lugares estão identificados. Essa é a ordem em que vocês entrarão. Vocês chegarão no Rolls-Royce branco, e, sim, ela é nossa neném. Um original de 1950. O carro as levará pelos portões, vocês conhecerão o solteiro, e depois entrarão na casa, onde o bar estará à sua disposição. Quando terminarmos de filmar na frente da casa, o solteiro virá socializar no pátio. Esse é o seu momento de conhecê-lo antes da cerimônia de eliminação desta noite. Lembrete: algumas de vocês voltarão para casa antes que as luzes se apaguem hoje.

Ao lado dela, Wes cruza os braços e dá um sorriso malicioso.

— Mandem brasa ou voltem pra casa — grita ele. — Literalmente!

Dou uma olhadela ao redor, nervosa, procurando por Anna e Drew. Encontro as duas sentadas juntas, na segunda e terceira cadeiras ao lado de Addison, que está num vestido de lamê dourado com um decote tão profundo, na frente e atrás, a ponto de me deixar preocupada. Ainda assim, ela parece uma deusa de verdade.

Aceno para ambas, mas as duas estão assentindo vigorosamente enquanto Beck fala com elas.

Encontro meu lugar perto da ponta, ao lado de uma mulher com cabelos ruivos encaracolados e três laranjas no colo.

— Meu nome é Judith — diz ela quando me sento. — Faço malabarismo.

— Legal — falo, sem saber como interpretar isso.

Após anos assistindo a esse programa e morando com Erica, sei que a noite das apresentações é uma das preferidas do público. Há conversas no Twitter, fóruns e até jogos com bebidas alcoólicas! (Tome uma dose a cada vez que uma participante se apresentar com um trocadilho que o solteiro não entende!)

Mas a questão é que as mulheres mais memoráveis da primeira noite recebem mais tempo de câmera quando geram assunto entre a audiência. É claro, as decisões são sempre deixadas nas mãos do solteiro, embora eu não possa evitar me questionar quantas das decisões dele são influenciadas pelos produtores mexendo os pauzinhos nos bastidores.

A questão é: o que eu posso fazer ou dizer em dez segundos que fará com que eu me destaque em meio à multidão? (Uma multidão muito linda e glamourosa.)

Entre Judith, a Malabarista, e Addison, o Ícone dos Memes, eu não tinha mesmo muito a oferecer em tão pouco tempo.

— Gêmeas! — grita alguém. — Sua vez.

Anna e Drew se levantam e eu quase grito: *Elas não são gêmeas!* Mas elas se vão, entrando no Rolls-Royce antes que eu possa ao menos dar um aceno de boa sorte para as duas.

— Gêmeas — diz Judith. — Está aí um belo truque. Eles nunca tiveram participantes gêmeas.

A fila anda mais depressa do que eu espero, e a cada garota que se vai, o resto de nós passa para a cadeira seguinte, até sobrarmos apenas Judith e eu.

— Boa sorte! — digo para ela, quando desliza para o interior da limusine, as laranjas reunidas nas mãos.

— Não preciso de sorte — diz ela, séria. — Tenho habilidades.

— Guardamos o melhor para o final — fala Beck, batendo a porta.

Solto uma bufada ao ouvir isso.

— Ah, sim. Mais capaz que esse cara esteja um zumbi depois de ser apresentado a vinte e cinco mulheres, uma após a outra.

Wes inclina a cabeça, prestando atenção à voz em seu fone de ouvido.

— Sai da frente! — grita ele, enquanto passa por alguém do catering equilibrando uma bandeja de sanduíches. — Temos um piti acontecendo perto da piscina. — Ele leva o walkie-talkie até a boca. — Não, deixa ela desmoronar! Eu preciso dessas lágrimas!

Não sei se é a reação nojenta dele a alguém em crise ou se são apenas meus nervos, mas me sinto enjoada.

— Eita — solta Beck, me segurando. — Ignore-o.

Balanço a cabeça.

— Acho que não consigo fazer isso. Preciso ir para casa. Ainda dá tempo. Erica ficaria apenas um pouquinho chateada se eu saísse agora.

Nem apareci na frente das câmeras ainda. E posso pedir desculpas para toda a equipe que foi lá em casa no outro dia por ter desperdiçado...

— Para. — A voz dela é severa. — Você consegue, Cindy. Sua aparência está incrível e você é inteligente, engraçada e talentosa. O solteiro vai adorar você. A audiência vai adorar você. E, o mais importante: eles vão morrer de amores por esses sapatos.

Olho para baixo, para as plumas emoldurando meus tornozelos. Meus sapatos. Meus lindos sapatos. Ainda que tudo o que eu faça seja ir até lá e me apresentar, milhões de pessoas vão pelo menos saber meu nome e ver meus sapatos. Mesmo que eu nunca crie nenhum outro par, sempre terei esse momento.

Respiro fundo. Eu posso fazer qualquer coisa nesses sapatos.

— Espere! — grita Ash, disparando colina acima, vindo dos trailers lá embaixo. — Espere!

Quando ela nos alcança, está respirando com esforço, mas tem nas mãos o iluminador e um pincel.

— Desculpe, Wes nos deixou ocupadas a noite toda, mas eu queria vir aqui e dar uma conferida em você.

— Em mim? — pergunto.

Ash sorri.

— Você mesma, Cindy. — Ela dá uma piscadinha. — Todos temos as nossas favoritas, sabe como é.

E aquela informação me estabiliza ainda mais.

— Obrigada — cochicho.

Ela pincela minhas maçãs do rosto e a ponta do nariz de rosé dourado.

— Perfeito.

O Rolls-Royce parece ter saído diretamente de um conto de fadas, num branco cintilante contra o turbilhão do pôr do sol no céu. Preso à grade está o logotipo reluzente de *Antes da meia-noite*, um relógio com numerais romanos. Isso está acontecendo mesmo.

O carro me leva pela curta distância do resto da colina e passa pelo portão do *château* como se esta fosse minha chegada aqui.

O veículo para.

— Essa é a sua deixa! — avisa o motorista pela abertura na divisória.

Abro a porta e saio, imaginando a câmera se aproximando para dar um close nos meus sapatos. (Ei, eu sempre posso sonhar.)

Enquanto me levanto, respiro fundo e tiro um instante para arrumar meu vestido e, por um milésimo de segundo, penso: *e se... e se esse cara aleatório for mesmo o amor da minha vida? E se o destino for real e nós dois formos mesmo feitos para este momento?*

Levanto o olhar e fico brevemente em choque com todas as luzes e câmeras e a equipe se movendo em silêncio ao nosso redor.

Minha visão ganha foco e meu suspiro atravessa o ar noturno e úmido.

Alto, cabelos escuros, terno impecável.

Henry.

O Príncipe Encantado em pessoa.

CAPÍTULO NOVE

Pelo jeito como fica boquiaberto, ele está tão chocado quanto eu. Ou talvez não me reconheça. Depois de toda essa glamourização, eu pareço outra pessoa.

— Hã, uau... — Não consigo parar de gaguejar. — É vo...

— Prazer em conhecê-la — diz ele, sua expressão retornando perfeitamente para uma serenidade e frieza completas. — Eu não mordo.

O sangue sobe para meu peito e pescoço. Ele. Mordendo. *Limpa essa mente já, garota!*

— Meu nome é Cindy — solto. — Eu adoro sapatos.

Eu adoro sapatos?

Ele olha para baixo e então, com admiração, fala:

— E estou vendo que chegou com o pé direito. Eles são deslumbrantes! Assim como você.

Ao meu lado, um membro da equipe acena para que eu siga adiante.

Ah, é. Caminhar. Eu devia fazer isso.

Dou um passo à frente enquanto Henry estende os braços e me aproximo para um abraço.

— Henry — diz ele, o hálito fazendo cócegas no meu pescoço. — Eu me chamo Henry.

Recuo e, por instinto, mordo o lábio, meus nervos me dominando.

— É melhor eu ir para o baile. Vejo você por lá?

— É o que eu planejo — responde ele.

Entro no *château*, tentando ao máximo fazer meu andar de supermodelo sem parecer com um animal ferido. (O que não te contam nos panfletos é que metade da faculdade de moda consiste em fingir que você é modelo de passarela. O andar de Sierra está, sinceramente, no nível de uma candidata ao *America's Next Top Model*.)

Abro a porta e, do outro lado, ouço um gemido de dor.

— Mas que...

Anna estica o braço e me puxa para o vestíbulo.

— Xiiiu. — Drew coloca um dedo sobre os lábios.

— Não deveríamos estar aqui — sussurra Anna. — Mas não podíamos perder a sua entrada.

— Você está incrível — fala Drew.

Minhas meias-irmãs me puxam para um abraço a três e é muito gostoso estar sozinha com elas, mesmo que por um momento breve.

— Eles fizeram mesmo vocês se apresentarem como gêmeas?

Anna revira os olhos.

— Estão forçando a barra com isso. As pessoas ficam nos chamando de gêmeas, e aí corrigimos e dizemos que somos quase gêmeas.

Drew dá de ombros.

— É irritante, mas, com sorte, vai ajudar a gente a se destacar.

— Sério, é meio sinistro — digo.

— Sua esquisitinha desastrada! — diz Anna. — Para de tentar mudar de assunto. O que é que estava rolando ali fora?

Eu sei que devia guardar meu segredo sobre Henry. Mas não posso evitar. Não com Anna e Drew.

— Eu vim sentada ao lado dele no avião — solto rapidamente.

O queixo das duas cai ao mesmo tempo.

— Você... se sentou ao lado *do solteiro* no voo vindo de Nova York? — pergunta Drew, soletrando devagar e em voz baixa.

Assinto.

Anna suspira, deliciada.

— Eu o achei uma graça, e, por favor, saiba que eu definitivamente o queria para mim, mas, ai meu Deus, se isso não for destino, não sei o que é.

— Não existe isso de destino — falo.

— Anna, pare de fingir que ele faz o seu tipo — Drew diz a ela. — Você gosta de caras meio sujinhos e com subemprego.

Anna faz beicinho por um segundo, mas aí concorda, pensativa.

— Parem com isso — digo. — Vocês duas. Não foi o destino. Foi só uma coincidência.

Eu não acredito em destino. Não posso acreditar. Eu me recuso a crer que primeiro a morte de mamãe, depois a de papai, fazem parte de algum plano maior. Se isso é verdade, seja lá o que estiver no fim do meu arco-íris não vale o que me custou.

Anna fareja o ar.

— O quê? — pergunta Drew. — Que foi?

Anna cruza os braços.

— Cheira a destino. Parece destino. Deve ser destino.

Zeke dá uma espiadinha para dentro, vindo do pátio externo.

— Mocinhaaas — chama ele. — Sua presença é exigida aqui fora. Onde as câmeras estão, sabem?

— Pega leve, Zeke — diz Drew, num tom de "você trabalha para a minha mãe".

Anna lhe dá um tapinha.

— Já estamos indo, Zeke, querido.

Tanto eu quanto Drew olhamos para ela enquanto a porta se fecha.

— O que foi? — pergunta Anna.

Drew estreita os olhos.

— Não pense que não estou vendo você flertando com um membro da equipe. A mamãe vai te matar.

Eu rio enquanto saímos, grata por não ser o centro das atenções por um instante.

Conhecer o solteiro do programa antes da hora não era expressamente contra as regras, mas eu também tinha uma certeza razoável de que não seria visto com bons olhos. Há algumas temporadas, uma participante teve um lance de uma noite com o solteiro no casamento de um amigo em comum semanas antes das filmagens começarem, e as outras participantes não deixaram isso passar. Ela era acusada constantemente de ter uma vantagem injusta, e as mulheres transformaram a vida dela num inferno. Então, se Henry quer manter nosso voo transcontinental em segredo, eu aceito. Além do mais, somos apenas conhecidos. Mal o conheço.

E é por isso que, quando ele se junta a nós no pátio, não tento cercá-lo como a maioria das outras mulheres. Observo ao redor e encontro Addison e Sara Claire também mantendo-se à distância.

Sara Claire sorri para mim, mas parece reservada de um jeito como não se encontrava apenas algumas horas antes. Addison, contudo, emite sua vibe costumeira de "nem olhe pra mim".

O pátio está decorado como me lembro de ter visto na TV. Tristemente, tanto as esculturas de gelo quanto a fonte de champanhe são falsas. Ainda são lindas, desde que você não chegue muito perto. Há um barzinho montado fora da visão das câmeras, com um cara de gravata borboleta, colete e jeans pretos preguiçosamente servindo uma garrafa após a outra. Posso ver como tudo isso resulta em excelente magia na TV, mas para mim, só parece uma festa de casamento da qual você tentaria escapar mais cedo.

Ao longo da noite, a equipe da casa passa com bandejas de drinques e em breve todo mundo está falando mais alto, como se estivéssemos no meio de um show. Uma mulher branca (com o alongamento de cabelo mais comprido que já vi e que não para de falar sobre como ela toma mimosas em todas as refeições) cai na piscina, e Henry tem um momento heroico, ajudando-a a sair de lá e embrulhando-a em uma toalha. Ele recebe um coral de bajulação amarga. Outra participante, Brenda, uma mulher branca, professora de espanhol vinda de Nebraska ostentando cachinhos à Shirley Temple e unhas vermelhas que mais pareciam garras, irrompe em lágrimas quando alguém interrompe suas tentativas de dançar salsa com Henry.

Dizer que as emoções estão à flor da pele seria pouco. É quase demais para mim.

Encontro Stacy junto à lareira externa, sentada ao lado de uma mulher do Leste Asiático num vestido verde-bandeira de cetim que chorava de soluçar.

— Está tudo bem? — pergunto, aproximando-me.

Stacy esfrega as costas da outra mulher em círculos e assente.

— Vamos ficar bem, não é, Jenny? — Ela se vira para mim e acrescenta, baixinho: — Pensei que só as brancas estavam perdendo o controle, mas acho que nenhuma de nós está imune.

A mulher chorando olha para mim e diz:

— Eu caí.

Outro soluço a abala e ela começa a soluçar sem parar enquanto as câmeras a cercam, seu choro atuando como o canto da sereia.

— Água — digo. — Deixe-me pegar um copo de água para você.

Consigo pegar uma garrafa de água com o cara no bar e, quando volto, uma pequena multidão se reuniu para ouvir a história de Jenny.

— Eu tinha acabado de pisar para fora do carro e meu salto enganchou na cauda do meu vestido. — Ela dá uma fungada. — E caí. Feio. Não foi uma quedinha de filme de comédia romântica em que eu, tipo, tropeço e caio nos braços do sr. Perfeito. Caí de cara e... e saiu tanto sangue! Eles tiveram que chamar o méééééédico — diz ela, suas palavras degenerando-se em outro soluço.

Ao nosso redor, posso ver a equipe devorando essa cena enquanto Wes cochicha para um dos cinegrafistas dar um zoom.

— Pelo menos você não quebrou o nariz — graceja Addison.

— Isso não ajuda em nada! — disparo para ela.

Ela praticamente rosna, deixando ainda mais claro que não está aqui para fazer amigas.

Jenny enxuga suas lágrimas.

— Não, ela tem razão.

Ela sorri para Addison de modo familiar, como se estivesse muito acostumada a ser a "beta" para outra mulher "alfa".

Addison olha para mim.

— E, Cindy, eu queria mesmo lhe dizer, eu te acho muito corajosa.

Meu cenho se franze.

— Por quê?

— Esse vestido. É deslumbrante, claro, mas eu ficaria superenvergonhada. É tão legal ver uma garota grandona mostrando suas curvas, sabe? Tão empoderado de sua parte.

Jenny concorda, assim como a maioria das outras garotas.

— Tão corajosa.

Meu sangue vira lava e acho que vou explodir. Ser chamada de *corajosa* é uma das coisas que mais detesto. Quando alguém me chama de *corajosa* por sair usando um vestido justo ou por alguma outra coisa normal que toda garota faz, o que isso quer dizer na verdade é: *eu morreria de vergonha de ter a sua aparência, mas que bom para você por meramente existir, mesmo que eu só consiga pensar em como você é gorda e em quanto tenho pavor de um dia me parecer com você.* Tão corajosa.

Addison coloca a mão no meu ombro.

— Só quero que você saiba que não importa o que aconteça na eliminação de hoje, nem quem encontre o amor verdadeiro: o amor mais verdadeiro é aquele que damos a nós mesmas.

Todo mundo, exceto Stacy, solta um *ooooooowwnn.* Nossos olhos se encontram por um momento e é um pequeno alívio saber que mais alguém está vendo quem Addison é de verdade.

— Eu adoro a conexão com as meninas — diz Anna, as mãos apertadas junto ao peito.

Eu quase salto por cima da multidão para chacoalhá-la pelos ombros, gritando *Você não está vendo como isso é depreciativo? Eu não sou corajosa por usar um vestido. Estou só vivendo!*

Em vez disso, pigarreio e digo:

— Obrigada, mana.

— Senhoritas.

Todas nós damos meia-volta e nos deparamos com Henry, voltando ao grupo depois de uma breve conversa individual com Sara Claire, que exibe um sorriso imenso.

— Oi, Henry — cumprimentam algumas garotas, quase cantarolando.

— Jenny, você está bem? — pergunta ele.

Ela assente, lastimosa.

— Foi um tombo feio. Acho que você pode ser mais durona do que alguns dos caras do meu time de lacrosse na faculdade — diz ele.

— Estávamos cuidando muito bem de Jenny, essa doçura — diz Addison. Ela se move, postando-se ao lado de Jenny e praticamente afastando Stacy às cotoveladas. — Garotas têm que cuidar umas das outras.

Henry faz que sim com a cabeça.

— Eu não poderia concordar mais. — Ele ri baixinho. — Sabe, tenho que ser honesto com vocês. Todo o conceito desse programa é um pouco bizarro para mim.

Eu noto que um cinegrafista olha para Mallory, mas ela gesticula para ele continuar filmando.

— E sei que o risco está todo com vocês, garotas. Estão todas aqui, colocando a cara a tapa, sem garantia de nada — prossegue Henry. — E é muito legal vê-las ajudando umas às outras. Eu sei que isso tecnicamente é uma competição, mas, para mim, trata-se mais de descobrir a conexão certa. Não é um esporte. Então obrigado, Addison. Fico muito grato por vê-la sendo gentil com as outras mulheres.

Meu sangue ferve e meu lábio se retorce. Mas que merda de discurso condescendente é esse? Há alguma verdade no que ele disse, claro, mas cair com tudo no joguinho enganador da Addison? Será que ele poderia ser mais sem noção?

Addison sorri e dá de ombros, inocente.

— Será que eu poderia roubar você apenas por alguns instantes? Henry oferece o braço para ela.

— Com prazer.

Ela passa o braço pelo dele e todas nós assistimos aos dois caminharem juntos até o gazebo, alguns metros depois da piscina.

Uma morena mignon, com sardas sobre o nariz, suspira.

— É até injusto quanto eles ficam bem juntos.

Jenny suspira, concordando.

— É um crime.

— Que Deus a elimine muito — resmunga Sara Claire.

Viro-me para ela e a encontro de testa franzida, os ombros caídos.

— Parece que um drinque lhe cairia bem — digo.

Ela estende a mão para mim e vamos juntas para o bar, pisando duro.

— Deus *te ilumine* — diz ela.

Cada uma pega uma taça de vinho rosé e pergunto:

— Como foi seu momento individual?

Ela olha para mim, o lábio se contraindo, incerta. Acho que, em algum sentido primordial, estamos todas competindo pelo amor no mundo real, mas esse programa é muito mais direto do que pessoas apenas tentando se conhecer num bar ou num aplicativo. Descobrir como se comunicar com as outras mulheres e até fazer amizade com elas é meio confuso, e não há um manual para como lidar com a situação.

— Acho que gosto dele — revela ela, enfim. — Sei que as câmeras querem me ver desmaiando e perdendo o controle por ele. É ele quem decide quem vai para casa, mas preciso saber se quero ficar aqui e lutar por uma chance com ele também, sabe? Tenho toda uma carreira lá em casa.

— É muita coisa para deixar para trás — digo, sentindo de súbito como se não tivesse nada a oferecer: nenhuma carreira, nenhuma família real e nem mesmo um lar, tecnicamente.

— Olhe só a Addison. Algo vai para a internet ou para a TV e não importa quanto você tenha trabalhado, aquilo é tudo pelo que você fica conhecida. Não quero cometer o mesmo erro aqui.

Assinto fervorosamente, porque essa é uma preocupação com a qual estou familiarizada. Só a decisão de estar aqui já é uma aposta.

— Mas ele parece um cara meio normal.

Pensando no sujeito que conheci no avião, é difícil imaginar que ele aceitaria participar de algo como este programa, mas tenho certeza de que ele pensa o mesmo a meu respeito.

— Ele deve saber que qualquer mulher que afirme ser ele o cara certo depois de apenas uma noite está falando bobagem. Com certeza, ele tem pelo menos essa...

Ela é interrompida pelo barulho de um estouro e então tudo fica escuro, e o único som ecoando pelas montanhas é a gritaria de vinte e cinco mulheres e os xingamentos de um punhado de membros da equipe.

CAPÍTULO DEZ

— **E**stamos sem luz! — berra alguém.

— Cadê os geradores reserva? — grita outra pessoa de volta.

— Sara Claire? — pergunto, me esforçando para não soar como se estivesse com medo do escuro. Não estou, mas também é muito inquietante não conseguir enxergar um palmo adiante do nariz, especialmente num lugar que você não conhece muito bem, para começo de conversa.

Ofego quando sinto dedos se fecharem em volta do meu pulso e me puxarem.

— Quem é? — cochicho tropeçando, mal conseguindo acompanhar o ritmo da pessoa com meus sapatos de salto. — Anna? Drew?

Vacilo quando, sem querer, desvio do caminho e piso na grama, o salto afundando de imediato.

A mão apalpa meu braço, me estabilizando.

— Cuidado — diz a voz.

Mas essa voz é mais grave do que eu esperava.

— Henry? — pergunto.

— Temos só alguns minutos — fala ele, enquanto damos mais alguns passos cautelosos.

Posso ouvi-lo remexendo em algo e então o clique de uma maçaneta.

— Onde estamos?

— Cuidado onde pisa — avisa ele, segurando meu antebraço agora.

Meus olhos começam a se ajustar, e a luz do luar é apenas o suficiente para que eu possa discernir uma cama ou um sofá e a silhueta dele.

— O que você está fazendo aqui? — indaga ele, e não era o que eu esperava que saísse de sua boca. — Desculpe. Eu não queria dizer que... Só estou chocado em vê-la. Só isso.

— Chocado num mau sentido? — Ouso perguntar ao encará-lo, procurando pelo reflexo de seus olhos. — Acho que uma pergunta melhor seria o que *você* está fazendo aqui.

— Bem — explica ele —, acho que estou aqui para encontrar minha futura noiva.

Cubro a boca para impedir que voe saliva nele enquanto rio com vontade.

— Estou falando sério — afirma, de forma cadenciada. — Eu... hã... pretendia pedir o seu número, então acho que isso é conveniente.

— Então você veio para cá para encontrar a sua esposa, mas pretendia pedir meu telefone no aeroporto?

Não consigo identificar se ele simplesmente não está levando o programa a sério ou se é um playboy sem conserto mesmo, e aí me lembro do que Sara Claire disse, sobre ser provável que ele estivesse tentando reabilitar a imagem. Ele pode ser encantador pra caramba, mas não tenho planos de ser uma peça na sua jogada de marketing.

Ele balança a cabeça.

— Sinceramente, não sei por que vim para cá. Quase não vim. — Ele suspira, e posso sentir o cheiro doce do vinho em seu hálito. — Estou só tentando fazer o melhor pela minha mãe.

— Sua mãe? — indago. — Do que está falando?

As luzes piscam, desligam, voltam. Nós dois piscamos loucamente enquanto nossos olhos se ajustam à luz cascateando do lustre ornamentado no alto.

Posso ver agora que ele parece um pouco mais perturbado do que soou. Sua testa está franzida de preocupação, e o carnudo lábio inferior está curvado para baixo. Porém me recordo do avião e de como sua expressão relaxada parecia ser uma leve carranca eterna, e não consigo evitar achar isso um pouquinho sexy. Tenho um ponto fraco pelos rapazes tristes. Os pensativos.

— Sua mãe — finalmente consigo dizer, depois de passar tempo demais o fitando. — O que isso tem a ver com a sua mãe?

Ele joga os braços para o alto de leve.

— É uma longa história. Eu só... Nós precisamos de algo bom. A empresa inteira precisa.

Vozes distantes chegam pelo caminho até...

— Onde estamos? — pergunto, olhando ao redor e vendo uma cama semidesfeita e uma mala em cima de um suporte de bagagem. — Este é o seu quarto? — Tenho tantas perguntas mais importantes. — Sua cama é, tipo, enorme. Sabia que eles colocaram quatro de nós em cada quarto lá em cima no *château*? Que tipo de *château* exige que quatro mulheres adultas durmam em camas de solteiro no mesmo quarto?

Isso tira uma risada dele.

— É, eu sei. Tenho muita sorte. Mas precisamos sair daqui antes que nos encontrem.

Meus olhos se arregalam.

— Ah, é.

Mal posso imaginar o tipo de drama que brotaria se na primeira noite o solteiro sumisse com uma das pretendentes durante um blecaute.

Ele se move para abrir a porta, mas para.

— Espere. Temos que decidir o que vamos fazer.

— Como assim? — pergunto.

— Vamos ficar quietos, certo? Sobre o fato de nos conhecermos. Acho que isso seria melhor — diz ele.

Pressiono os lábios em uma linha estreita enquanto penso por um instante. Eu sei que, pela lógica, esta é a melhor opção, mas um reconhecimento minúsculo se retorcendo na boca do meu estômago me faz lembrar de uma ou duas vezes em que algum canalha me convenceu a ser seu segredinho por algum motivo, geralmente porque ele não queria ser o cara namorando a gorda. Afasto o pensamento de minha mente. Não é este o caso aqui. Estou na TV ao vivo, praticamente cortejando esse cara para o mundo inteiro ver, mas hábitos antigos são difíceis de largar, ainda mais se você é uma moça gorda que estará sempre trabalhando em suas questões com imagem corporal, não importa quanto esteja bem consigo mesma.

Eu deveria dizer-lhe o que falei a Anna e Drew, mas isso poderia revelar meu outro segredo, talvez até maior do que esse. Madrasta, meias-irmãs e a coisa toda.

— Certo. Este vai para o túmulo. Até onde me diz respeito, nós nunca nos vimos.

Ele se vira, como se tivesse acabado de se lembrar de alguma coisa, e começa a revirar o imenso guarda-roupas no canto do quarto.

— Está... está tudo bem? — pergunto, como se tivesse interrompido alguma coisa.

Ele olha por cima do ombro.

— Tá, só me dá um segundo... Você está linda esta noite, aliás. Digo, você também estava no voo, mas... você me entendeu.

Minhas bochechas ficam coradas imediatamente. Isso não é algo que eu esperava que o Príncipe Encantado do avião dissesse.

— Saia trinta segundos depois de mim — diz ele. — Se alguém perguntar se saímos escondido, se faça de sonsa. Mantenha uma cara inocente.

Ele gira sobre os calcanhares e volta para perto de mim segurando algo junto ao peito.

Assinto com a cabeça.

— Para nós, é melhor confessar isso do que... bem, você sabe. — Ele sorri, o olhar se demorando nos meus lábios. — Aqui — diz ele, me entregando um walkie-talkie fininho com uma antena.

— O quê? Você tirou isso diretamente da sua casa da árvore, foi? Alô, alô, aqui é Moranguinho, na escuta?

Ele meneia a cabeça, impaciente, mas ainda está sorrindo.

— Surrupiei isso de um dos trailers quando ninguém estava olhando. Nem sei por que, ou quanta bateria isso tem, mas acho que se vamos guardar um segredo, deveríamos pelo menos ter um meio de comunicação secreto. Mas, hum, Moranguinho?

— Henry! — chama uma voz de mulher.

Assustada, deixo o walkie-talkie cair e tentamos pegá-lo ao mesmo tempo, o que nos faz bater as cabeças.

— Ai! Desculpe — peço.

— Peguei — diz ele, esfregando a testa.

Ele se endireita e me entrega o walkie-talkie outra vez, mas dessa vez sua mão se demora um instante a mais e seu polegar roça meu pulso, deixando um rastro de formigamento que sobe por meu braço enquanto respiro com intensidade.

Seu olhar segura o meu por um momento antes que a voz chame o seu nome de novo, e ele rompe o encanto com uma risada.

— Merda... Tá, tenho que ir.

— Vá — falo. — Vou em seguida. Vejo você mais tarde, estranho.

— Tente evitar a lava.

Ele dá uma piscadinha e sai correndo pela porta antes que eu possa dizer alguma coisa.

Largo-me na cama dele e começo a contar. Um Mississippi, dois Mississippi, três Mississippi...

Tento enfiar o aparelho de rádio no sutiã, mas a antena não ajuda. Finalmente, consigo manobrá-lo, e graças a Deus a antena é flexível.

Esperando mais alguns segundos, começo a xeretar ao redor. É mais forte que eu. Na mesa de cabeceira, há um caderninho Moleskine. Eu o pego e encontro a primeira página lotada de números e rabiscos. Folheando, não encontro muito além disso, exceto alguns desenhos engraçados de bonecos palito e uma página dizendo *JAY, ME TIRA DESSA REUNIÃO* em letras maiúsculas enormes. Eu rio. Sutil.

Voltando à primeira página, encontro um espaço em branco e pressiono os lábios contra o papel, deixando uma impressão dos meus lábios vermelhos para ele encontrar depois. É uma mensagem secreta minha para ele, e impossível de rastrear. No mesmo instante, me arrependo. Estou prestes a passar o polegar pela página quando me dou conta de que apenas criaria um borrão, o que pode ser ainda mais sinistro. Não, não, não. Isso é um clima muito mais stalker do que eu quero passar.

Muito bem, Moranguinho, excelente.

CAPÍTULO ONZE

A eliminação acontece por volta das três da manhã. Estamos todas de olhos cansados e bocejando, mas isso não impede os movimentos nervosos enquanto esperamos que Henry faça sua entrada. Na fileira atrás da minha, uma garota boceja ruidosamente, e encontro Allison, que havia caído na piscina, usando um conjunto de moletom com o cabelo ainda úmido preso num rabo de cavalo. Pelo menos posso dizer que não tive uma noite como a dela.

A equipe nos posiciona nos degraus do *château*. Esta é a grande eliminação que mandará sete garotas para casa e, apesar do momento compartilhado com Henry na casa de hóspedes e do walkie-talkie enfiado no sutiã, acho que tenho cinquenta por cento de chance de ir para casa. Talvez ele ache que seria mais fácil para nós dois se ele apenas me mandar para casa e não tivermos de fingir que nunca nos vimos. Ou talvez ele não ligue e só esteja aqui por causa da mãe mesmo — seja lá o que isso quer dizer. Independentemente disso, sei com exatidão para que estou aqui e se quiser alguma chance de levar para casa o dinheiro do prêmio ou, no mínimo, de fazer barulho suficiente para poder terminar com uma ou duas ofertas de emprego, tenho que durar mais do que esta noite.

— Animem-se, senhoritas! — grita Beck.

— Câmeras! — anuncia alguém.

— Câmeras rodando! — responde alguém.

— Áudio!

— Áudio rodando!

Atrás de nós, as portas do *château* se abrem com um rangido que podia ser um efeito sonoro de tão perfeito, e não posso evitar me virar. Esta pode ser a última vez que verei Henry.

Mas não é Henry. Em vez dele, Chad Winkle, o anfitrião de longa data de *Antes da meia-noite,* sai em seu smoking indefectível, com lapelas cintilantes em azul-marinho e uma gravata-borboleta da mesma cor. Chad está um pouco mais grisalho do que eu me lembrava, mas, de modo geral, está bonitão, graças à ciência moderna. Ele solta uma risada simpática enquanto acena para as pretendentes, e meu estômago se revira quando me lembro da última vez que o vi: numa festa de Réveillon dada por Erica quando eu estava no primeiro ano do ensino médio. Foi minha primeira festa com gente semifamosa depois de ela se casar com papai. (Tirando o casamento.) Com certeza, Chad não se lembra de Anna, de Drew nem de mim, e mesmo se lembrar, eu repito para mim mesma, ele é um apresentador de televisão, um profissional, e totalmente capaz de manter a calma.

— Boa noite, senhoritas — diz ele, enquanto assume seu lugar na frente da fila de Rolls-Royces preparados para levar embora as pretendentes desqualificadas. Ao lado dele há uma coluna onde se esperaria encontrar uma escultura ou um arranjo de flores; em vez disso, há uma pirâmide perfeitamente arranjada de pergaminhos. — Parece que algumas de vocês tiveram conexões reais com Henry essa noite. Que homem de sorte! Vamos trazer Henry aqui fora!

Henry passa pelas portas do *château* e, enquanto desce os degraus, uma onda de risadinhas o acompanha. Ele aperta a mão de Chad, dá um sorriso malicioso e um aceno com a cabeça para nós.

— Senhoritas.

— Você teve decisões difíceis a tomar esta noite — diz Chad.

— Tive. Conheci várias pessoas muito especiais.

— Bem, vamos direto ao assunto.

Meu estômago se aperta num nó. É agora.

Henry pigarreia para chamar um nome, mas Wes grita:

— Corta! Mantenham-se em seus lugares!

Irina, Ginger e Ash correm até Henry e rapidamente o ajeitam, puxando seu terno, jogando seu cabelo e passando pó em sua testa.

— Isso é que é estragar o momento — cochicha Stacy atrás de mim, e eu rio.

Depois de Ash, Irina e Ginger saírem às pressas, voltamos a filmar.

— Addison — chama Henry, fazendo dela o primeiro nome a ser chamado.

Previsível. Tento não revirar os olhos, caso a câmera esteja focada em mim.

Ele chama alguns outros nomes, inclusive o de Jenny, o que pega bem para ele, porque quem quer ser o cara que manda para casa a garota que caiu de cara? Uma por uma, cada uma delas pega um pergaminho e o abre com empolgação.

— Anna — diz ele.

Minha meia-irmã solta um gritinho, mas se vira para apertar a mão de Drew.

Anna dá um abraço em Henry e lhe agradece pelo pergaminho.

Enquanto ela assume seu lugar de volta nos degraus, Henry chama o nome de Drew, e vejo a tensão nos ombros dela sumir de imediato.

Nome após nome. Sara Claire. Stacy. Allison. Jen K. E então alguns que não conheço. Amelia. Genevieve. Felicity. Morgan.

E então, finalmente...

— Cindy.

Meu coração, que estava pesado, flutua de volta no meu peito como um balão à solta. Abro caminho pela escadaria de mármore, prendendo a respiração. *Não caia, não caia, não caia, não caia.*

— Você aceita este pergaminho? — pergunta Henry, enquanto me entrega o último.

Assinto com tanta veemência que minha cabeça quase cai, e então me aproximo para um abraço, passando um braço em volta do pescoço dele ao casualmente beijar seu rosto, sentindo-me idiotamente corajosa, embora meu coração esteja batendo com tanta força que temo que ele possa ouvir.

— Obrigada — sussurro no ouvido dele.

Quando me viro para voltar, vejo Anna e Drew de olhos arregalados e boquiabertas, enquanto quase todas as outras me encaram furiosas. Inclusive Addison, cujos lábios estão franzidos de irritação.

Garotas como Addison nunca foram ameaçadas por garotas como eu, e não posso evitar. Adoro ver esse jogo virar.

— Bem, senhoritas — fala Chad, com a voz mais oficial de apresentador. — Sinto muito dizer que, se você não recebeu um pergaminho hoje, você foi eliminada. Muito obrigado por se juntarem a nós esta noite e por tentarem a sorte com o amor verdadeiro. Podem ir até a frente para se despedirem de Henry, por favor.

Agarro meu pergaminho enquanto vejo sete mulheres, entre elas Judith, a Malabarista, e Brenda, a professora de espanhol, se despedirem de Henry e deslizarem para o banco traseiro de um Rolls-Royce.

Ao meu lado, Jenny franze o cenho.

— Eu tinha gostado da Judith.

Atrás de mim, uma mulher alta com exuberantes cachos castanhos e que acredito se chamar Amelia diz:

— Eu também. Ela era minha colega de quarto.

— Bem, não fique tão triste, Amelia — contrapõe Addison. — Quanto antes as outras forem para casa, mais tempo nós ficamos. Além do mais, agora você tem uma pessoa a menos com quem dividir o quarto.

Amelia dá de ombros.

— Certo — fala Wes pelo megafone de novo, como se fôssemos gado. — Vamos fazer com que todas as senhoritas que restaram desçam pelos degraus e socializem com Chad e Henry. Haverá música tocando durante a conversa, então não precisa ser interessante. Eu sei que já passou da hora de todos nós estarmos dormindo.

Contenho um bocejo e desço os degraus.

— Leiam seus pergaminhos! Câmera dois, me dê imagens dos manuscritos por cima dos ombros delas — pede Wes. — Peguem uma taça de champanhe das bandejas!

— Precisamos mesmo? — questiona Drew, baixinho.

Ela espera por mim no final da escadaria, enquanto Anna abre caminho pela multidão até Henry.

Eu rio e nós vamos até Mallory, que está servindo rapidamente taça atrás de taça de um champanhe barato.

— Talvez eu ainda esteja no horário de Nova York — digo, bocejando.

— Você acha que a mamãe se dá conta de quanto eles tentam fazer as pessoas beberem no set de filmagem? — pergunta Drew, a meia-voz.

— Duvido.

A verdade, porém, é que eu aposto que a ordem de liberar o álcool vem diretamente de Erica, que é o cérebro por trás da coisa toda. Ela está lubrificando participantes de reality com álcool desde que Anna e Drew ainda usavam fraldas. Até os pergaminhos foram ideia sua. Ela disse que, no ensino médio, um menino a convidou para sair fingindo ler num pergaminho como se fosse um decreto oficial e, desde então, ela achou essa ideia engraçada, uma piada interna consigo mesma. De fato, eles até enviaram pergaminhos como convite para o casamento dela com meu pai. Foi um evento muito elaborado.

Drew joga o conteúdo de sua taça no chão e se vira para mim com uma risada falsa quando uma câmera passa lentamente por nós.

Tenho vontade de lhe dar um abraço e entrar na casa de braços dados com ela e Anna. Odeio não estarmos todas no mesmo quarto, apesar de saber que é melhor assim.

Abro meu pergaminho para ler.

ESCUTAI, ESCUTAI!

Você foi convidada a permanecer no château, onde competirá por uma chance de conquistar o amor verdadeiro, a pedido de Henry Mackenzie. Parabéns e boa sorte em sua busca. Henry solicita o prazer de sua companhia em algum momento desta semana. Mais detalhes em breve.

Enrolo o pergaminho para guardá-lo. Sei que é apenas um adereço besta, mas já me sinto estranhamente sentimental com ele, como se fosse um pequeno suvenir da minha estada aqui. Pelo menos sempre poderei dizer que passei da primeira rodada. Drew levanta a mão e afasta uma mecha de cabelo do meu rosto.

— Anna está caidinha por esse cara.

Eu me encolho um pouco.

— Ai, sério?

Drew ri.

— Anna fica caidinha por todo cara que nós conhecemos. Mas não se preocupe. Assim que ela vir quanto você gosta dele, vai recuar.

Eu sorrio olhando para minha taça de champanhe. Jamais admitiria ter uma favorita entre minhas duas meias-irmãs, mas Drew sempre foi um pouquinho mais intuitiva e fácil de conversar do que Anna. Eu a amo, mas ela é um pouco aérea e um tiquinho egocêntrica. Seus humores e sentimentos são tão volúveis quanto uma chuva que cai à tardinha, mas, apesar de às vezes ser um pouco difícil de definir, ela sempre foi gentil comigo.

Digo, gentil na maior parte do tempo. Exceto por aquelas ocasiões no ensino médio quando eu estava no primeiro ano e Anna e Drew, no segundo. Ambas estavam ocupadas tentando impressionar as garotas populares mais velhas que nós. E aí, um dia, *elas* eram as garotas mais velhas e mais populares e, de repente, quando não tinham que responder a mais ninguém além delas mesmas, andar com a meia-irmã gordinha não era mais um crime social tão grave.

— Está óbvio assim? — pergunto. — Que eu gosto dele?

É a primeira vez que estou admitindo isso, até para mim mesma. Drew revira os olhos.

— Você foi a última a receber um pergaminho e desfilou até lá, deu um longo abraço nele, um beijo no rosto e cochichou no ouvido dele. Você basicamente marcou seu território. Foi bem sexy, e confie em mim: se você não tinha um alvo nas costas antes disso, agora tem.

CAPÍTULO DOZE

Na manhã seguinte a casa está zunindo com dezoito mulheres fazendo suas rotinas matinais muito específicas. Smoothies, chá detox, torradinha com avocado, ioga, pilates, meditação. Eu me contento com ovos com molho de pimenta, avocado fatiado, suco de laranja e uma espreguiçadeira. Ontem à noite, tentei ficar acordada e testar alguns canais do walkie-talkie, mas após uma maratona de filmagens, escondi o aparelhinho contrabandeado num dos meus sapatos e desmaiei.

Enquanto estou tomando café da manhã, é inevitável ouvir Addison entretendo sua corte com um grupinho de mulheres do outro lado da piscina.

— Tá, a mãe dele foi um ícone, mas a marca toda precisa de uma bela repaginada — cochicha Addison.

Como é? Repasso meu catálogo mental de estilistas que considero ícones em busca de qualquer uma que tenha um filho mais ou menos da idade de Henry. Após toda a empolgação da noite passada, me esqueci por completo das misteriosas raízes dele num império da moda.

— Eu só acho muito fofo ele se manter no negócio da família — fala uma ruivinha com cachos bem fechados, numa voz sonhadora.

Addison revira os olhos.

— Eu não diria que é fofo, Chloe. Mais como um último esforço para salvar um navio afundando.

Jenny franze o cenho.

— Usei um vestido LuMac para ir ao baile da escola no nono ano. Ainda tenho o vestido. Adoro aquela peça.

SERÁ QUE É O MEU NÚMERO?

Ofego alto. LuMac. Lucy Mackenzie, cacete! Ai, meu Deus...
Henry Mackenzie. Como é que posso ter deixado isso passar?

Do pequeno gramado onde algumas mulheres estão praticando
ioga, Anna se curva e acena para mim entre as pernas abertas.

Solto uma fungada. Classuda. Eu a chamo com um gesto, e ela,
não muito discretamente, se separa do grupo.

— Isso não é, tipo, ótimo? — pergunta ela, enquanto se joga na
espreguiçadeira ao meu lado e toma um gole do meu suco de laranja. — Era assim na faculdade? Eu teria sido ótima nesse negócio de
fraternidade. Kappa Gamma Boo-Hoo, essas coisas.

Eu rio.

— Não, definitivamente não era. Especialmente, não na faculdade
de moda. Hã, perdi alguma coisa hoje cedo?

Ela batuca com um dedo nos lábios e pensa por um instante
antes de arfar de leve.

— Um dos assistentes de produção deixou alguns pacotes na
cozinha, chamavam Bíblia do Henry, e eles são...

Levanto-me rapidamente e corro para a cozinha, onde — realmente! — está, na segunda ilha, uma pequena pilha de papéis grampeados
— algo muito menos ostentoso do que os pergaminhos de ontem.

Pego uma Bíblia do Henry e volto para a piscina, onde encontro
Anna devorando o resto do meu café da manhã.

— Anna!

— O quê? — pergunta ela, com a boca cheia de ovos. — Você sabe
que não sei cozinhar.

É verdade. Ela é que nem um guaxinim, sempre comendo os
restos de todo mundo.

— Tudo bem. Cozinho mais daqui a pouco.

Ela se deita e esfrega a barriga, agora cheia, enquanto estudo
a Bíblia do Henry. A primeira página é toda sobre a mãe dele e o negócio da família, mas eu mesma provavelmente poderia ter escrito
uma versão melhor.

Lucy Mackenzie estudou na Parsons, o que me faz ter muita
familiaridade com ela. Os docentes falam de ex-alunos bem-sucedi-
dos sem parar, como se fosse algum tipo de infomercial, apesar de já

103

termos concordado em despender uma quantia absurda de dinheiro em nossa educação. Lucy Mackenzie era uma preferida de vários dos meus professores. Ela é mais conhecida por seu *slip dress*, que foi um fenômeno nos anos 1990, quando todo mundo começou a usar lingerie como roupas normais. Todo mundo sempre dá o crédito a Calvin Klein ou John Galliano como os criadores do *slip dress* que começou a onda. Porém foi Lucy Mackenzie (ou Mercado, seu sobrenome de solteira), uma estilista jovem e recentemente casada do Queens, com raízes porto-riquenhas, recém-saída da faculdade de moda, quem de fato estreou sua versão do *slip dress* no desfile de formatura em 1994, baseado num design apresentado em seu portfólio de admissão, de 1989. Ela trabalhou com Isaac Mizrahi intermitentemente por algum tempo antes de se lançar por conta própria e, em 1997, seu *slip dress* já era usado por estrelas do pop e as adolescentes que as amavam. Ela conseguiu evoluir ao longo do início dos anos 2000 e expandir a marca para streetwear e sapatos. Agora seus vestidos se tornaram um item básico nas seções de roupas sociais das lojas de departamento, o que não é muito bom para uma marca de luxo. Acho que me lembro do professor de têxteis dizendo que a empresa havia declarado falência recentemente.

Quanto a Henry, o pacote nos diz que ele está prestes a assumir o comando de todos os negócios da LuMac e tem altas esperanças de expandir a marca; mas por mais que eu não suporte Addison, ela não está de todo errada. A LuMac precisa desesperadamente de uma repaginada.

Tudo o que sei sobre Henry é o que ouvi na Parsons e li na coluna de fofocas. Ele foi para a Faculdade de Administração de Harvard e era visto pela cidade toda com outros filhos de famosos. Nunca guardei seu nome na memória porque ele era apenas outro filho de designer. Muitos filhos de celebridades iam para a Parsons, então sei exatamente com que tipo de turma ele pode ter andado. Passar raspando pela faculdade porque eles já têm um emprego garantido ou uma oportunidade de ouro à espera. E por mais encantador que ele possa ser, tenho certeza de que Henry não é diferente.

Quando volto ao andar de cima para brincar mais um pouco com meu walkie-talkie, encontro Sara Claire de toalha em sua cama.

— Você sabia que aquela Chloe está com um quarto todo só para ela agora? — pergunta. — Todas as colegas de quarto dela foram mandadas para casa na noite passada.

— Isso é uma sorte incrível — digo, e então, olhando para a cama de Addison, acrescento: — Talvez a gente consiga ter a mesma sorte.

— Já cruzando os dedos! — Ela aponta para os papéis enrolados debaixo do meu braço. — Bem, eu estava meio certa — diz ela. — Ele está aqui em busca de redenção. Só não achei que se tratasse da empresa da mamãe. Você é da área de moda. Já ouviu alguma coisa sobre ele?

Afundo na poltrona no canto.

— A mãe dele estudou na Parsons, como eu, e ela é famosa por lá. Não ouvi muito a respeito dele, exceto o de sempre nas colunas de fofoca. — Encolho os ombros. — Uma acompanhante nova a cada noite. Palhaçadas de bad boy nos Hamptons. E assim por diante.

Ele foi tão espirituoso no avião... e ontem à noite de novo, mas agora é difícil imaginá-lo como algo além de outro moleque rico.

— Aonde você foi na noite passada? — indaga ela. — Durante o blecaute? Eu estava querendo te perguntar.

— A lugar nenhum — respondo, rápido demais.

Minha garganta parece uma lixa, de repente. Odeio mentir, especialmente para pessoas de quem gosto.

— Você estava ali num minuto e sumiu no instante seguinte, e quando as luzes voltaram, não te vi.

Dou de ombros, tão indiferente quanto consigo.

— Acho que a gente se separou no escuro. O que você acha, que sou uma fuzileira naval?

Sara Claire funga.

— Ah, sim, posso te ver se esgueirando pelo *château* naquele vestido supersexy com óculos de visão noturna. Nada suspeito...

— Tarã-tarã, tarã...

— Tá bem, Pantera Cor-de-Rosa, vou me vestir e daí vamos descer, para esperar por um convite para um encontro em grupo.

— Ah, que bacana, mais espera para que os homens façam alguma coisa.

— Disparem o canhão de confete — diz ela.

CAPÍTULO TREZE

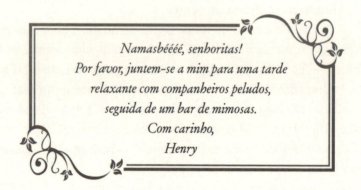

*Namasbééé, senhoritas!
Por favor, juntem-se a mim para uma tarde
relaxante com companheiros peludos,
seguida de um bar de mimosas.
Com carinho,
Henry*

— Esse lugar fede — resmunga Addison.

Sara Claire dá uma risadinha.

— Bem-vinda à fazenda, meu bem.

Todas nos sentamos em colchonetes de ioga, com microfones já presos e ligados e prontas para filmar. É nosso primeiro encontro em grupo e, embora eu não me oponha a ioga ou cabras, este não é exatamente meu primeiro encontro ideal. O convite só chegou depois de dois dias. Algumas das outras estavam prestes a ficar absolutamente doidas, implorando detalhes e pistas aos produtores. Mas eles se mantiveram firmes, ao mesmo tempo em que nos mantinham ocupadas com depoimentos e entrevistas. Aproveitei todo momento que pude para escapar escondido e brincar com meu walkie-talkie como se tivesse doze anos, mas tudo o que ouvi foram alguns membros da equipe perguntando por que não havia opções sem glúten suficientes para o almoço.

O convite para o encontro em grupo veio no momento exato, não obstante, porque pensei que estava prestes a testemunhar uma guerra declarada quando Stacy descobriu que Chloe tinha colocado uma caixa vazia de leite de soja de volta na geladeira.

— Boa tarde, senhoritas — diz Henry, emergindo do celeiro com um sujeito alto e magro, vestindo um macacão de elastano com uma blusa *cropped* de moletom soltinha por cima.

— Boa tarde, Henry — respondemos todas, numa voz meio cantada que nos faz soar como *As Panteras* e me deixa meio enjoada, de verdade.

As câmeras passam entre e ao redor do grupo, pegando as reações de todas às coxas musculosas de Henry no short esportivo preto e à visão de seus braços desnudos em exibição graças à regata.

— Quando eu estava na faculdade, me feri gravemente jogando lacrosse, e uma coisa que ajudou muito na recuperação foi a ioga. Por isso, meu colega Corbin, aqui, vai nos dar uma aula com a ajuda das nossas amiguinhas.

— Soltem as cabras! — grita Zeke.

Atrás de Henry e Corbin, as portas do celeiro se abrem novamente e uma dúzia de cabras saem aos poucos.

Pegando até a mim mesma desprevenida, solto um gritinho deliciado. Não sei se é porque nunca passei bons momentos suficientes com cabras, ou se simplesmente estou me deixando levar pelo momento, mas essas criaturinhas são tão bonitinhas que fazem meu ovário doer.

Henry ri e um sorriso tranquilamente sinistro se espalha pelo rosto de Corbin. Instrutor de ioga ou líder de um culto? Checar depois.

Corbin nos guia por algumas posturas básicas e me surpreendo com minha habilidade de equilíbrio durante a postura da árvore. Enquanto ele nos orienta a fazer a postura do cão, um bode branco com o nome Pilantra em sua coleira sobe por trás das minhas pernas e fica de pé sobre minha bunda, como se tivesse conquistado a maior montanha de todas. E talvez tenha. Se não fosse tão engraçado, eu provavelmente morreria só de pensar em quanto é possível que isso vá ao ar em rede nacional.

Continuamos por uma variedade de posturas, e fico impressionada ao ver como os movimentos de Henry são fluidos.

— Ele é um petisco mesmo — diz Sara Claire, enquanto exibe sua flexibilidade de especialista, alongando-se para o cão ascendente. Ela me pega olhando e acrescenta: — Fiz parte das líderes de torcida durante o fundamental, ensino médio e faculdade. Eu era uma das acrobatas. Meu corpo é basicamente uma bala de caramelo a essa altura do campeonato.

— Muito bom — diz Corbin para ela ao passar por nós.

— A queridinha do professor — murmuro.

Ela sorri.

Depois de mais algumas posturas, Corbin se senta ao lado de Henry.

— Vamos passar para ioga em casal. Como vocês estão em número ímpar, vou escolher uma que me impressionou durante a primeira parte da nossa sessão. — Ele aponta para Sara Claire. — Junte-se a Henry aqui na frente.

Os olhos de Sara Claire se iluminam enquanto ela deixa seu colchonete para ficar com Henry.

— Agora, olhem para a pessoa a seu lado e façam par — instrui Corbin.

Solto um gemido baixinho e me viro, descobrindo que Addison também não está muito contente com nossa situação.

Como ela não fez nenhum esforço de se mover, eu me aproximo com meu colchonete.

— Não estrague isso para mim — diz ela. — As mulheres com bom desempenho ou que se destaquem durante o encontro em grupo normalmente garantem um momento a sós ou um encontro individual.

— Sente-se de frente para seu par — orienta Corbin. — Com as pernas cruzadas e os pulsos descansando sobre os joelhos, tire um momento para se centrar.

Eu me situo e fecho os olhos. Se não preciso ver Addison, é como se ela não estivesse ali. Tento ter pensamentos calmantes. Viagens de pai e filha com papai para ver a Floresta Muir, mas isso rapidamente degringola em uma pesada culpa em meu peito quando me lembro da caixa de pertences de papai (e da mamãe) que deixei debaixo da cama na casa de hóspedes de Erica. Os últimos resquícios terrenos de meus pais, e os deixei acumulando poeira enquanto saía para fazer ioga com cabras num reality show.

Respiro fundo e tento outra vez buscar novos pensamentos calmantes. Dormir até tão mais tarde nas manhãs de sábado que minha cama se aquece com a luz do sol. Organizar minha coleção de sapatos por cor e suborganizá-los por altura do salto. Ir até Coney Island com Sierra no auge do inverno. Mas tudo o que consigo ver é a silhueta daquela caixa e a letra de Erica no topo. Nenhum de meus pensamentos felizes é capaz de me tranquilizar ao máximo. Não me sinto plenamente eu mesma desde que isso tudo começou. É como se eu pudesse me lembrar de quem eu imaginava ser e a pessoa que eu acho que sou, mas a realidade de quem sou neste momento parece alguém desconhecido para mim.

— Agora abra os olhos — prossegue Corbin. — Olhe nos olhos de seu par.

Abro os olhos e pego Addison dando uma espiadinha de esguelha em Henry e Sara Claire. Os dois estão sorrindo feito tontos um para o outro. Henry cochicha algo para ela quando Corbin está de costas e Sara Claire precisa morder o lábio para não cair na risada. Na outra noite, todo mundo falou tanto sobre como Addison e Henry ficavam bem juntos, mas Sara Claire e Henry eram o par perfeito para mim. Não era preciso muita imaginação para visualizar como as duas vidas poderiam se entrelaçar e desenvolver juntas. Um casamento. Uma família. Férias perfeitas. Netos. De mãos dadas até o final.

— Caipira idiota — resmunga Addison.

— Ela é de Austin — digo. — É uma cidade, tipo, imensa.

— Tanto faz. Apenas olhe nos meus olhos, ou sei lá.

Respiro fundo e sigo em frente, tendo a disputa de encaradas mais intensa que já tive com alguém desde que Billy Samples me desafiou na quinta série. O perdedor teria que fazer o dever de casa de vocabulário de quem ganhasse por uma semana. (Eu ganhei *e mesmo assim* fiz meu dever de casa, porque tenho pavor de me meter em encrencas.)

— Agora se estique e segure os antebraços de seu par — orienta Corbin. — Muito bem — diz ele para Henry e Sara Claire.

— Agora, todo mundo, inspire e expire em sincronia com seu par. Vocês são uma unidade. A respiração do outro é a sua respiração.

— Você está respirando depressa demais — digo a Addison.

— Você é que não respira rápido o bastante — retruca ela.

Corbin nos conduz por outras posturas, algumas das quais envolvem o traseiro de Addison perto demais da minha cabeça.

— Agora, essa próxima pose recomendo apenas para os iogues mais experientes por aqui. Mas acho que você e Sara Claire conseguem fazer — diz ele para Henry.

Henry olha para Sara Claire, a sobrancelha arqueada em dúvida, e ela dá de ombros, rindo.

— Ela se chama prancha dupla. Henry, você se posiciona numa prancha no solo — continua Corbin. — E, Sara Claire, você também vai fazer uma prancha, mas nas costas de Henry, no sentido contrário, com os pés nos ombros dele.

Um gemido baixinho percorre o resto de nós enquanto Sara Claire e Henry fazem seu joguinho de Twister e ela sobe por cima dele.

Uma fileira à frente da minha, Jenny suspira dramaticamente enquanto pousa o queixo nas mãos.

— É possível que dezesseis pessoas se sintam como "a vela" de uma vez só? — ouço alguém perguntar.

Os seios perfeitos de Sara Claire roçam a parte de trás das pernas de Henry, e então, *voilà*: Eles acertam a postura da prancha por apenas alguns segundos antes que Sara Claire se equilibre num braço só enquanto, com o outro, encosta na sola do pé de Henry.

Henry esperneia loucamente e os dois caem no chão numa crise de risos.

— Sem cócegas! — grita Henry.

Meu estômago dá saltos enquanto noto que a equipe está devorando a cena, aproximando-se dos dois.

Corbin solta um riso contido — isso, definitivamente, vai contra as regras da ioga. Ele nos conduz para outro exercício de respiração.

— De olhos fechados, quero que se lembrem de que estamos todos conectados e tudo acontece por um motivo. O universo é uma série de reações. Você quer ser a *re* ou a *ação*?

— Acho que estou tendo uma reação a essa bobajada — cochicha Stacy atrás de mim.

Solto uma risada fungada e meu rosto fica num tom de vermelho vivo. Quando abro os olhos, a única outra pessoa que me vê é Henry. Ele me observa com um olho aberto e um leve sorriso.

— Namastê — saúda Corbin.

Todos os outros abrem os olhos, e o olhar de Henry continua fixo em mim.

Um calor desce do meu peito até a barriga, e quase preciso me forçar a desviar os olhos.

— Namastê — repetimos.

De volta à casa, nos revezamos tomando um banho pós-ioga e lentamente nos reunimos no primeiro andar, na ampla sala de estar. Explorar o *château* ao longo dos últimos dias tem sido quase sobrenatural. A mobília é ornamentada e exuberante, mas nada é, de fato, confortável. A casa é limpa, mas todo cômodo só é bonito de certos ângulos, porque há fios e luzes largadas para as filmagens noturnas, ou quartos com iluminação ruim. Não há biblioteca, televisão nem internet para nos manter ocupadas, somos deixadas por nossa própria conta no que diz respeito a entretenimento. Ontem à noite, nossas tentativas desandaram numa disputa de quem enfiava mais marshmallows na boca de uma só vez, o que nos deixou encrencadas com Mallory, que havia guardado os marshmallows para mais tarde na intenção de fazer algumas cenas extra de nós comendo *s'mores*.

— O primeiro encontro solo é hoje à noite — informa Chloe, metodicamente amassando os cabelos úmidos para formar cachinhos. — Aposto uma grana nisso.

— A menos que a sua grana possa me comprar cinco minutos no Twitter, não me serve para nada aqui — diz Stacy.

— Não estou certa? — pergunta Chloe para Mallory, que está empoleirada no sofá junto com um cinegrafista e um cara do som, para o caso de fazermos algo interessante. Mallory, porém, apenas dá de ombros e continua a digitar no celular.

Drew suspira.

— Sara Claire está garantida para o encontro solo.

O corpo de Jenny se larga, concordando.

Anna estuda a própria mão.

— Alguém sabe ler a mão? Tenho a impressão de que essa linha aqui é bem curta, e se ela for, tipo, minha linha da vida? Eu estava olhando para ela ontem à noite e não consegui parar de pensar nisso. Sério, levei, tipo, três horas para pegar no sono e me esqueci de trazer a melatonina, então eu realmente queria poder ter uma resposta.

Stacy pega o pulso dela e olha as linhas da palma da mão de Anna.

— Se eu tivesse um raio de um celular, poderia procurar e te dizer, mas até então, só posso dizer que ou é a sua linha da vida ou a linha do amor. Mas ela vira uma...

A campainha toca, um sino grave e outro mais agudo.

— Eu atendo! — diz Drew, antes de sair em disparada para a porta.

Mallory dá um cutucão na perna do câmera, que dá um pulo e começa a prestar atenção, enquanto Sara Claire se junta ao resto de nós com o cabelo recém-lavado e seco.

Drew volta correndo, agitando um envelope dourado no ar.

— Reúnam-se, senhoritas!

Todas nos amontoamos nos sofás, e até Addison parece ansiosa.

— Bem, pode abrir! — exige Allison.

Drew sobe na mesinha de centro e pigarreia.

— Senhoritas — lê ela —, obrigado por passar a tarde comigo. Vocês são as *méééééélhores!*

— Por que tanto mééé? — pergunta Anna. — O que isso quer dizer?

— Méééé, por causa das cabras — explica Drew.

Stacy meneia a cabeça e olha para Mallory.

— Por favor, me diga que é um de vocês na produção escrevendo essas mensagens bregas, e não o cara que a gente deveria achar atraente.

Algumas das outras garotas dão uma risadinha e Mallory apenas responde:

— É um trocadilho! Trocadilhos podem ser sexy.

— Ahã, senta lá, Cláudia — diz Stacy.

Viro-me para ela.

— Acho que eu te amo.

— Continue lendo! — grita Addison.

— Desde o começo, por favor — diz Mallory. — Eu quero pegar um take só, limpo.

— Tá bom, tá bom — diz Drew. — Senhoritas, obrigado por passar a tarde comigo, vocês são as *méééélhores*! Amanhã à noite, espero que todas se juntem a mim para o baile, mas hoje à noite, eu gostaria de um tempinho a sós com uma garota que se destacou muito para mim hoje. Sara Claire, por favor, me encontre do lado de fora do *château* às sete horas, e coloque seus sapatos de dança.

A decepção pesa sobre mim, assim como sobre todas as outras moças que gritam e fingem estar felizes por Sara Claire. Eu sei que ela teve mais tempo exclusivo com ele durante a ioga, então faz sentido, mas me apeguei à esperança de que talvez ele fosse me escolher, depois do olhar que trocamos.

Sara Claire está saltitante ao meu lado.

— Você vai se divertir tanto! — digo a ela, as palavras queimando na minha língua.

CAPÍTULO CATORZE

Enquanto Sara Claire se arruma no banheiro e tanto Stacy quanto Addison estão junto à piscina, pego o walkie-talkie para garantir que ele ainda tem um pouco de bateria. Passo por alguns canais.

— Preciso de uma segunda câmera no carro fora do *château* daqui a trinta minutos. Ben já estará de volta do…

Passo para o próximo.

Estática.

Outro.

Estática de novo.

— Tem mais alguém nesse canal? — Uma voz que parece pertencer a Wes pergunta.

— Oi, oi! — responde Beck.

Abaixo o volume no *dial* e seguro o aparelho perto do ouvido.

— Você entrou no seu e-mail na última hora? — pergunta Wes. — Erica disse que a emissora gostou da minha escolha para a esposinha.

Beck fica em silêncio por um minuto.

— Você tá aí? — Wes pergunta.

— Estou — diz Beck. — Eu te ouvi. Olha, vamos conversar sobre isso depois. Nem passamos isso para o Henry ainda.

— Como se ele…

— Wes, tenho que ir.

O canal fica em silêncio, então passo para o seguinte, esperando encontrar mais estáti…

— Olá? — pergunta uma voz, baixinho.

Conheço essa voz. Essa é a voz dele.

Aperto o botão na lateral para responder.

— Henry?

Atrás de mim, a porta se abre. Apressadamente, desligo o rádio o mais rápido que consigo.

— Ei — diz Sara Claire, enquanto estou enfiando o rádio no meu sapato, de costas para ela. — Você estava conversando com alguém?

Eu me viro, esforçando-me para não parecer culpada. Não é fácil.

— Ah, é, talvez comigo mesma? Desculpe, acho que eu estava pensando em voz alta.

Ela sorri e balança a cabeça.

— Meu pai faz isso o tempo todo. É como se os pensamentos dele fossem grandes demais para ficar só na cabeça dele.

— Tudo a ver comigo — falo. — Você está ótima, aliás.

— Obrigada.

Ela rodopia em seu vestidinho preto com paetês. Simples, mas chique. Um pouco entediante, mas ela é o tipo de pessoa que simplesmente brilha, então pode vestir qualquer coisa e as pessoas ainda desejariam falar com ela.

— Deseje-me sorte!

Engulo em seco.

— Boa sorte!

Passo a maior parte da noite desenhando no quarto, tentando fazer meu cérebro funcionar de novo. Muitas das outras mulheres estão participando de jogos com bebidas alcoólicas no térreo, mas acho que meu fígado não aguentaria. Além disso, o que elas estão fazendo de verdade é esperando Sara Claire voltar para casa. Já me sinto um pouco mal, e é um sentimento que não convive bem com outras pessoas.

Queria estar com meu tablet. Trocar de mídia quanto estou com um bloqueio é um truque que aprendi lá no começo, mas, infelizmente, aparelhos eletrônicos são proibidos no *château* de *Antes da meia-noite*. Se alguém encontrar o rádio enfiado no meu sapato, serei expulsa antes mesmo de conseguir fechar o zíper da mala.

A ponta do meu lápis se quebra no bloco de desenho, fazendo uma linha avulsa deslizar pela página. Talvez eu só tenha que deixar para lá. Mesmo na faculdade, eu sabia que nem todos teríamos sucesso como estilistas. Por algum motivo, pensei que eu fosse especial e que desafiaria as probabilidades. No entanto, meu saco está vazio. Não tenho mais nada a oferecer. Lá no fundo, sei que poderia ser feliz fazendo outras coisas. Pelo menos, acho que poderia. Eu poderia arrumar algum emprego na área de moda. Talvez possa falar com os contatos de Sierra na Macy's. Talvez eu não tenha que criar roupas para trabalhar com vestuário. Pensar nisso é um pouco libertador. Entretanto, me dói profundamente pensar em renunciar a um sonho de longa data.

Por volta de uma da manhã, Stacy passa tropegamente pela porta e desmonta em sua cama.

— Acho que isso talvez seja pior do que a faculdade — afirma ela, a última palavra se desfazendo num arroto alto.

— Mulher, que nojo — diz Addison, entrando logo atrás dela, tirando a roupa e desmaiando na cama.

Stacy e eu trocamos um olhar e ela apenas dá de ombros.

— Pelo menos pretendo escovar os dentes — diz ela.

Pouco depois sou a única ainda acordada, então coloco uma camiseta por cima do meu abajur para reduzir a luz. Normalmente, eu também iria para a cama, mas tenho uma certeza razoável de que ambas estão bêbadas demais para se incomodar se eu continuar mexendo no bloco de rascunho. Eu não trouxe toda a coleção de lápis comigo — sapatos eram minha prioridade —, mas consegui trazer alguns dos meus favoritos e uma borracha maleável.

A página está manchada de tanto apagar começos em falso e ideias ruins, uma após a outra. Mas, finalmente, depois de uma ou duas horas, decido começar com o básico: um sapato. Um sapato masculino — algo com que nunca mexi de verdade. Um sapato de camurça sem cadarço, num tom de azul profundo, com a frente quadrada. E então as calças, justas na perna e com a barra na altura do tornozelo. Acrescento uma camisa de botões com uma estampa floral pequenina.

Um smoking de veludo e uma gravata borboleta combinando. É menos um esboço de design e mais um retrato...

Agora enfim me vejo tentando desenhar o rosto de Henry. Sempre fui horrível com rostos. Sierra tirava sarro de mim por simplesmente desenhar emojis de sorriso em todo esboço. Com um suspiro frustrado, levo a borracha à linha da mandíbula várias vezes, incapaz de acertar o ângulo. O traço fica suave demais, depois rígido demais. Não consigo encontrar o equilíbrio certo.

— Você tá acordada — diz Sara Claire, entrando no quarto nas pontas dos pés.

— Oi — sussurro, enfiando o bloco de desenhos debaixo do travesseiro. — Não conseguia dormir.

Ela assente, equilibrando-se num pé só, tirando seu sapato de salto dourado, aberto no calcanhar.

— Como foi? — ouso perguntar.

— Bacana — responde ela, numa voz muito aguda, como se estivesse com dificuldade para acreditar nisso.

Dou uma olhada exigente e ela cede com muita facilidade.

— Foi bom de verdade, e não posso acreditar que estou falando isso de um encontro que foi filmado para passar em rede nacional. — Ela se junta a mim na minha cama, recuando até conseguir se apoiar na parede. — A... A Addison está pelada?

Abafo uma risada.

— Ah, sim, ela tá bebaça.

— Ai, meu Deus. — Ela revira os olhos. — A rainha dos memes, bem ali.

— Então, foram dançar, né?

Sara Claire suspira.

— É. Eles nos fizeram ir para um bar de música country e Wes teve que fazer Irina caçar um par de botas de caubói para mim. Pensei que íamos a uma balada ou algo assim, mas acho que estão me retratando como uma Beldade Sulista e quiseram forçar a mão. Até me fizeram tirar este vestido — ela gesticula para seu minivestido preto de paetês — e me vestiram com, tipo, uma minissaia jeans minúscula e um bustiê xadrez.

— Um bustiê? — pergunto.

— Minha mãe vai cair dura quando me vir passeando na televisão num sutiã feito de toalha de mesa, mas ao menos não terei que estar lá para testemunhar a morte dela.

— Ai, nossa — digo. — Fico pensando no que vai acontecer quando todo mundo que me conhece... tipo, que me conhece mesmo... me vir no programa.

— Ah, meu bem — diz ela. — Eles já viram. É quinta-feira. O primeiro episódio foi ao ar hoje.

Ofego.

— Tem razão! Eu juro, o tempo é um círculo sem sentido neste lugar.

Eu queria poder conversar com Sierra e todos os meus amigos em Nova York. Eles provavelmente acham que tem algo muito errado comigo ou que a minha vida virou algum filme do M. Night Shyamalan.

Ela estremece de leve.

— Estou tentando não pensar muito nisso. Honestamente, espero que eu ainda tenha um emprego quando voltar para casa. Posso ser a queridinha do papai, mas ele leva seu negócio muito a sério. — Ela respira fundo. — Mas enfim, fomos dançar. Os produtores arranjaram um jantar romântico impecável para nós dois em uma churrascaria antiga linda. Havia pétalas de rosas e velas, e fiquei com molho barbecue no rosto todo, apesar de só termos comido de verdade por um minuto, para eles nos filmarem comendo costelinha, então ele fez um gesto fofinho limpando o molho do meu queixo e foi isso.

Meus ombros afundam.

— Foi isso?

Ela chacoalha a cabeça.

— Desculpe... É só que isso é esquisito... Tipo, eu gosto de você. Em outro cenário, seríamos amigas. Na verdade, somos amigas, mas... Só não quero que as coisas fiquem estranhas.

Aprecio muito quanto ela está sendo cuidadosa comigo e meus sentimentos, mas isso pode ser até pior do que apenas saber o que houve.

— Acho que não existe um jeito certo de fazer isso. Talvez tenhamos apenas de ser honestas e contar uma para a outra quando for demais e aí não falamos mais nisso, mas por enquanto... você está me deixando curiosa! Fala logo a parte boa!

Ela encosta o queixo no ombro e sorri.

— Ele beija muito bem. Eu estava gostando muito, mas ficava repetindo para mim mesma que estávamos sendo filmados, e que isso ainda era para as câmeras e que eu não podia me permitir ser levada na onda por enquanto. Passei por muita coisa, Cindy. Não sei quanta mágoa ainda consigo carregar. — Ela morde o lábio e se inclina um pouquinho mais para perto. — Mas aí, quando a equipe estava guardando tudo e esperávamos pelos carros, ele se aproximou e beijou meu rosto... E, sei lá, mas foi bem mais sensual. Ninguém estava olhando. E você sabe como eles são rígidos sobre nunca nos deixar a sós com ele.

Faço que sim. É tipo uma regra de ouro de *Antes da meia-noite*.

Ela toca o rosto com os dedos e sorri de leve.

— Ele também é engraçado. Engraçado de verdade.

Quase me pego concordando verbalmente com ela, lembrando-me das nossas conversas no avião.

— Bem, talvez eu descubra isso pessoalmente.

Ajudo Sara Claire com o zíper do vestido e, assim que ela está pronta para dormir, desligo o abajur e deslizo meu bloco de desenhos para debaixo da cama. Pergunto-me, por um instante, se Henry abriu o Moleskine em seu quarto e viu a marca dos meus lábios lá dentro.

Não consigo pegar no sono, então, depois de alguns minutos, me levanto e me esgueiro até a mala para pegar o walkie-talkie. É um tiro no escuro, mas vale a pena tentar.

— Você tá bem? — murmura Sara Claire.

— Só indo ao banheiro — respondo, com o rádio pressionado contra o peito.

— Quer que eu acenda a luz?

— Não, não — gaguejo. — Pode dormir. Já volto.

Saio do quarto na ponta dos pés e desço pelo corredor até onde o amplo patamar da escadaria dá para uma sacada com vista para o pátio e para a piscina.

Afundo no chão, enfiando os joelhos na camiseta, e levo o aparelho de walkie-talkie até a boca. Entre as grades da amurada, posso ver uma luzinha à distância — a casa de hóspedes onde estão escondendo Henry. Escondendo-o de nós em plena vista. É meio coisa de gênio, na verdade. As outras mulheres ficariam chocadas em descobrir que ele estava bem debaixo dos nossos narizes esse tempo todo.

— Alô? — pergunto, ainda no mesmo canal que estava quando Sara Claire chegou.

Encaro com tanta intensidade a luz à distância que minha visão começa a borrar.

Quando eu era pequena, depois que mamãe morreu, eu tinha medo de dormir sozinha. Não sei por que, especificamente, mas acho que eu tinha medo de acordar e meu pai também ter morrido. Ao longo dos meses seguintes, papai foi me acostumando a voltar a dormir na minha cama. Começou comigo adormecendo na cama dele, e ele me carregando para o outro lado do corredor. Daí ele se deitava na minha cama comigo até eu pegar no sono, a aspereza de sua barba raspando em minha testa. Finalmente, quando comecei a ir para a minha cama por conta própria, papai e eu deixávamos a porta dos quartos abertas para que eu pudesse chamá-lo sempre que precisasse ou só quisesse ter certeza de que ele ainda estava lá.

— Oi? — Eu chamava, às vezes no meio da noite. — Oi?

Geralmente, ele respondia de imediato; às vezes, se estava dormindo, levava alguns segundos. Mas sempre respondia. Sempre.

Levanto o rádio mais uma vez, a luz de Henry ainda brilhando.

— Oi?

A coisa mais próxima de uma resposta que recebo é sua luz se apagando, deixando apenas a escuridão.

Volto para meu quarto e guardo o rádio secreto antes de voltar para a cama. Quando fecho os olhos, espero que papai esteja lá, me respondendo, como sempre respondeu quando mais precisei dele.

CAPÍTULO QUINZE

— Está tudo certinho? — pergunto a Beck.

Ela estende a mão por cima da câmera e prende uma mecha de cabelo atrás da minha orelha.

— Faça alongamentos com a boca. Dó, ré, mi, fá etc. Seu sorriso está parecendo o de um assassino em série. Só relaxe. Ignore todo mundo.

Esta noite, eles nos colocaram para filmar depoimentos durante o baile, então é difícil não prestar atenção a todos os pequenos dramas se desdobrando ao meu redor. Samantha está acusando Drew de roubar sua cola de cílios postiços. Addison está fazendo a ronda e dizendo para todo mundo que ela acha que Chloe está aqui pelos motivos errados. Jenny está ultrajada pelo fato de a empresa de catering servir coquetel de camarão, já que ela é alérgica, e acha que alguém da equipe está contra ela. Esse lugar é um circo. (De propósito, é claro.)

— Agora, vamos lá — diz Beck. — Você já teve um momento exclusivo com Henry essa noite?

— Não. — Apesar de ela já saber a resposta.

— Cin, me ajuda aí. Tente elaborar um pouco.

— Bem, talvez você devesse fazer perguntas abertas melhores.

Ela ri.

— Desculpa, srta. Produtora.

Isso arranca um sorriso real de mim, embora eu ainda me sinta um pouco irritadiça depois da noite passada e de não ter ouvido nada de Henry hoje, apesar de ter escapulido com aquele walkie-talkie idiota toda chance que tive. Tenho a sensação de que dei meu telefone para um cara e ele não me ligou.

Beck assente.

— Certo, vamos tentar de novo. Como você se sente sobre suas chances na cerimônia de eliminação de hoje?

Faço beicinho por instinto.

— Não cheguei a conhecer Henry de verdade ainda, então suponho que minhas chances não sejam muito boas... Mas talvez uma má impressão seja pior do que impressão nenhuma. Ou talvez funcione como a pontuação no Serasa. Não ter pontuação é pior do que ter uma pontuação ruim. É assim que funciona? Ou entendi tudo ao contrário?

— Então você acha que outras mulheres deixaram uma má impressão? — pergunta ela, sem engolir minha isca com a bobagem da pontuação no Serasa.

Estreito os olhos.

— Acho que Henry tem uma seleção com a qual trabalhar.

— E você tem algum plano de arranjar um tempo sozinha com ele no baile de hoje?

— É claro que espero conseguir falar com ele, mas não vou simplesmente me intrometer e interromper uma conversa.

Beck cruza as pernas, o tornozelo repousando por cima do joelho, e me sinto como se estivesse prestes a levar uma bronca.

— Por que isso? Você não acha que qualquer outra garota aqui faria o mesmo com você? Não quer brigar por isso?

Não posso evitar sentir que Beck está tentando me dizer alguma coisa agora, mas não gosto da ideia de abrir caminho a cotoveladas e participar de algum joguinho. Mas o negócio é esse, né? Isso é um jogo. Essa é a questão. Eu quero ser a garota que é eliminada no segundo episódio e mal chega a ser lembrada?

— Quero — respondo, enfim. — Planejo lutar por isso, sim. — Então acrescento, depressa: — Pelo Henry.

Sinto-me inquieta e nauseada. Isto não é real. Ninguém está aqui por amor, de fato, mas a ideia de usar esta oportunidade com Henry para impulsionar minha própria carreira parece diferente agora. Não posso ignorar o ciúme que senti na noite passada, quando Sara Claire saiu para o encontro dos dois. Não me incomodava em tirar vantagem da situação quando se tratava de um cara sem nome que provavelmente nem daria uma segunda olhada na minha direção. Mas este não é um cara qualquer. É o Henry, e apesar de eu não *o conhecer* de verdade, eu o conheço o suficiente para ele ser real e para isso ser mais do que um joguinho bobo. Mesmo que ele esteja atualmente me dando bolo via walkie-talkie.

— Terminei agora? — pergunto.

— Estou tentando produzir um programa de TV aqui — relembra-me Beck. — Mas tudo bem. Tá, pode ir.

Eu me levanto e cumprimento com um high five Sara Claire, passando a bola para ela, que entra para assumir meu lugar.

— Já mencionei quanto você está gostosa hoje? — pergunta ela.

— Obrigada.

Aliso os franzidos em meu vestido. Esta noite, optei por um vestido tubinho vintage de poás preto e branco, com uma gola alta amarrada com um laço de um lado do pescoço. Originalmente, ele era longo e solto, mas o ajustei no busto e o transformei num minivestido, e agora, com meu cabelo preso num coque alto, sou um sonho dos anos 1960 que virou realidade. É claro que os meus sapatos são a atração principal: sapatos boneca Montgomery Ward legítimos, de 1968, com plataforma e fechamento em tê no peito do pé, coral. Diretamente do eBay para o meu coração.

Quando Addison me viu, chegou a rir e disse:

— Você é tão peculiar. Tipo uma bibliotecária fofinha.

Ela quis dizer isso como ofensa, mas tenho más notícias, Addison: bibliotecárias são sexy. É só olhar para a Stacy.

Do outro lado do pátio, vejo Henry sentado ao lado de Addison, assentindo para o que ela diz, enquanto ela ri das próprias piadas. Engulo uma taça de *chardonnay* rapidinho e marcho até lá. Se tem uma garota cujo tempo eu me sinto confortável em me intrometer, é ela, e se Beck está tentando produzir um programa de TV, posso ao menos lhe dar algo com que trabalhar.

— Ela está no ataque. — Ouço alguém dizer. — Câmera na Cindy.

Não preciso me virar para sentir uma equipe inteira vindo atrás de mim.

— Cindy — diz Henry quando me aproximo do gazebo, onde outra câmera e toda a iluminação estão à espera.

Addison nem ergue o olhar para mim enquanto se empenha ao máximo para fingir que eu não existo.

— Addison, flor, posso roubá-lo por um momento? — indago, em minha voz mais meiga.

— Ah! — Ela desperta, atenta. — Claro... mas não por muito tempo. — Ela fica de pé, ainda segurando a mão de Henry enquanto agita um dedo para ele com a outra. — Estarei de volta antes que você se dê conta.

Ele lhe dá um sorriso bajulador.

— Sem dúvida.

— *Sem dúvida* — imito a meia-voz, enquanto ela se retira.

Ele pigarreia.

— Desculpe?

Engasgo numa risada enquanto me lembro das câmeras, das luzes e do fato que Henry e eu nem deveríamos nos conhecer tão bem e que pessoas que não se conhecem geralmente não trocam provocações desse jeito.

— Nada, não — digo, sabendo muito bem que todos os microfones captaram o que falei. E tenho certeza que Henry também ouviu.

Sento-me ao lado dele, e um assistente de produção me entrega outro drinque, mas acho que não preciso me soltar mais no momento.

Henry encosta sua taça na minha.

— Saúde.

— Saúde.

— E então, o que fez você deixar sua vida para trás e vir a um programa desse tipo?

Solto uma fungada.

— Começando já com os pés no peito, hein? — Prendo uma mecha solta atrás da orelha, tirando um momento para recuperar a compostura. — Eu não diria que deixei toda uma vida para trás. Acho que pode-se dizer que estou em meio a várias coisas. Numa encruzilhada.

— Que tipo de coisas? Coisas com formato de namorado?

Minhas bochechas coram de imediato, esquentando, enquanto balanço a cabeça negativamente.

— Hã... Na verdade, estou solteira há um bom tempinho.

Namorei Jared, um estudante de ciências políticas da Universidade de Nova York, durante metade do meu primeiro ano na faculdade e o segundo ano todo. Ele era o tipo de cara que sempre dizia ser conservador na economia e deixava as pessoas exaustas bancando o advogado do diabo. Sierra deu uma festa quando terminei com ele.

— E você?

— Eu... já namorei. Mas nada sério há algum tempo. Pelo menos, ninguém que eu apresentaria à minha mãe até agora.

Meus olhos se acendem com a menção à mãe dele. Tenho tantas perguntas!

— Sua mãe, hein?

— Ah, é mesmo — diz ele. — A estudante de moda com uma paixão por sapatos.

— Culpada.

Ele se recosta e estende um braço por trás de mim.

— O que a atraiu na moda?

Os cantos dos meus lábios se contraem; não sei muito bem como responder. Há várias respostas para essa pergunta, e estou com um pouco de medo de compartilhar algo valioso demais — não apenas com Henry, mas com o mundo todo. O relacionamento com meu trabalho, no momento, é frágil, no melhor dos casos. Não tenho certeza se ele suportaria o escrutínio de uma audiência televisiva. Mas... algo no olhar imóvel e estável de Henry me compele.

— Desde pequena, eu adorava o modo como as roupas podem transformar uma pessoa. Eu... sempre fui gorda. *Rechonchuda,* como meu pai dizia. E as pessoas são muito rápidas em tirar conclusões a meu respeito, antes mesmo de eu abrir a boca. Meu estilo é uma chance de eu me expressar e, talvez, até fazer alguém repensar seu julgamento apressado. Mas essa é só uma parte do motivo. Eu amo as linhas. Amo que seja arte que você pode vestir. Odeio como a arte pode parecer distante e inacessível, mas você pode entrar numa Target e sair de lá vestida como uma obra de arte. Isso é algo que quase todo mundo pode fazer. — Rio, um pouco para mim mesma. — Desculpe, eu não tinha a intenção de ser tagarela desse jeito.

— Não. — Ele balança a cabeça enquanto seu polegar roça minha nuca, mandando uma cascata de arrepios pela minha coluna. — Eu... estive nessa indústria minha vida toda, e é fácil se sentir esgotado. Uma perspectiva nova assim pode ser revigorante.

— E você? — pergunto.

Ele suspira.

— É o negócio da família. Penso que tenho um senso de estilo, embora minha mãe possa discordar. Mas, particularmente, aprecio o utilitarismo da coisa toda. Vestuário não é apenas uma arte, mas sim uma necessidade diária. Nem todas as indústrias têm essa intersecção, e acho isso fascinante. Admito que sou mais envolvido com o lado administrativo das coisas, mas talvez poderia se dizer que tenho algumas ideias a respeito de design.

— Ah, tem, é?

Ele anui, enfático.

— Tenho, por exemplo: quem decidiu que fechar uma calça apenas com botões, sem zíper, era uma boa ideia? E é seguro mesmo carregar um martelo no passador de uma calça jeans de carpinteiro?

— Ah, as perguntas difíceis. Cuidado. Você pode fazer a indústria toda desmoronar.

Ele abre um sorriso torto.

— Eu odiava moda quando era mais novo.

Jogo a cabeça para trás numa risada — também torcendo para que isso o encoraje a tocar meu pescoço outra vez.

— Essa foi a grande rebeldia da sua juventude? Você se estranhou com um rolo de tafetá quando era criança?

Ele dá um sorriso malicioso.

— Sério? Vai atacar minha infância agora? — Mas há algo em sua voz me dizendo que atingi um ponto sensível. — Você precisava ter me visto. Eu só usava jeans e camisetas pretos no ensino médio. A melhor reação que tive da minha mãe foi um discurso sobre como até com isso eu estava fazendo uma declaração fashion.

Não consigo evitar rir outra vez.

— Ela não estava errada.

— Sua vez — diz ele. — Conte-me sobre a sua família.

Tenho certeza de que você já conhece minha madrasta, quase falo.

— Bem, minha mãe teve câncer de ovário e faleceu quando eu era criança, então ficamos só eu e meu pai até ele se casar de novo quando eu estava no ensino fundamental. Ela já tinha duas filhas, então fomos de uma família de duas pessoas para uma de cinco. E agora tenho três irmãozinhos também. Trigêmeos, na verdade.

— Uôu. Sempre imaginei com seria fazer parte de uma família grande. E a sua mãe... tenho certeza de que ela era maravilhosa.

Assinto, os ombros afundando. Ele nem ouviu o resto da história triste ainda.

— Meu pai faleceu quando eu estava no ensino médio. Foi de repente. Então, do nada, minha família postiça se tornou minha única família.

Ele se retrai, e sua voz sai grave e áspera, quase como se ele quisesse que as câmeras não estivessem mais ali.

— Sinto muito. Você deve sentir a falta dos dois.

Quando papai morreu, ouvi tanta gente dizer que sentia muito, tantas vezes, que cheguei num ponto em que essas palavras já não tinham mais significado. Era só uma nuvem de palavras. Você podia ouvir. Podia ver. Apenas não podia sentir. Mas o jeito com que Henry me diz isso faz com que eu sinta que ele sacrificaria algo de verdade por mim, para que eu tivesse uma segunda chance mágica. Mas não há magia a ser encontrada nessa história. Nenhum felizes-para-sempre.

— Obrigada — agradeço, enquanto dou as costas para as câmeras para rapidamente enxugar uma lágrima. A última coisa que quero é chorar pra valer na TV. Eu seria a Garota que Chorou com a mesma rapidez que Jenny, com certeza, virou a Garota que Levou um Tombão.

Com um braço ainda atrás de mim, Henry segura minha mão na dele e esfrega círculos de leve na minha palma. Neste momento, isso é tão relaxante quanto uma massagem de corpo inteiro. E apesar de o mundo todo poder nos ver de mãos dadas, cada pequeno círculo é um segredo que as câmeras não pegam. Um toque particular, só para nós. Agora entendo completamente o que Sara Claire quis dizer sobre o beijo no rosto, e não posso evitar de sentir aquela sombra de ciúmes outra vez.

— Oi, gente... — Uma voz interrompe suavemente.

Tenho que me conter para não grunhir de maneira audível.

Henry pigarreia e se recosta.

— Sara Claire. Como vai?

Ela dá um sorriso tímido, o que é irritante, porque Sara Claire não é tímida, e o que raios ela está fazendo? Ela teve um encontro todinho com ele!

Posso sentir uma expressão absolutamente absurda se formando em meu rosto enquanto tento parecer simpática e polida, ao mesmo tempo em que envio para ela algum sinal dizendo que *agora não*.

— Cindy, querida, você se incomoda se eu me intrometer?

Olho para Henry e seu sorriso é rígido.

— Claro que não — digo enfim, e me levanto, minha mão escorregando da dele. — Todo seu.

Dou a Sara Claire o que espero ser um olhar cheio de significado. Sei que estamos todas aqui pelo mesmo motivo, mas é difícil não se sentir traída, ainda mais depois da noite passada.

Ela dá risadinhas enquanto se ajeita a seu lado, encaixando perfeitamente sob o braço dele, e odeio o fato de odiá-la neste momento. É um sentimento horroroso, que vai contra tudo o que sempre acreditei sobre mulheres empoderando umas às outras e incentivando umas às outras. Mas talvez este programa seja um deserto feminista grande demais para que algo assim seja possível.

Mais perto da casa, encontro Anna e Drew com Chloe, Jenny e Stacy, todas ao redor de um fogareiro elétrico.

— Ela realmente chegou com tudo, não foi? — pergunta Chloe, conforme o círculo se abre para eu me espremer entre Anna e Drew.

— Acho que não gosto daquela moça — diz Anna.

— Você nem a conhece — disparo de volta para ela.

Anna se retrai num pulo, e Drew olha para mim de um jeito que diz: e *você conhece?*

— Desculpe. — Cutuco Anna e ela relaxa um pouco. — Só estou meio tensa.

Stacy dá de ombros.

— Além do mais, você não pode ficar brava porque alguém está fazendo as coisas que viemos fazer aqui. Não estamos aqui para ganhar?

Uma rajada de vento sopra pelo pátio e um tremor me percorre.

— É. Teria sido legal se ela não irrompesse daquele jeito. E foi tão fora do feitio dela...

— Eu não acredito naquela coisa toda de gentileza sulista — diz Jenny.

— Não importa se você acredita ou não — acrescenta Addison, de fora do círculo. — Importa apenas se Henry acredita.

— Boa noite, senhoritas — diz Chad, dirigindo-se para o centro do pátio. — Se puderem me acompanhar até a frente da casa, está na hora da eliminação.

— O quê? — pergunta Jenny. — Mal vimos Henry essa noite!

— Henry tomou sua decisão. Ele está pronto para a cerimônia de eliminação.

Enquanto caminhamos pela casa para a entrada, onde luzes e câmeras já estão a postos, Drew segura minha mão.

— Tem algo errado com a Anna — cochicha. — Ela não te parece estranha?

— O quê? Não. Não reparei. — Por outro lado, eu não repararia mesmo, estando tão concentrada em mim mesma. — No máximo, eu é que estou estranha.

Drew chacoalha a cabeça.

— Não sei dizer o que é.

Enquanto saímos para a escadaria de mármore, somos orientadas a nos posicionarmos em direções opostas.

Nossas mãos se separam, mas Drew prende o mindinho no meu.

— Boa sorte, meu bem.

Meu relacionamento com Anna e Drew era tão difícil de levar no ensino médio. Imagine morar com as garotas mais velhas e mais populares da escola e tentar apenas ser você mesma perto delas. As coisas mudaram no último ano das duas, quando se tornaram as rainhas da turma, mas sempre fui a meia-irmã esquisitinha cujo senso de moda era um pouco exótico e que encontrava consolo no departamento de figurino do pessoal de teatro. Entretanto, depois de papai falecer, elas ficaram do meu lado de um jeito que nenhuma outra amiga poderia estar, porque o amavam como se ele fosse o pai delas. A dor que senti era diferente da delas, mas era uma dor que nos conectava. Só de ver o sorriso caloroso delas enquanto estou aqui no isolamento com dezessete outras mulheres e uma equipe de televisão é reconfortante de um jeito a ser valorizado.

Esta noite, Mallory me coloca na fileira da frente, entre Chloe e Addison, com Anna diretamente atrás de mim.

— Bem-vindos à Cerimônia da Meia-Noite. Esta noite é a nossa última grande eliminação — anuncia Chad, com uma fila de Rolls-Royces às suas costas e o imenso relógio de *Antes da meia-noite* assomando sobre todos nós. — Hoje, este grupo irá de dezessete para dez. Conforme o grupo fica menor, será mais importante impressionar Henry. O amor verdadeiro está em jogo. E o relógio não para. — Ele se vira para Henry. — Vamos lá.

A postura de Henry é espaçosa, com as mãos cruzadas na frente do corpo. Para alguém que acha que as roupas servem apenas a um propósito utilitário, ele está lindo de doer num terno azul-escuro de corte impecável. Seus olhos escuros se voltam para nós.

— Tive dias agradáveis conhecendo cada uma de vocês, e recebi a chance de decidir com quem preciso passar mais tempo e para quem a jornada termina esta noite. — Ele pausa por um instante. — Sara Claire, você aceita este pergaminho?

Olho para trás e assisto ela flutuar escada abaixo, as bochechas coradas.

— Mas claro — responde ela e, quando chega onde ele está, posta-se ali para ambos compartilharem um momento silencioso juntos. — Obrigada — sussurra.

Sinto uma pontada de enjoo no estômago quando me ocorre. Ela está mesmo se apaixonando por ele. De verdade. E quero odiá-la por isso, mas não é para isso que estamos todas aqui? Para nos apaixonarmos por este cara. Lembro-me de quando chegamos aqui e ela dizer que sentia ser esta sua última chance. Sei que pode não ser verdade... mas e se for? E se eu estiver apenas atrapalhando?

Addison, Jenny, Chloe, Anna, Gretchen, Samantha, Stacy, Valerie... Até que resta apenas um pergaminho.

— Cindy — anuncia ele.

Mordo o lábio para impedir que meu sorriso fique meio pateta.

— Obrigada.

Seguro o pergaminho contra o peito ao me afastar para o lado. Chad dá um passo adiante.

— Se Henry não chamou seu nome, então significa que você vai nos deixar esta noite.

Levanto a cabeça e vejo Drew ainda ali, sem um pergaminho e, de repente, parece que puxaram o tapete de baixo dos meus pés.

— Não! — diz Anna. — E a Drew?

Henry olha para onde está minha meia-irmã, escultural em seu vestido lavanda de seda, a expressão vazia. Eu sabia que isso aconteceria e que uma de nós teria que ser a primeira a ir para casa, mas tinha certeza absoluta de que seria eu e que não teria que ver uma de minhas irmãs partir.

Drew olha para Anna e então para mim e balança a cabeça, tentando sorrir em meio à decepção.

As garotas rejeitadas descem a escadaria para dar adeus a Henry, e Drew passa direto por ele, indo para os braços de Anna.

— Uma garota a menos no seu caminho — diz ela para Anna com uma piscadinha, enquanto a puxa para um abraço.

Meu peito se aperta, e posso sentir lágrimas surgindo pela segunda vez esta noite.

Um cameraman fecha o close nas duas, e tenho que repetir para mim mesma que, tecnicamente, não deveríamos ser irmãs aqui.

— Vamos sentir saudades de você — falo baixinho, a voz entrecortada.

Drew me puxa para o abraço delas.

— Cuida dela — murmura ela no meu ouvido.

— Abrace a mamãe por nós — Anna implora, baixinho o bastante para apenas nós ouvirmos. — E Gus, Jack e Mary.

Nossa despedida chorosa dispara mais lágrimas das outras mulheres, como se fosse contagioso. Acho que estamos todas cansadas e um pouquinho bêbadas.

Depois que os carros com as eliminadas partem, Beck emerge do grupo de membros da equipe e me puxa de lado, enquanto todas as outras mulheres vão entrando aos poucos na casa.

— Siga-me — grunhe ela. — E quietinha.

Acompanho Beck, dando a volta pela lateral da casa.

— Aonde você está indo? — cochicho.

Ela não se vira, apenas acena para que eu suba uma rampa metálica e entre num trailer cheio de equipamentos de som.

Ela dá uma espiada para fora do trailer mais uma vez antes de abrir um sorriso desvairado e me chacoalhar pelos ombros.

— Cindy! Eles te amam, cacete!

— Eles? Eles quem?

— O público! O povo estadunidense! Você é um sucesso! E o que você disse hoje a Henry sobre o seu amor pela moda, aquilo foi brilhante!

Lentamente, eu compreendo. É impossível esquecer as câmeras, mas estando tão apartada, tão distante aqui, de alguma forma é possível esquecer o resto do mundo.

— Eu... eu... como? — É tudo o que consigo gaguejar.

— E ainda bem você conseguiu arranjar um tempinho com o Henry hoje. Você estava na lista do talvez, e mexemos os pauzinhos por aqui, mas Henry tem a última palavra nas eliminações. Mais ou menos.

Meu coração afunda.

— Como é? A lista do talvez?

Ela acena com a mão.

— Esquece isso. Ele te manteve aqui! Isso é tudo o que importa. Bem, isso, e o fato de que você é a queridinha do país!

— Mas tem uma lista? E eu não estava na lista certa?

Ela solta um suspiro alto antes de disparar uma resposta.

— Antes de cada eliminação, o solteiro começa a fazer uma lista. Às vezes, até antes mesmo do encontro em grupo. E a equipe da produção defende uma ou duas garotas, podendo ter um pouquinho, uma gotinha de influência. Mas, na verdade, a escolha é dele, então tudo o que podemos fazer é controlar as coisas que podem ajudá-lo a decidir.

Encosto-me contra a parede do trailer, lembrando da conversa que ouvi entre Wes e ela sobre a "esposinha". Quero perguntar a ela, mas também não quero perder meus privilégios de ter um walkie-talkie.

— E é por isso que você estava me fazendo aquelas perguntas durante minha entrevista?

Ela concorda.

— Exatamente. Depois de ver a reação a você on-line, eu não podia arriscar que voltasse para casa tão cedo.

— On-line? Que reação? Espera. Volta. Você me chamou de queridinha do país?

Graças à regra proibindo celulares, meu cérebro está recebendo um fluxo de informações maior do que vinha recebendo há dias, e já estou me sentindo um pouco esmagada.

Ela cerra os dentes, pensando por um momento.

— Ah, que se dane. — Ela saca o celular do bolso de trás. — Erica vai me matar, de verdade, se souber que estou fazendo isso.

Mal faz uma semana desde que segurei um celular nas mãos e, quando ela o entrega para mim, quase não sei o que fazer, então ela estende a mão e começa a rolar pelos prints para me mostrar.

@melodydiaz648
É isso aí, linda! Finalmente uma rainha plus size no programa! #AntesDaMeiaNoite

@notyourgirlfriend202
Impressão minha ou a garota cheia de curvas é a mais interessante dessa temporada? Vou dizer, já encontrei a esposinha, hein! #AntesDaMeiaNoite

@messyfeminist359

Essa Cindy é A BRABA! Onde consigo aqueles sapatos? E aquele vestido? #AntesDaMeiaNoite

@RealMelanieGoodwin
Com quem entro em contato pra conseguir os sapatos de plumas (seria um sonho)? PRECISO DELES!!! #AntesDaMeiaNoite

@THEalexismartin
Olha, eu ia abandonar essa temporada de #AntesDaMeiaNoite, mas a Cindy apareceu.

Continuo rolando. Tem um suprimento inesgotável de prints.

— Algumas dessas pessoas são famosas. — Consigo soltar. — Famosos, tipo, verificados e tudo mais. Melanie Goodwin está tuitando sobre mim?

Cada um dos tuítes da famosa modelo se torna uma sensação, viralizando instantaneamente. Ver meu nome junto do dela é surreal.

— Hã, tá sim — diz Beck. — Todo mundo está torcendo por você! Tem GIFs. Hashtags, a *People* até publicou um artigo com as escolhas deles para as top cinco, e você está lá, meu bem!

Meu queixo cai e meus olhos se arregalam enquanto deslizo pela parede, sem pensar no vestido.

— *People*? Tipo, a revista?

Beck se senta ao meu lado.

— Sim! Eles até te chamaram de "estilista promissora com faro para sapatos primorosos"!

Meu coração bate freneticamente. Uma estilista promissora? Estou lisonjeada; no entanto, me sinto uma fraude.

— O quê! Mas como é que eles...

Ela me cutuca com o cotovelo.

— Talvez eu tenha dado a eles uma ou duas citações.

Encosto a cabeça sobre o ombro dela.

— Obrigada. — Depois de um momento, acrescento: — Me sinto mal pela Drew.

Ela afaga minha cabeça.

— Drew vai ficar bem. Ela vai acordar amanhã cedo com cem mil seguidores a mais no Instagram e algumas ofertas de publicidade à espera.

— Sério? — pergunto.

— A magia da televisão.

Seu walkie-talkie bipa.

— Beck? Alguém está vendo a Beck? — pergunta Wes.

Eu me sento, e ela fala no rádio:

— É a Beck.

— Ah, que bom — diz ele. — Eu estava prestes a anunciar você como desaparecida.

— Estou indo, estou indo.

Beck se levanta e oferece a mão para me ajudar a ficar de pé, o que não é nada fácil num minivestido e sapatos de plataforma.

— Você acha que ele gosta de mim, pelo menos? — indago.

Ela encolhe os ombros.

— O bastante para te manter aqui. É o que importa.

Mas é o bastante mesmo? Isso é tudo o que desejo? Que ele goste de mim apenas o bastante para que eu tenha meus quinze minutos de fama?

Saímos do trailer e Beck aponta uma entrada lateral por onde posso me esgueirar com facilidade.

— Boa noite, estilista promissora! — Ela me diz baixinho.

CAPÍTULO DEZESSEIS

Quando volto ao quarto, estou exausta e acho que todo mundo estava também, porque minhas três colegas estão em um sono profundo. O cômodo está mais com cara de habitado do que quando chegamos aqui, definitivamente. Sapatos e maquiagem em todas as superfícies e sutiãs pendurados em maçanetas e cabeceiras.

Depois de tirar o vestido e colocar um short e a camiseta rasgada de dormir, minha mão vai até o rádio escondido na mala. Por um instante esta noite, realmente pareceu que Henry e eu nos perdemos um no outro. As câmeras e as outras mulheres apenas desapareceram... Mas, naquele momento, ele nem sabia se ia me mandar para casa ou não.

Agarro o aparelho e escapo para a sacada depois de colocar um moletom. Tenho perguntas. Perguntas que gostaria que Henry respondesse.

Quando chego lá fora, a luz de Henry já está apagada. Murcha, afundo no chão, as costas apoiadas no parapeito.

Levanto o walkie-talkie.

— Oi?

Espero. Um Mississippi, dois Mississippi, três Mississippi...

— Oi? — pergunto de novo.

Nada.

— Henry?

Nada.

— Este lugar está te enlouquecendo tanto quanto a mim? — pergunto para o vazio. Talvez se eu só falar, ele vai acabar me ouvindo.

— É... é como estar tão longe de todo mundo e depois ser jogada num liquidificador social... Tipo, isso tira tudo da gente, e tudo o que resta é o pio...

— Moranguinho, é você? — pergunta uma voz meio sonolenta.

Ofego e seguro o walkie-talkie contra o peito ao gritar silenciosamente, deliciada. Pressiono o botão para falar.

— Moranguinho, na escuta.

— Acho que devo confessar que eu nunca tinha usado um walkie-talkie, então não calculei direito a logística quando te entreguei um.

Sorrio enquanto faço uma manobra para poder ver a casa de hóspedes.

— Aaaaah, sim. Aparentemente, existem vários canais.

Ele ri.

— É, ouvi muito sobre o efeito que iogurte tem no intestino de Wes.

— Bem, isso parece... um problema médico pessoal.

— É, você e a equipe toda concordam nisso.

Ficamos em silêncio por um momento. Sem acompanhantes, como estamos, é difícil saber por onde começar ou o que dizer.

— Onde você está? — pergunta ele, a voz rouca, e posso ouvir os lençóis se movendo ao fundo.

— Do lado de fora, na sacada nos fundos da casa... Eu posso ver você, aliás. Bem, posso ver a casa de hóspedes.

A luz à distância se acende, e algo muda — apenas um movimento leve.

— Assim está melhor — diz ele. — Agora também posso te ver. Mas uau, você não me disse que estava frio aqui fora.

Eu rio.

— Você é de Nova York. Isso não é frio.

— O que você sabe sobre a minha cidade?

— Desculpe, mas você se esqueceu tão depressa de onde nosso voo estava partindo quando nos conhecemos? E, nossa, você é o pior tipo de nova-iorquino.

— Bem, me desculpe, mas o seu perfil dizia que você era de Los Angeles. Não existe isso de quintessência nova-iorquina.

— Meu perfil? — pergunto. É claro, deram a ele aqueles questionariozinhos que preenchemos. — O que mais você sabe a meu respeito?

— Bem, Cindy Woods, sei que você foi para a mesma faculdade de moda que a minha mãe, que seu filme preferido é *Mudança de hábito 2,* que tem pavor de joaninhas e que acredita em alienígenas.

— Pois fique sabendo que joaninhas são muito convencidas, tá? E de jeito nenhum estamos sozinhos no universo — digo a ele. — É arrogante presumir que somos a única forma de vida inteligente.

— Honestamente, desde que você não acredite que a Terra é plana posso conviver com o resto. E acho que, olhando por esse ponto de vista, você parece muito mais lógica e menos com uma frequentadora da lojinha de suvenir de Roswell, no Novo México.

— Eu sempre quis visitar Roswell. Não me provoque.

— A gente devia ir — diz ele, acrescentando rapidamente: — Digo, dependendo de como...

— Dependendo se você me escolher? — questiono.

É muito difícil não perguntar diretamente por que está aqui e se ele se vê com alguma das outras mulheres. Sem mais ninguém por perto, é difícil não sentir que estamos brincando de regras idiotas inventadas sem motivo algum.

— Uau, isso é esquisito.

— Foi você quem escolheu sair com mais de vinte mulheres num programa de televisão.

— Bom, você é uma dessas vinte e tantas mulheres que escolheram estar aqui.

— Touché.

— Então, trigêmeos, hein? — pergunta ele. — Seus irmãozinhos. Você disse que eram trigêmeos, né?

— É... sabe, pensei que ver minha madrasta criar trigêmeos faria com que eu não quisesse ter filhos... mas, agora, quero muito uma família enorme.

— Eu sempre quis irmãos — diz ele. — Sempre fui a única criança numa sala cheia de adultos.

— Isso, exato! Digo, eu não estava em salas chiques como as que você estava, tenho certeza, mas fomos sempre meu pai e eu por tanto tempo e, por um período, eu me sentia mais como um homem de meia-idade do que como uma menina.

— As salas não eram sempre chiques — explica. — A maioria era, mas nem sempre.

— Eu sabia.

— Então você e seu pai eram próximos?

Assinto, apesar de ele não poder me ver.

— Tínhamos apenas um ao outro. Éramos melhores amigos. Agora que estou mais velha, sinto saudade daqueles dias em que éramos só nós. Sempre me lembro de como as coisas eram quietas apenas com nós dois, então, depois que ele se casou, havia sempre barulho. A casa parecia cheia. O silêncio era bacana, mas o ruído era... reconfortante, de um jeito diferente.

— Como ruído branco — acrescenta, baixinho. — Não num mau sentido.

— Não, de forma alguma.

— Meio que como em Nova York.

— Sim, de verdade, tenho dificuldades para pegar no sono se não houver o barulho de sirenes.

— Nossa, sim, eu preciso dos meus ruídos urbanos. Só que no meu quarteirão é o porteiro do outro lado da rua dizendo "Oi, chefe!" no *repeat,* o tempo todo, seguido de buzinas.

Eu rio.

— Bom, não havia nenhum porteiro no meu quarteirão, mas tinha uma senhora no mercadinho que se comunicava apenas com grunhidos. Minha colega de quarto era fluente.

Por um momento há uma pausa, mas é o bastante para me relembrar que somos quase desconhecidos.

— O negócio da família — digo. — Assumir o comando deve ser estressante.

— É... é difícil. Mamãe não está preparada para seguir em frente... Eu não estou preparado para assumir agora, mas tenho uma equipe ótima. É só... muita coisa junta.

— Isso nem foi vago — digo, rindo.

— Desculpe — diz ele, deliberadamente. — Preciso tomar cuidado. Se certas coisas vazarem... A LuMac perde valor, mas enfim...

— A sua mãe está bem? Posso perguntar isso?

— Ela tá viva — responde, hesitante. — Acho que só não de um jeito que lhe dê alegria. Ela está tendo que abrir mão de coisas que faziam dela... a pessoa que ela é. Mas enfim, chega de falar de mim.

Não, quase peço, *fale mais de você.* Se estivéssemos no mundo real, eu ia querer destrinchar o funcionamento íntimo de Henry Mackenzie devagar, saboreando cada camada.

— Ah, merda, tenho que ir — diz ele. — Acho que vi alguém perto dos caminhões. Conversamos de novo em breve?

— Promete? — pergunto.

Mas não há resposta. Permaneço por mais um momento, esperando resposta, mas nada. Enfio o walkie-talkie no bolso do moletom e me levanto. Quando estou prestes a voltar para dentro, a luz de Henry pisca duas vezes rapidamente, e posso apenas torcer para que este seja seu modo secreto de me dizer que sim.

Fecho os olhos e, por apenas um instante, permito-me imaginar como deve ser passar os dedos pelo maxilar de Henry e dar-lhe um beijo de boa-noite.

CAPÍTULO DEZESSETE

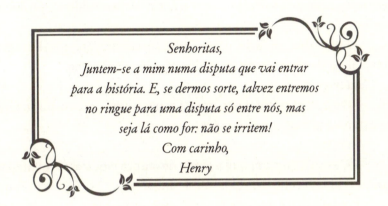

*Senhoritas,
Juntem-se a mim numa disputa que vai entrar
para a história. E, se dermos sorte, talvez entremos
no ringue para uma disputa só entre nós, mas
seja lá como for: não se irritem!
Com carinho,
Henry*

Nós dez somos levadas até uma academia de boxe pequena e lotada. Os membros do público são, em maioria, fãs do programa que responderam a um anúncio convocando figurantes. É difícil não vê-los sussurrando e apontando enquanto nos ajeitamos na primeira fila. Fomos instruídas a nos arrumar para um encontro romântico no ringue. Sabe-se lá o que isso quer dizer.

Tirando os filmes da série *Rocky*, não tenho praticamente conhecimento nenhum sobre boxe, mas imaginei que não tinha como errar com alpargatas de amarrar e um macacão xadrez preto.

Beck se posta no meio do ringue com uma escadinha, gritando instruções num microfone.

— Mallory... acene, Mallory!

Atrás dela, Mallory acena, desanimada.

— A Mallory aqui — continua Beck — será seu ponto de referência. Se a Mallory indicar para vocês torcerem, vocês torcem. Se ela disser para ficarem quietos, não quero ouvir nem um pio. Estão me ouvindo?

Stacy se debruça e cochicha:

— É esquisito eu achar a Beck mandona um tesão?

Dou risada.

— Não me faça shippar vocês duas.

Do meu outro lado, Anna abruptamente anuncia:

— Preciso fazer xixi. Será que um produtor pode me levar?

Mallory suspira e obedientemente começa a passar por baixo das cordas. No caminho para cá, Wes nos deu um sermão muito sério sobre tentar conversar com os figurantes ou qualquer outra pessoa que víssemos enquanto estávamos fora, e fomos expressamente proibidas de ir a qualquer lugar sozinhas.

— Eu vou — fala Zeke, dando uma corridinha até nós. Ele ajuda Anna a ficar de pé e a conduz na direção dos banheiros.

Stacy geme.

— Cara, esse pessoal não nos dá espaço nem para respirar. Sinto que estamos presas numa coleira.

Assinto.

— Eles não querem que a gente descubra o que está rolando no mundo real ou como estamos sendo mostradas. Você já sentiu que somos um bando de ratos de laboratório? — pergunto.

Ela funga.

— Real demais.

Depois de alguns minutos, Anna volta apressadamente, sem fôlego e um pouco suada.

— Desculpem, eles me fizeram ir até os banheiros químicos. Levou uma eternidade e fedia muito.

Farejo o cabelo dela.

— Você ainda está cheirando a chiclete, então pelo menos tem isso de bom.

Um apresentador supermusculoso, vestido de juiz, com tatuagens espalhadas por seus braços enormes, sobe ao palco.

— Esse cara parece uma propaganda ambulante de esteroides — murmuro.

A alguns metros de mim, Wes me dá uma olhada de "todo mundo pode te ouvir".

— Senhoras e senhores — diz o juiz-apresentador num microfone pendurado no teto —, meu nome é Tony Perigo e serei seu mestre de cerimônias e juiz esta noite. Hoje, teremos uma luta feroz. Primeiro, porém, gostaria de trazer meu convidado especial, Henry Mackenzie, para fazer as devidas apresentações.

Mallory joga os braços para o alto e a multidão toda aplaude enquanto Henry sobe pelo corredor numa calça jeans justa, uma camiseta cinza e uma jaqueta de couro.

— Boa noite, pessoal — diz ele, com Tony Perigo se afastando. — E obrigado, Tony.

— Valeu, cara.

— Quero apresentar a vocês duas mulheres que poderiam me dar uma surra sozinhas: Druscilla, a Destruidora, e Holly MeMorde!

Henry recua e sai do ringue, sentando-se ao lado de Addison na ponta da nossa fileira.

Duas mulheres, ambas cobertas de tatuagens e vestindo capacetes forrados, protetor bucal, caneleiras, shortinhos metálicos minúsculos e tops esportivos combinando descem com tudo pelo corredor, recebendo aclamações e aplausos do público enquanto sobem saltitando no ringue. Toda uma equipe de pessoas descoladas com garrafas de água e kits de primeiros socorros vem logo atrás.

Anna se debruça na minha direção.

— Aquele cara está trazendo um carrinho de travesseiros?

Atrás das mulheres e de suas equipes há de fato um rapaz magrelo com uma pilha de travesseiros.

Do outro lado de Stacy, Sara Claire ofega.

— Ai, meu Deus, isso vai ser uma luta com travesseiros de verdade?

— Tipo aquelas de festas do pijama? — pergunto.

Stacy volta para seu lugar e assente.

— Algumas garotas no meu time de roller derby disputam partidas de lutas de travesseiros quando não estamos competindo.

— Você joga roller derby? — pergunto.

Sara Claire balança a cabeça, impressionada.

— Minha nossa, tem como você ser mais fodona?

Meus olhos voam para Sara Claire. Esta é a primeira vez desde a eliminação, duas noites atrás, em que ela e eu temos uma conversa que vá além do *com licença* e *boa noite* ocasionais.

Anna fica de queixo caído.

— Esse negócio de luta com travesseiros é alguma esquisitice da internet?

Engasgo numa risada.

Stacy abre um sorriso amplo.

— Olha, acho que poderia ser, sim.

— Diabos — diz Sara Claire —, as pessoas pagam por qualquer coisa hoje em dia. Sabem, trabalhei com uma cliente que era deputada estadual, e ela teve que começar a cortar os próprios pés nas fotos porque eles estavam sempre aparecendo em sites dedicados a pés.

Anna gargalha e então matuta:

— Aposto que isso deve render um bom dinheiro.

Passamos os trinta minutos seguintes assistindo a duas mulheres adultas se batendo loucamente com travesseiros. Sou sutil como um elefante numa biblioteca tentando pegar vislumbres de Henry sentado na ponta da nossa fileira, ao lado de Addison. Ela ri alto demais de tudo o que ele diz e o apalpa sem vergonha nenhuma. Pelo menos não estou sozinha. Com nossos números encolhendo, todas as garotas nesta fileira se perguntam se elas serão as próximas a partir. Depois disso, as eliminações serão apenas de uma ou duas pessoas de cada vez, mas é impossível se sentir segura, especialmente depois de saber que eu estive tão perto de ser cortada na outra noite.

A cada olhadinha na direção de Henry, espero algum tipo de gesto ou sorriso — algum sinal que me diga que eu não inventei aquela nossa conversa tarde da noite/já de manhã.

Acho que meu contato breve com a eliminação e minha conversa com Henry só me deixaram certa de uma coisa: quero estar aqui. E não é apenas pelo dinheiro ou pelas conexões. Isso me apavora, mas é verdade.

Penas voam, pairando lentamente até o chão conforme as duas mulheres no ringue se batem com vontade. No final, Holly MeMorde acerta o golpe final e cai por cima de Druscilla, a Destruidora, prendendo-a contra o chão.

— Temos uma vencedora — anuncia Tony Perigo, levantando o punho de Holly no ar. — Agora está na hora de um pouquinho de participação da plateia.

SERÁ QUE É O MEU NÚMERO?

Ele olha para todas nós da primeira fileira.

— Alguma voluntária, senhoritas? Quem de vocês lutará pelo amor de Henry?

Todas nos entreolhamos e tenho a sensação de que ninguém está ansiosa por tomar a frente nesse desafio.

De súbito, Addison se levanta.

Talvez seja a adrenalina de ter acabado de assistir a duas adultas se surrando com travesseiros, ou talvez seja a lembrança do que Beck me disse ontem à noite, sobre quanto as pessoas estão se unindo para torcer por mim, ou talvez seja simplesmente Henry, mas, seja lá o que for, estou de pé e desafiando Addison antes que qualquer outra possa ao menos erguer a mão.

— Já temos nossas desafiantes! — A voz de Tony ecoa no microfone.

— Corta! — grita alguém.

Antes que eu entenda o que está acontecendo, Zeke e Mallory conduzem a mim e Addison para fora, onde os trailers estão estacionados. Olho rapidamente por cima do ombro e vejo Anna com os dois polegares para cima e Henry nos observando com o cenho franzido.

Irina espera por nós num trailer de figurinos, com um cabideiro cheio de camisolas e lingerie.

— É sério isso? — pergunto.

Ela dá de ombros.

— Se vocês vão participar de uma luta de travesseiros, deveriam no mínimo usar uma camisola.

Avaliando o que está disponível no cabideiro criteriosamente, ela entrega a Addison algo para provar e, depois de um pouco de frustração e alguns grunhidos, ela me entrega...

— Um vestido de ficar em casa? — pergunto. — Sério mesmo?

Estou falando de um vestido longo, com botões de pressão e bolsos na parte da frente. Sou humana, portanto, é claro que posso apreciar bolsos num vestido, mas todas as outras peças nesse cabideiro são bonitas e sensuais. Não posso sair daqui nesse muumuu (que, tenho certeza, ainda tem migalhas nos bolsos deixadas pela última pessoa que o usou) e esperar vencer Addison. Não se trata apenas de quem pode derrotar quem aqui. Trata-se de encantar o público e, por consequência, Henry.

145

Addison emerge de trás da cortina em um conjunto de seda cor-de-rosa com acabamento preto nas pernas, nos braços e no colarinho. A parte de cima é abotoada, mas com abertura suficiente para mostrar um pedacinho de seu sutiã de renda, e os shorts mostram a popinha da bunda. Sendo bem honesta, isso é mais do que eu gostaria de mostrar, mas como é possível não haver algo no meio do caminho entre pijamas sensuais de seda com os quais você não vai querer dormir e o muumuu favorito da sua avó?

Olho para a peça na mão de Irina mais uma vez.

— Isso é mesmo tudo o que você tem?

Ela anui.

— Você sabe que estou no programa. Sabe disso desde que me conheceu na minha casa, e não pôde ao menos se preparar para a possibilidade de que talvez tivesse que me vestir?

Ela dá de ombros, o lábio retorcido.

— Para ser honesta, não achei que você fosse chegar tão longe.

Addison sorri maliciosamente enquanto prende o cabelo em dois rabinhos de cavalo no topo da cabeça.

— Apenas vista isso logo. Vai cair bem.

— Fácil para você dizer isso — resmungo.

Coloco a bata enorme e, quando emerjo, Irina me entrega um par de chinelos de coelhinho.

— Vocês combinaram — diz ela, apontando para Addison que, sim, está usando os chinelos de coelho. Mas nela eles ficam bonitinhos, algo meigo. Já eu pareço a tia que tem doze gatos.

— Não posso usar isso — digo, enquanto voltamos lá para dentro. — Prefiro ir descalça.

Irina dá de ombros.

— Fique à vontade.

Então me lembro do que Sara Claire disse, sobre a deputada e seus pés, e paro de supetão para calçar os chinelos.

No ringue, Druscilla e Holly nos ajudam a colocar os capacetes e as proteções.

— Alguma dica? — pergunto a Druscilla.

— Ataque as pernas. Derrube-a e jogue seu corpo por cima do dela. Você parece ter um pouco de músculo. Já ela parece que o implante vai estourar, então use isso a seu favor. — Ela para de falar. — Não que haja algo de errado com implantes. Minha namorada tem peitos falsos e...

Eu rio.

— Tudo bem, entendo. — Assinto. — Obrigada.

— Você gosta dessa garota? — cochicha ela.

Faço uma breve pausa e chacoalho a cabeça.

— Nem um pouquinho.

— Melhor ainda — diz ela. — Pense em todos os motivos pelos quais não a suporta e deixe o travesseiro fazer o resto.

Ela se aproxima um pouco mais.

— Tivemos que assinar muitos contratos sobre o que podemos ou não dizer antes de nos contratarem, então provavelmente eu não deveria dizer isso, mas sou sua fã.

Ela dá uma piscadinha.

Sorrio e ela enfia um protetor na minha boca.

— Chuta o traseiro dela.

— Pode deixar, chefe. — Tento dizer com o plástico em minha boca, mas sai mais parecido com *Podejá, jef.*

Druscilla engatinha entre as cordas e pega um travesseiro para mim.

— Sua arma, milady.

No outro canto, Addison saltita, os rabinhos dançando em volta dos ombros enquanto seus lábios se contorcem num rosnado.

Ah, sim, eu consigo fazer isso, sim.

— Senhoritas — diz Tony em seu microfone com uma voz bajuladora. — Quero uma luta limpa. Sem arranhões, sem puxão de cabelo. Não quero ver punhos, cotovelos, joelhos nem pés golpeando. Apenas o travesseiro faz contato. A primeira garota a prender a outra por dez segundos vence.

Nós duas concordamos, e acho que Addison chega a grunhir para mim.

Tony sai do ringue e o sino mal termina de tocar antes que Addison já esteja se jogando para cima de mim, dando o primeiro golpe diretamente em minha cabeça. Eu recuo e caio nas cordas. A multidão solta um *uuuuuuhhh.*

Não era exatamente assim que eu esperava começar a luta.

— Credo, Addison — digo, apesar do protetor bucal.

Ela dá de ombros.

— Estou só seguindo as regras da lu...

Com o travesseiro preso no punho, eu a golpeio com força na barriga, fazendo com que ela tropece e perca os chinelos de coelhinho.

— Eu também — falo.

Ela solta um rosnado selvagem e alto, correndo diretamente para mim. No último segundo, pulo e me desvio, deixando-a quicar nas cordas.

O rosto dela está vermelho e zangado. Agora consegui. Agora eu a deixei furiosa.

Andamos em círculos, uma esperando que a outra faça algum movimento ou exiba o menor sinal de vulnerabilidade.

Então me lembro do que Druscilla disse sobre usar meus sentimentos a respeito de Addison e tudo vem à tona, fervilhando. O jeito como ela me chamou de corajosa, como se eu merecesse um biscoito por ter a coragem de ser uma gorda num vestido bonito. O jeito como ela usa todas as garotas da casa como peças de xadrez. O jeito como age como se essa competição estivesse terminada antes mesmo de começar.

Solto um grito gutural ao estilo viking e corro até ela a todo vapor. Ela desvia um pouco antes da hora, pensando que vou atacar sua cabeça, mas, em vez disso, deslizo pelo ringue e atinjo seus joelhos, exatamente como Druscilla disse que eu devia fazer. Antes que ela tenha um segundo para se mover, jogo meu corpo por cima do dela. Ela se remexe sob meu peso, mas Tony já está na metade da contagem.

— Sete, seis, cinco...

— Sai de cima de mim, sua vaca! — exclama Addison, num volume para que só eu ouvisse.

Eu sorrio para ela enquanto tiro meu protetor bucal.

— Apenas seguindo as regras da luta. Mu, vaca. Mu.

— Temos uma vencedora! — anuncia Tony Perigo.

Ele me puxa até eu ficar de pé e estendo a mão para Addison, mas ela me ignora.

Estou quicando no lugar de tanta empolgação. Sinto que conseguiria abrir um buraco a socos no teto.

— Qual é o seu nome, moça? — cochicha ele.

— Cindy — respondo.

— Senhoras e senhores — diz, em sua voz de apresentador —, eu lhes apresento... Cindy Craw*forte*!

— Cindy! Cindy! Cindy! Cindy! — A multidão começa a cantar.

Henry sobe no ringue com uma dúzia de rosas nos braços e me puxa para um abraço.

— Você é imprevisível. — Ele me diz, entrega as flores e me dá um beijo no rosto.

Eu viro a cabeça; seus lábios roçam os meus.

— Gostou do visual de vovó? — pergunto, sem fôlego.

Sinto-me no topo do mundo, como se tivesse acabado de solucionar o aquecimento global, consertado o sistema de saúde e ainda tivesse tempo para ler um bom livro e aplicar uma máscara facial antes de ir dormir. Sou invencível.

— Muito subversivo — responde ele, os olhos voltados para baixo, fixos nos meus, e meu corpo ainda pressionado contra o dele.

Não sou o tipo de garota que toma a iniciativa. Não porque não queira ser ou por pensar que haja algo de errado nisso, mas porque nunca tive coragem o bastante. O medo da rejeição sempre me prendeu no lugar, esperando que o cara se arrisque primeiro. Mas vim até aqui e, se eu for para casa amanhã à noite sem ter beijado Henry Mackenzie, vou me perguntar pelo resto da vida como isso poderia ter sido.

Inclino a cabeça só um milímetro mais para perto e, simples assim, nossos lábios estão pressionados juntos. A boca de Henry se move com facilidade na minha, e ele me puxa mais para junto dele, passando o braço em torno da minha cintura. Minha boca se abre por um segundo, e é apenas o suficiente para que a língua dele dance contra a minha.

O público aplaude e nos separamos lentamente, nossos lábios se tocando até o último segundo, como se fôssemos dois adolescentes, bêbados um com o outro.

De volta à casa, tomo um banho enquanto Addison anuncia que está se mudando para o quarto de Chloe.

— Acho que ela não aguentou a pressão — fala Sara Claire quando eu volto, embrulhada na toalha.

— Acho que não.

— Um momento bem sensual com você e Henry, hein? Sabe — diz ela —, é uma competição, e quero ficar aqui pelo tempo que puder, mas também quero que sejamos amigas.

Assinto enquanto me sento na beirada da cama.

— Também quero isso.

— Temos que ser sinceras uma com a outra sobre o fato de que nós duas queremos a mesma coisa.

— Nossa, isso é tão esquisito — falo.

Ela está prestes a responder quando a campainha da entrada ecoa pela casa.

O convite para o encontro. Chegou.

Nós duas saímos correndo e descemos as escadas; quase escorrego no último degrau, mas ainda sou a primeira a chegar.

Abro a porta e encontro Mallory à espera com um envelope. Eu o pego e bato a porta na cara dela, imediatamente sentindo uma câmera nas minhas costas.

— Grossa — ouço-a dizer do outro lado.

— Desculpe! — grito.

Bem, espero que aparecer na TV recém-saída do chuveiro numa toalha minúscula esteja na cartela de bingo do *Antes da meia-noite,* porque aqui estou eu, com duas câmeras em cima de mim e uma multidão de garotas em volta.

Rasgo o selo de cera no formato de pergaminho para ler o convite.

— Vamos lá — fala Chloe. — Leia em voz alta!

Addison desce as escadas, os quadris gingando a cada degrau.

Retiro o cartão do envelope e começo a ler. Meu coração se parte.

— Querida Addison...

CAPÍTULO DEZOITO

— **M**erda, merda, merda! — Ouço alguém resmungar pelo corredor do lado de fora do meu quarto enquanto estou deitada encolhida na cama, com uma página em branco do bloco de desenho me provocando.

Embora eu possa ver Addison de soslaio, me recuso a reconhecer que ela está parada no batente da porta.

Ela pigarreia.

— Oi, Addison — digo, sem tirar os olhos da página, como se estivesse de fato trabalhando em algo. — Posso te ajudar com alguma coisa?

Ela entra e paira ao meu lado.

Seguro o bloco junto ao peito, porque, no final, fingir trabalhar numa página em branco é profundamente vergonhoso.

— Ah, na verdade, pode — fala ela, na voz mais normal que já a ouvi usar. — Ouvi dizer que você fez, tipo, faculdade de corte e costura ou algo assim?

— Eu não chamaria de corte e costura, mas sim, sei costurar, se é isso que está perguntando. Qual é o problema?

Ela faz beicinho e seus olhos estão um pouco marejados, como se fosse realmente chorar. Puxando o cabelo comprido e perfeitamente liso por cima do ombro, ela se vira para mostrar que o zíper do minivestido agarradinho em tom champanhe estourou bem no meio das costas.

— Irina me colocou nesse vestido supercaro e acho que a porcaria do zíper estava, tipo, enguiçado, e agora a equipe toda está esperando lá fora, e o Henry também, e...

— Por que você não pede ajuda a Irina? — pergunto.

— Porque talvez ela já esteja com raiva de mim por... — Ela resmunga o resto, o queixo pousado no ombro.

— Desculpe, o que foi que você disse?

— Por eu me recusar a vestir as primeiras catorze opções.

— Está falando sério? Esse não é o seu vestido de casamento nem nada.

Ela se vira, agitando os braços.

— Você pode me ajudar ou não?

Não quero ajudar. Não quero mesmo, mas sou como uma mariposa e uma luz no que diz respeito a uma emergência de moda. E, apesar de duvidar que carma exista, deixar a horrível e manipuladora Addison na mão em seu momento de necessidade é maldoso demais. Até para ela.

— Tire o vestido. Não posso prometer nada. Talvez precise de um zíper novo, e só tenho um kit de costura de viagem comigo.

Ela obedece e tira a roupa, jogando o vestido para mim enquanto se senta em sua antiga cama num sutiã tomara que caia e roupas íntimas modeladoras, observando com nervosismo.

— Ficar me observando não vai fazer com que eu vá mais depressa.

— Apenas faça o que tiver que ser feito. Pode me costurar no vestido, se for preciso.

Dou uma rápida olhada no problema que, para a sorte de Addison, é algo fácil de consertar. O zíper havia só se soltado, então tudo o que preciso fazer é soltar alguns pontos, reinserir o zíper e costurá-lo de volta no lugar. Isso, contudo, não me impede de fazer alguns ruídos muito pensativos e incertos, só para deixar Addison preocupada.

Faz um mês mais ou menos desde que peguei numa agulha, o que é uma eternidade se você for olhar para os últimos quatro anos da minha vida, mas algo no processo de inserir a linha na agulha e segurá-la entre os dentes enquanto uso o abridor de casa me faz sentir à vontade. Calma. Tranquila. Esta era a energia exata que eu estava buscando durante nossa aula de ioga com cabras, e é difícil não sentir como se uma pecinha de quebra-cabeça tivesse se encaixado no lugar com o ato familiar de simplesmente consertar um zíper solto.

— Pronto — digo, afinal.

— O quê? Você está me dizendo que está consertado?

Ela se põe de pé com um salto, as mãos já estendidas para pegar o vestido.

Eu o devolvo para ela e a observo se espremer para dentro dele.

— Tenha cuidado. O zíper não está com defeito, mas não é tão bom quanto deveria ser para um vestido tão caro.

Ela se vira para eu poder fechar o zíper e, com olhar fixo na parede à nossa frente, diz:

— Obrigada, aliás.

Honestamente, fico chocada ao ouvir a gratidão verdadeira que saiu da boca de Addison. Não posso evitar presumir que o fato de não precisar fazer contato visual comigo tornou essa conversa possível para ela.

— Acho que isso significa que você me deve uma — falo.

— Eu não iria tão longe.

Todas assistimos da sacada nos fundos da casa a um helicóptero pousar no heliporto pintado para imitar o relógio de *Antes da meia-noite.*

— É estranho que eu sempre tenha presumido que o heliporto era editado para ficar com essa cara? — pergunta Jenny. — Como alguma magia da TV?

Stacy apoia o cotovelo no parapeito e coloca o queixo na mão.

— Ou é mais estranho o fato de que este programa tenha seu próprio heliporto?

O encontro de Addison é um clássico de *Antes da meia-noite,* a noite do encontro no helicóptero, e não posso evitar sentir uma gotinha de alegria ao pensar em quanto Henry deve estar infeliz.

Embaixo de nós, um grupo de integrantes da equipe acompanha Henry, vestido num terno elegante e uma gravata preta. Ele dá uma olhadinha para cima, para nós, e todo mundo se amontoa contra a beira da sacada para um milésimo de segundo de contato visual, como se estivéssemos num show e Henry fosse o artista por quem esperamos horas para ver.

— Boa noite, senhoritas — cumprimenta ele, inclinando o queixo com os olhos brilhando de terror... algo que apenas eu pareço notar.

Meus olhos se arregalam e faço um sinal de joinha. Tudo o que posso ouvir é ele me dizendo que preferiria se deitar despido num ninho de escorpiões do que ter que voar num helicóptero.

Ele respira fundo e posso ver todas as ideias passando por sua cabeça, tentando descobrir como ele pode escapar dessa no último segundo. Cair e quebrar um braço? Fingir que houve uma morte na família?

Henry é conduzido rapidamente e posso sentir a energia de todas as outras mulheres se tranquilizar, como se estivessem exagerando para a câmera. (Bah.)

Uma legião de câmeras segue Addison pelo campo de flores silvestres, seu xale branco agitando-se graciosamente atrás dela. Henry a saúda no helicóptero, dando-lhe um beijo no rosto, e a ajuda a subir, seguindo-a de perto.

Eu me sinto só um pouquinho mal por ele. Descanse em paz, Henry.

Sara Claire solta um suspiro baixinho.

— Eu sou muito boba se admitir que estava com esperança de ser convidada para o encontro do helicóptero?

— Não mesmo — diz Chloe. — Tenho medo de altura e helicópteros são basicamente armadilhas mortais. Não, obrigada.

Anna boceja.

— Não estou me sentindo muito bem.

Eu me viro para ela.

— O que você tem?

A boca de Anna se volta para baixo.

— Só uma dor de cabeça. Acho que vou me deitar.

Aperto sua mão.

— Eu passo para te ver mais tarde.

— Como pode ser deprimente assim morar num *château* épico? — opina Jenny.

As portas se fechando após sua passagem, Addison e Henry decolam, o helicóptero pairando por um instante e então circulando lá no alto para as câmeras. Algumas garotas acenam para eles, e uma câmera lá embaixo foca em nós, todas de pijamas e agrupadas em volta dessa balaustrada como um bando de pobres coitadas.

— Já sei — diz Stacy. — Precisamos de vinho e pizza.

— Hã, acho que a Domino's não entrega no *château* de *Antes da meia-noite* — falo.

— Para a cozinha, senhoritas! — conclama Stacy, liderando o grupo.

No térreo, nos agrupamos em volta da ilha enquanto Stacy reúne ingredientes para uma massa rápida de pizza. Ela então separa as porções para cada uma de nós fazer a própria minipizza, dando instruções no que presumo ser sua voz de bibliotecária.

— Você é como um antidepressivo em forma de gente — digo a ela.

— Acho que é só a bibliotecária em mim tomando o controle. Quando não estou na mesa de orientações respondendo às mesmas perguntas sem parar, estou sonhando com os programas mais baratos que consigo criar para minhas crianças.

— Você está com saudade deles? — pergunto.

— Estou — diz ela, devagar. — Mas não sinto saudades de toda a papelada com que tenho que lidar. Eu só queria ter recursos suficientes para fazer o melhor por eles, mas sinto que estou apenas solicitando fundos para manter a cabeça acima da água.

— Você já pensou no que faria com o dinheiro do prêmio?

Ela olha para mim.

— Pagaria parte dos empréstimos estudantis. Compraria algumas coisas ótimas para as crianças da minha biblioteca, tipo iPads e programas de design e quantos livros novos os coraçõezinhos deles quisessem. E você?

— Ah, meu Deus, nada tão altruísta quanto você — respondo. — Não ria, mas eu queria ter minha própria marca. Eu começaria com sapatos. Passaria para acessórios e então vestuário. Pelo menos, esse é o plano. Meu cérebro é basicamente um bloco inútil de cimento no momento, e não crio um design que amo há meses.

— Você está com bloqueio de escritor — diz ela. — Ou, no seu caso, acho que seria bloqueio de estilista.

— Existe cura para isso, doutora?

Ela sorri e me dá tapinhas no ombro.

— Eu não sou muito de escrever, mas a última pessoa com que me relacionei era. Uma vez levei essa pessoa para falar com as crianças sobre escrita, e ela disse que o bloqueio pode ocorrer por vários motivos. Às vezes você fez uma escolha errada e tem que voltar e recomeçar. Às vezes você esgotou a inspiração e precisa redescobrir o que te deixou tão apaixonada pra começo de conversa. Mas, seja lá o que for, ajuda se você pegar as coisas aos poucos. Comece pequeno. Uma frase... ou talvez, para você, uma linha. Uma cor. Um tecido. E parta daí.

— Você é muito inteligente — falo.

— Acho que você quer dizer que minhe ex era muito inteligente. Meneio a cabeça.

— Não, eu definitivamente estava falando de você.

— Bem, você vai superar isso e um dia vai se perguntar como vai encontrar tempo para todas as suas ideias. E quando conseguir lançar sua marca, serei a primeira pessoa na loja, comprando meu par de originais da Cindy.

— O primeiro é por conta da casa — prometo a ela.

Encontramos molho de espaguete para usar na pizza e vasculhamos a geladeira em busca de qualquer cobertura que conseguirmos. Eu vou de pimenta banana e queijo extra.

Todas nos revezamos assando as pizzas e relembrando nossa vida em casa enquanto tomamos algumas garrafas de vinho. Em Wisconsin, Chloe cuida das redes sociais para a rede de postos de gasolina de seus pais, a Cheese Stop. Ela também lidera uma banda folk e toca por todo o Centro-Oeste nos finais de semana. Gretchen, de Las Vegas, é massoterapeuta e tem duas mães que se chamam Linda. Valerie foi dançarina do Miami Heat e atualmente é cabeleireira e tem um filho chamado Carson. Samantha é enfermeira e planeja fazer faculdade de medicina agora que o médico de quem estava noiva a largou por ter um emprego exigente demais. Jenny é a grande surpresa: divorciada, ela é advogada especializada em processos judiciais por imperícia.

— É — diz ela. — Na verdade, conheci meu ex-marido no tribunal. Ele era o especialista que testemunhou num caso de erro médico numa rinoplastia.

— Mas que coisa em que ser especialista — diz Sara Claire.

Depois da pizza, todas nos largamos nos sofás e começamos um jogo de verdade ou desafio, que rapidamente degringola em apenas verdades, até que de repente já faz horas que estamos ali e os câmeras que tinham ficado ao nosso redor estão encerrando o dia.

Enquanto limpo tudo, ofego sem querer.

— Esqueci de ir dar uma olhada na Anna.

— Vá lá — fala Sara Claire. — A gente cuida disso.

Pego um copo d'água e um pacote de bolacha água e sal antes de subir.

— Anna? — chamo enquanto entro no quarto escuro.

Ela não responde.

— Anna? — Aperto o interruptor e encontro quatro camas perfeitamente arrumadas. Isso é esquisito.

Depois de deixar o copo e as bolachas na mesinha de cabeceira dela, confiro no banheiro e em alguns outros quartos, mas não consigo encontrá-la. Tudo em que consigo pensar é em Drew me dizendo para cuidar dela. Belo serviço eu fiz. Melhor irmã do ano.

Calço um par de Vans e saio pela porta da frente para ver se a encontro em algum lugar da propriedade.

— Anna! — chamo.

Dou uma olhada na lateral da casa, por onde Beck me levou na noite passada para podermos conversar dentro de um dos trailers. Mas é uma cidade-fantasma. Desço a colina até o portão, onde a equipe está guardando tudo e dirigindo-se para a casa que está servindo como alojamento, mais abaixo na mesma rua. Quase pergunto a um deles se viu Anna, mas tenho medo de arrumar problemas para ela de alguma forma.

De volta à casa, tento abrir a porta da frente, que está trancada, então dou a volta em torno das sebes até onde fica a piscina. A única coisa que consigo ver mais adiante é uma única luz, que acho ser da casa de hóspedes de Henry. Posso ouvir água respingando discretamente, mas está escuro demais para enxergar qualquer coisa, e acho que pode ter sido apenas o vento, mas... Eu me lembro de ter visto um quadro de força por aqui em algum canto, então reviro a área procurando por um interruptor do lado de fora da cabana da piscina quando trombo com alguma coisa — ou melhor, com *alguém*.

— Anna?

— Ai! Você pisou no meu dedo!

— Quem está aí? — pergunto, no mesmo instante em que encontro os interruptores e aperto um deles. — Addison?

O brilho das luzes internas da piscina ilumina a área o suficiente para que eu a veja de pé ao meu lado, ainda no minivestido champanhe que usou no encontro com Henry, o qual me espanta não estar ainda em curso.

— O que você está fazendo aqui?

Mas ela nem se encolhe ao som da minha voz. Em vez disso, seu rosto se acende de deleite enquanto cruza os braços, sem tirar os olhos da piscina.

— Ah, acho que essa não é a pergunta que você deveria estar fazendo.

Meu olhar segue o dela e a primeira coisa que noto é a parte de cima de um biquíni amarelo-vivo boiando na superfície da piscina. E aí meu queixo cai quando a vejo.

— Anna!

Minha meia-irmã está na piscina, o cabelo arrumado num coque desleixado, as pernas em torno da cintura de Zeke e os braços em volta de seu pescoço.

— Merda — solta ela, numa vozinha quase inaudível.

— Ah, essa é boa — diz Addison, como se estivesse assistindo à edição de um filme da série *Onze homens e um segredo*.

— Ai, merda — solta Zeke, contorcendo-se para sair de debaixo de Anna. — Não é o que está parecendo.

Ele passa a mão trêmula pelos espessos cachos loiros enquanto sobe a escada da piscina dois degraus de cada vez.

Anna corre para pegar o biquíni com um dos braços enquanto o outro cobre o peito.

Disparo para a borda da piscina e abro o zíper do meu moletom, que jogo por cima dos ombros dela assim que Anna emerge da água.

— Isso é o que parece ser? — pergunto baixinho.

Ela assente.

— Acho que me apaixonei pela pessoa errada. Pelo menos esse tem um emprego. Né?

Não dá para dizer que ela não é otimista.

— *Tinha* um emprego — acrescenta Addison.

— Você não pode contar para ninguém — Zeke implora a ela. Ele tropeça enquanto tenta vestir a calça jeans, apesar de estar ensopado. — Por favor.

— Você me deve uma, Addison. — Eu a relembro.

Addison leva a mão ao coração, sendo sarcasticamente dramática.

— Como é que eu poderia permitir que alguém traísse Henry desse jeito?

— Pode parar com essa merda — diz Zeke a ela. — As câmeras não estão aqui. O que você quer?

Anna estremece ao meu lado.

— Garantias — exige Addison.

Zeke olha para Anna e depois para mim.

— Leve-a para dentro, tá bom? Eu vou cuidar disso.

Dou uma olhada azeda para Addison.

— Você voltou mais cedo do seu encontro. Acho que não deve ter ido muito bem.

A boca de Addison se curva num sorriso.

— Ah, acho que cheguei bem na hora.

CAPÍTULO DEZENOVE

Na noite passada, fiquei no quarto de Anna até ela pegar no sono. Sem dúvidas perdi um tempo precioso de conversa no walkie-talkie, mas não podia abandonar minha irmã. Segundo disse, ela se apaixonou por Zeke quando estava fazendo as entrevistas com Drew antes do programa. Ela tomou a iniciativa naquele dia, dando a ele seu telefone. Eles trocaram mensagens dia e noite durante a semana anterior à produção, e ela planejava sair do programa, mas não conseguiu encontrar o momento certo para isso. Anna esperava ser mandada de volta para casa na primeira noite, mas, em vez disso, foi Drew quem saiu antes de nós duas. Não era com ser mandada de volta que Anna estava preocupada. Era com Zeke perder seu emprego por se envolver com uma participante.

Escovei o cabelo dela e esfreguei suas costas, e tinha toda intenção de conversar com Addison antes de ela ir dormir, porém, quando deixei Anna, todas as luzes da casa já estavam apagadas.

De manhã, Anna está agachada ao lado da minha cama, esperando por mim. Ofego ao ver seu queixo repousando no meu colchão, a apenas alguns centímetros do meu rosto.

— Eu tenho que contar ao Henry — diz ela.

Levanto-me devagar, apoiando-me nos cotovelos e olho ao meu redor procurando por Stacy ou Sara Claire, mas as duas já se levantaram e saíram.

— Espera, espera, você não devia falar com Zeke antes? Pelo menos descobrir o que foi que ele prometeu a Addison?

Ela chacoalha a cabeça.

— Não será nada que ele possa de fato fazer. Ele é assistente de produção — murmura. — Não consegue nem fazer o pessoal da empresa de catering lembrar que ele tem alergia a nozes. Addison vai descobrir isso em breve e vai entregá-lo. Se eu me mandar para casa, ela perde todo seu poder. Você tem que me ajudar a encontrar Henry.

Eu termino de me sentar, a cabeça girando um pouco por acordar depressa demais.

— Certo, me dê um minuto para eu me vestir e aí a gente pensa.

Ela se senta no chão, o corpo todo encolhido, enquanto visto um short jeans desfiado e uma camiseta onde se lê DIETA? TÔ FORA! PEGO MINHA ROSQUINHA E VOU EMBORA.

Vamos para o térreo e conseguimos escapulir pela porta dos fundos e descer pelo caminho até a casa de hóspedes.

À luz do dia, a casa de hóspedes está coberta de trepadeiras e tem um lindo jardim de rosas pertinho da janela. Bato na porta em arco com um puxador de bronze no centro.

— Como você sabe onde ele está ficando? — pergunta Anna, espiando por cima do meu ombro.

— Isso importa?

— Hum, sim, na verdade, importa sim. Acho que não sou a única irmã com segredos aqui.

Reviro os olhos.

— Confie em mim. Meus segredos não são nem de longe tão indecentes quanto os seus.

Bato de novo e não tenho resposta, então viro a maçaneta, que está destrancada.

— A gente vai simplesmente entrar? — pergunta Anna, cautelosa.

— Você quer chegar antes da Addison ou não?

Ela concorda e abro a porta, mas a casa está vazia. Ninguém. Nada. Retiraram todos os lençóis da cama, e todos os sinais de Henry, desde suas malas até sua colônia e seu caderninho, se foram.

— Talvez tenham passado ele para outro lugar — sugere Anna, enquanto voltamos para a casa.

— Acho que sim — digo.

— Aí estão elas — diz Jenny, da sacada. — Venham! Andem logo! Eles acabaram de anunciar uma cerimônia de eliminação.

— Agorinha? — grito de volta.

— Isso!

— Não era para termos outro daqueles bailes? — pergunta Anna.

Eu pego a mão dela e corremos pelo resto do caminho, entrando na casa.

Beck está no vestíbulo, conduzindo as garotas para a frente do imóvel.

— Vamos, vamos, vamos.

— Cadê o Zeke? — pergunta Anna a ela de imediato.

Beck apenas meneia a cabeça.

— Eu lá tenho cara de achados e perdidos? Venham, vamos.

— Isso é bom — murmuro para Anna. — Se Beck não sabe, então Addison provavelmente ainda não contou a ninguém.

Anna olha ao redor, nervosa, mas todas já estão enfileiradas, então a levo para um ponto nas escadas e pego o outro, logo atrás dela. Todas as outras tiveram uma chance de trocar de roupa para colocar algo mais bonitinho, mas ainda estou com o cabelo de quem acaba de acordar, o short jeans e a camiseta.

Assim que estamos no lugar, uma limusine sobe a colina e Chad e Henry desembarcam dela.

— Senhoritas — diz Chad —, eu sei que vocês todas estavam esperando um baile esta noite, mas Henry tomou sua decisão e tem que viajar para resolver alguns negócios, então vamos fazer as coisas um pouco fora da ordem hoje.

— Desculpem por não termos um baile esta noite — diz Henry. — Mas o dia de ontem deixou minha decisão muito clara. — Ele engole. — Cindy, você aceita este pergaminho?

Eu aceito e desço os degraus, apertando a mão de Anna ao passar. Estou chocada que Addison não seja a primeira depois do encontro deles ontem à noite, mas aceito.

Quando ele coloca o pergaminho na palma da minha mão, falo:

— Talvez eu finalmente consiga aquele encontro.

Ele me dá um sorriso impossível de interpretar, que só me faz sentir mais inquieta.

Ele chama mais nomes — Sara Claire, Jenny, Stacy, Gretchen, Valerie, Chloe — até que tudo o que resta é apenas um pergaminho e Addison, Anna e Samantha ainda esperando.

— Bem, essa é uma reviravolta que eu não imaginava — comenta Sara Claire.

Henry pega o pergaminho solitário na pilastra a seu lado.

— Odeio essa parte — fala ele. — Mas acho que passar algum tempo com uma pessoa pode não apenas revelar quem...

— Henry — chama Addison, sua voz mais frenética do que eu julgava ser possível. — Tenho que te contar uma coisa.

Eu lanço para ela um olhar enfurecido, as narinas infladas, que espero declarar *espero que todo zíper que você tente fechar se arrebente!*

Henry olha para Chad, que assente.

— Podemos falar em particular? — pergunta Addison.

Anna dá um passo à frente.

— Não. Não podem, não. Porque eu tenho algo a dizer, e quero dizer bem aqui, na frente de todo mundo.

— Anna, não — sussurro.

— Eu estou gostando de outra pessoa — declara ela, dramática. — Desculpe, Henry. Sei que mal começamos a nos conhecer, mas não suporto a ideia de te enganar.

Com todos os olhares nela, não posso dizer que minha irmã não esteja gostando disso.

Valerie solta um assovio baixinho.

— Isso aqui está intenso como uma novela.

Addison cruza os braços com uma fungada, ao mesmo tempo em que ainda tenta aparentar choque.

— Você está gostando de outra pessoa? — pergunta Henry.

Anna concorda.

— Pensei que esse sentimento fosse passar depois de te conhecer... mas agora sinto saudade dele... e sinto muito, Henry, mas meu coração gosta de outra pessoa.

Ele segura a mão dela, a tensão em seu cenho se suavizando um pouco.

— Obrigado pela honestidade.

— Então, acho que terminou? — pergunta ela.

Ele anui e levanta o pergaminho.

— Você se incomoda se eu entregar isso aqui rapidinho?

Ela recua, meio atrapalhada, e retoma seu lugar nos degraus entre Addison e Samantha, ambas parecendo ter visto um fantasma.

Henry olha para o pergaminho nas mãos.

— Bem, isso foi inesperado — diz ele. — Eu, hã... — Ele fecha os olhos e balança a cabeça. — Addison. — A voz dele se corta no nome dela. — Você aceita este pergaminho?

Ela solta um gritinho breve antes de se controlar e descer os degraus friamente.

— Obrigada — agradece ela. — Mal posso esperar pela chance de lhe mostrar quem sou de verdade.

— Quem ela é de verdade? — murmura Stacy.

Anna, livre como um passarinho, desce os degraus correndo e dá um abraço em Henry, seguida por uma Samantha abatida.

Addison me olha do outro lado da multidão e não consigo evitar imaginar o que aconteceu em seu encontro ontem à noite. Não apenas ela voltou para casa cedo, como quase foi eliminada.

Anna corre até mim e me dá um longo abraço.

— Eu me sinto tão melhor! Mas acho que a mamãe vai me matar...

— Matar? — pergunto. — Aquilo foi entretenimento puro para o ibope!

Ela pensa a respeito por um momento, aprumando-se numa postura orgulhosa.

— Foi mesmo! Né?

— Amo você — digo a ela. — Você e Drew, fiquem longe de encrencas... ou sei lá, metam-se em encrencas.

Não consigo acreditar que estarei aqui sozinha agora.

Os olhos de Anna se enchem de lágrimas enquanto ela concorda, ansiosa.

— Ganhe essa merda — diz ela. — Vi você e o Henry naquele ringue de boxe. Tem alguma coisa aí. E o prêmio em dinheiro poderia te dar um belo pontapé inicial.

— Samantha, Anna — diz Chad —, sinto muito, mas está na hora de dizer adeus.

As mulheres restantes assistem a Samantha e Anna entrarem no Rolls-Royce e serem levadas para fora da propriedade.

Todas nos viramos para voltar quando o carro desaparece no horizonte, mas, aparentemente vindo do nada, um táxi amarelo dispara colina acima e passa pelos portões, buzinando.

— Henry, vou deixar que você conte a elas — diz Chad.

— Bem, como Chad disse, tenho que resolver alguns negócios pendentes e pensei: qual seria o melhor jeito de fazer isso, senão levando todas vocês junto comigo? Então podem fazer as malas, porque estamos indo para Nova York!

Meu corpo todo imediatamente relaxa ao nome da minha cidade. Meu lar pelos últimos quatro anos. *Nova York.*

— Notícias empolgantes! — exclama Chad. — Vocês todas têm uma hora para se preparar, e, senhoritas, só retornaremos ao *château* de *Antes da meia-noite* para o episódio final. Está na hora de botar o pé na estrada!

CAPÍTULO VINTE

Voamos para lá num Airbus fretado pela emissora, e há espaço suficiente para cada um de nós se esparramar por uma fileira inteira de assentos, o que é, definitivamente, bem menos lotado do que meu voo para cá. Henry é mantido afastado de nós na frente, na primeira classe. Compreendo que o propósito do programa é capturar todas as interações com Henry na câmera e que esses momentos são cuidadosamente orquestrados e protegidos, mas parece bobo nos manter longe dele durante um voo de seis horas de costa a costa, sendo que estamos no mesmo avião e privacidade é quase impossível. É um lembrete de que isso aqui não se trata de alguém se apaixonando. Trata-se de entretenimento.

Pego a primeira fileira da classe econômica, atrás de Henry, que está na última fileira da primeira classe. Ele se estica para trás algumas vezes, agitando a cortina entre nós. Estamos tão perto que é enlouquecedor. No meio do voo, quando quase todos estão desmaiados, um caderninho desliza por baixo da cortina, parando entre meus pés. Estendo a mão e descubro que é o Moleskine de Henry.

Escrito ao lado do beijo de batom que deixei algumas semanas atrás agora se pode ler: *encontro pelo walkie-talkie hoje à noite?*

Desencavo uma caneta na minha bolsa e escrevo como resposta: *afirmativo. Moranguinho.*

Estico-me para a frente segurando o caderninho e espremo a mão pelo vão estreito entre o assento dele e a janela.

A mão dele pega a minha e a segura por um, dois, três, quatro, cinco segundos, antes de apanhar o caderninho e soltar.

Ao aterrissarmos num aeroporto particular em Westchester, somos colocadas em veículos SUV. Cochilo enquanto somos levadas à cidade. Finalmente, paramos na frente de um hotel perto de Battery. Quando o mensageiro abre a porta do carona, saio para uma inundação quente de luz vinda da placa do hotel mais acima, onde se lê THE WAGNER.

Somos deixadas juntas no lobby do hotel conforme Wes e Beck fazem o check-in para nós e para a equipe inteira, como se eles fossem nossos responsáveis numa viagem de formatura.

Pela primeira vez no dia, Henry está sem vigilância e sou a única que parece ter reparado. As demais mulheres estão ou tentando parecer uma modelo de Instagram para um dos câmeras em busca de cenas extras ou amontoadas em volta de uma cópia contrabandeada do jornal de ontem que alguém deixou ao lado da fruteira.

Mallory e Zeke, que deveriam vigiar Henry, estão discutindo a agenda de amanhã enquanto Henry entra na loja de presentes.

Sigo-o quando ninguém está olhando. Encontro Henry chacoalhando globos de neve e então se maravilhando ao devolvê-los a seu lugar para assistir a neve cair.

— Um voo meio que diferente daquele nosso primeiro juntos — digo.

Ele se assusta um pouco ao ouvir minha voz, mas toda sua expressão se acalma ao me ver, um sorriso movendo seu maxilar.

— Oi, Moranguinho.

— Mal posso acreditar que faz apenas três semanas desde que saímos daqui.

Ele passa a mão pelo cabelo, puxando-o um pouquinho, de modo que parece bem agitado. De algum jeito, ele conseguiu ficar sensualmente desarrumado após um voo de seis horas.

— Eu penso muito naquele dia.

Dou um passo mais para perto dele, e estamos escondidos por uma torre de ursinhos de pelúcia vestindo camisetas I ♥ NY.

— Você se arrepende de ter pegado aquele voo?

Ele franze o cenho.

— Não é do voo que me arrependo.

Henry estende a mão para a minha, pendendo ao lado do corpo, entrelaçando o dedinho ao meu, e isso faz parecer que todo o meu coração pulsante está bem ali, vivendo no meu dedinho. Apesar de o meu corpo inteiro sentir o singelo toque, as coisas também parecem normais neste momento, como duas pessoas que apenas se encontraram por acaso e se deram bem, paradas juntas numa loja de presentes de um hotel, cercadas por suvernires bregas e globos de neves cintilando.

— Fui te procurar hoje cedo — digo a ele. — Estava tentando ajudar Anna a te encontrar, mas de repente tínhamos uma cerimônia de eliminação rolando e... bem, você sabe o resto.

Ele sorri.

— Eu a vi com Zeke na noite passada, a caminho do meu quarto. Pelo menos alguém estava se divertindo.

— Ah... bem, você aceitou tudo muito bem.

— O que mais eu deveria ter dito? Toda a premissa do programa é...

Ele para e algo parece lhe ocorrer, como o fato de que ele não sabe muito bem como me sinto sobre o programa e por que motivos estou aqui.

— É ridícula — digo. — Pode dizer.

— Eu ia dizer absurda, na verdade.

— Henry? — chama uma voz. Parece a de Mallory. — Já estamos com tudo pronto para você numa suíte.

— Merda — resmunga ele.

Escondo-me atrás de um expositor e o mando ir mais para a frente, e aqui estou eu, disfarçada outra vez.

Ele volta e se abaixa, pressionando os lábios na minha testa e murmurando:

— O que eu não faria por dez minutos sozinho com você.

Meu estômago dá um nó enquanto espero alguns minutos antes de sair discretamente da loja de presentes, onde o atendente, aborrecido, espera para abaixar a porta de metal.

— Desculpe — digo ao velhinho robusto.

— Ali está ela! — Beck acena para que eu me aproxime e me conduz na direção dos elevadores com o restante das meninas antes de meter uma chave na minha mão.

Olho para o cartão vermelho brilhante.

— Com quem vou ficar?

— Ninguém — responde ela. — Não me agradeça. Agradeça ao hotel. Eles fizeram uma confusão com as reservas e nos deram alguns quartos de graça.

Eu a puxo para um abraço e solto um gritinho de êxtase.

— Ai, meu Deus! Está falando sério?

Ela se afasta e entra no elevador, esfregando a orelha que estava perto demais do berro de empolgação digno de um pterodátilo que escapou da minha boca.

— Estou, sim. De fato, todas terão um quarto próprio.

O elevador lotado de mulheres berra. Acho que Sara Claire pode até chorar de tão feliz que está.

— E não tenham nenhuma ideia engraçadinha. Todos vamos nos revezar monitorando os corredores. Os aparelhos de televisão foram retirados dos quartos. Vocês podem utilizar o serviço de quarto e, se forem do tipo de doida que precisa se exercitar o tempo todo, o hotel pode levar um kit de exercícios para o quarto, com pesos e um negócio de ioga.

— Ai, meu Deus — diz alguém atrás de mim, talvez a Chloe. — Vou pedir um prato imenso de batatas fritas e sorvete de chocolate para molhar as batatas.

Addison finge tossir na mão fechada.

— Cavala.

Você! É! Horrível! Meu cérebro cantarola.

Beck revira os olhos.

— Preciso de todas vocês prontas para as câmeras às dez da manhã. Vamos entregar envelopes de encontro em grupo e filmar as reações. Tirando isso... — Ela vê a hora no celular. — É mais ou menos meia-noite agora, então todas estão liberadas até lá. Vão tomar um banho de banheira ou andar pelada pelo quarto ou fazer coisas que as pessoas fazem quando estão sozinhas num quarto de hotel.

Entro no meu quarto e vou direto para a janela, sem nem acender a luz. Empurrando as cortinas para o lado, absorvo a paisagem. Do outro lado do cais de Nova York, toda acesa numa noite abafada de verão, está a Estátua da Liberdade contra um céu de veludo intenso, com apenas as estrelas mais brilhantes à vista. Estou em casa, mesmo que seja apenas por algumas noites. Estou em casa e precisei sair daqui para saber disso. Não importa o que aconteça, mesmo que eu ainda esteja me debatendo criativamente depois que o programa terminar, vou voltar para Nova York. Vou me certificar de que Erica está confortável com a nova babá e dormirei no chão do quarto de Sierra se for preciso, mas tenho que voltar para casa.

Depois de ficar ali parada por um momento com o nariz praticamente espremido contra o vidro, acendo as luzes e dou uma olhada no amplo banheiro com um box enorme, uma banheira de hidromassagem gigantesca e um lavabo separado com um telefone na parede, acima do suporte de papel higiênico, para quando o dever chamar, acho. Este cômodo é quase duas vezes maior do que o apartamento que dividia com Sierra.

Até as toalhas são imensas, o que — para alguém que nunca conseguiu se embrulhar numa toalha de hotel sem um vão enorme mostrando tudo — é uma extravagância. No armário, encontro dois robes oversized, e um deles é até grande o bastante para quase caber em mim. Bem quando estou enfiando meus braços no robe, soa uma campainha.

— Esses quartos têm campainhas? — pergunto a mim mesma.

Abro a porta esperando encontrar uma camareira ou talvez alguém da recepção, mas, em vez disso, encontro Beck numa calça de moletom com as barras enroladas e duas garrafas de cerveja penduradas nos dedos.

— Pensei que talvez você quisesse um pouco de companhia. — Ela levanta as cervejas. — E uma bebida.

— Sem câmeras? — pergunto, sorrindo. Quero recusar, especialmente por ter um encontro de walkie-talkie à minha espera, mas como é que vou explicar isso? Acho que posso tomar uma cerveja e fingir exaustão.

— Sem câmeras.

Ofereço o outro robe a Beck e nos postamos na cama king size. Tenho muita coisa para perguntar a ela sobre o programa, mas me ocorre que não conheço Beck de verdade e, francamente, ela é a única pessoa que restou aqui em quem sinto que posso confiar.

— Você não me parece o tipo de pessoa que gostaria de trabalhar em *Antes da meia-noite* — digo.

Ela toma um gole de cerveja.

— Ah, é? Uma lésbica ranzinza e workaholic produzindo um programa de namoro com tendências misóginas e antifeministas soa como uma surpresa?

— Eu não diria ranzinza — respondo.

Ela tira as botas e se estica na cama com as pernas cruzadas.

— Quando Erica me encontrou, eu estava produzindo programas de luta livre quinzenais. Era cansativo. Nós íamos de cidade em cidade, e eu dormia talvez quatro horas por noite. Eu não tinha um apartamento porque viajava demais, então literalmente tudo o que eu tinha cabia numa mala e numa mochila. Não que meu equilíbrio entre trabalho e vida pessoal aqui seja o que eu descreveria como sadio, e eu não diria que este programa se alinhe com meus valores pessoais, mas Erica é o maior nome no circuito de realities. Cresci assistindo a programas como *Na real* e *Road rules* na MTV. Tenho certeza de que soa ridículo dizer que esses programas mudaram minha vida, mas é verdade. Foi a primeira vez que vi alguém queer na televisão, e isso me abriu todo um mundo que eu não via na minha cidadezinha no norte da Califórnia.

É fácil para mim pensar em programas desse tipo como sugadores de tempo e corroedores de cérebro — não que eu não assista a *Jovens e mães* obsessivamente —, mas nunca me passou pela cabeça que programas assim poderiam ser uma revelação para alguém.

— Então esse emprego é, tipo, um degrau no seu caminho para coisas maiores?

— Um dia — diz ela —, mas no momento, o programa *é* o que há de maior. Sei que parece ridículo, mas não existem muitas oportunidades por aí que te garantam um público fiel toda semana. E as pessoas que estão assistindo ao programa nem sempre são do tipo que convidaria alguém como eu para o jantar. Mas elas, com certeza, assistem ao meu programa. Então gosto de pensar que, pouco a pouco, estou mostrando às pessoas que há um mundo inteiro lá fora, maior do que elas mesmas. Digo, veja a temporada passada, por exemplo. Foi nosso primeiro casal interracial. Talvez não seja grande coisa para muita gente, mas em algumas partes do país, as pessoas ainda te olham como se você fosse uma abominação por algo assim.

— Uau — digo. — Eu não tinha pensado por esse ângulo.

— Às vezes você precisa servir os vegetais disfarçados para as pessoas. Entregar a elas o que é bom, com um pouquinho do que elas precisam, mas ainda não estão prontas para digerir. E, olha, paga melhor do que as lutas livres. Além disso, quando não estamos filmando, posso voltar para casa, para minha namorada e nosso gato, Horácio.

— Você tem uma namorada? — pergunto. — E um gato?

Por algum motivo, eu só imaginava Beck andando em círculos na cozinha de Erica, tomando Red Bull.

— É, Cindy, tenho toda uma vida, acredita? Eu até... cozinho refeições de verdade, às vezes.

— Tá, agora você tá indo longe demais.

Ela solta uma risada grasnada.

— Tá bom, você tem razão, é verdade.

Mas ela tem razão nisso de servir os vegetais disfarçados. As pessoas não querem ficar por aí e conversar sobre as péssimas notícias de ontem ou discutir em quem vão votar, mas vão se sentar na salinha do café batendo papo sobre o que aconteceu em *Antes da meia-noite* no dia anterior. O casal da última temporada foi muito comentado em programas como *Good morning, America* e *The view*.

— Você consegue guardar segredo? — pergunta Beck.

— Ninguém aqui sabe que minha mãe é a diretora e o cérebro por trás da operação, então, é, acho que sou muito boa com segredos.

— Justo. — Ela respira fundo. — Erica está me ajudando a montar o pitch para uma versão queer de *Antes da meia-noite*. Vamos começar com um solteiro bissexual.

— Ai, meu Deus, isso é incrível! — Seria algo imenso que um programa desse tamanho se expandisse assim. Também passaria uma mensagem muito claramente. Além disso, pessoas queer também merecem ter suas péssimas decisões românticas documentadas para o país inteiro consumir.

Beck me conta tudo sobre sua visão para o programa, como pretende montá-lo e que tipo de solteiros espera trazer para o elenco. Ela até já fez uma pré-seleção.

Quando termina sua cerveja, ela rola para fora da minha cama com um gemido.

— Já está tarde. Você precisa dormir. *Eu* preciso dormir.

— Posso te perguntar uma coisa? Tudo bem se não puder responder.

Ela joga a garrafa na lata de reciclagem, debaixo da mesa.

— Claro.

— Henry ia mesmo mandar Addison para casa hoje à tarde?

Ela tira o robe e o pendura na beira da cama.

— Ia.

— Por quê? Eles tinham acabado de ter um encontro ontem à noite. Ela é bem gostosa. Tudo o que alguém como ela precisa para vencer uma competição como esta é ser parcialmente simpática.

Beck balança a cabeça.

— Sei lá. Foi um suplício... Não posso dizer muita coisa, ainda não estava na vez dela, mas Henry não se importou. Ele queria que ela fosse embora. Ela disse alguma coisa que não o agradou, acho.

— Você acha?

Ela suspira pesadamente.

— Sabe o que eu disse na outra noite, sobre a lista do Henry? Assinto.

— Bem, há algumas garotas que apenas dizemos a ele, à queima roupa, que não podem ser mandadas embora antes de tantos episódios. Sei que parece horrível. Mas elas são o tipo de garota por quem as pessoas ligam a TV. Posso ter meus princípios queer e tudo mais, mas eu não disse que era santa.

— E Addison é uma dessas garotas? — pergunto.

— É. Mas Henry brigou com a gente por isso. Ele bateu de frente com Wes, depois com Erica, e aí com a emissora. Ele disse que era ele ou ela. Um deles ia voltar para casa.

— Mas quando Anna se ofereceu como voluntária, ele escolheu mandar a Samantha para casa, e não a Addison?

Ela chacoalhou a cabeça.

— Quando você conseguir entrar na cabeça desse cara e me contar o que está acontecendo, me avise.

Dou uma risada seca e me levanto.

— Você disse que ela falou algo para ele que não caiu bem. O que foi?

Ela esfrega o queixo por um momento, pensando.

— Foi sobre você, Cindy.

— Sobre *mim*? Por que ela diria algo sobre mim? — pergunto, a confusão franzindo minha testa.

— Ela é uma mulher má, Cin. Addison é a clássica menina malvada. Ela sabe como os cinco minutos de fama funcionam, e interpretar um estereótipo faz parte. Ela tem consciência de que o jeito mais fácil de se tornar popular é fazer ou falar algo escandaloso.

Afundo-me na beira da cama, desejando que houvesse mais alguns goles no fundo da garrafa.

— Era sobre eu ser gorda?

Beck enfia as mãos nos bolsos e assente.

— E isso vai entrar no próximo episódio?

Ela anui mais uma vez.

— Temos uma história para contar.

Erica me alertou. Ela jurou que haveria algumas coisas das quais não poderia me proteger.

— Eu não estava brincando sobre as pessoas te adorarem — fala ela. — Algumas garotas por aí nunca viram alguém parecida com elas beijar um cara como você fez no ringue de boxe. Boa noite, Cindy.

— Boa noite, Beck — digo, baixinho, enquanto ela sai do quarto.

Gosto muito de Henry e é claro que cobiço o prêmio em dinheiro, mas ser uma mulher plus size aqui tem ido muito além do que imaginava. É empolgante, mas, na maior parte do tempo, apavorante. Quero que as pessoas falem sobre seja lá o que Addison disse de mim. Na manhã seguinte à exibição do episódio, as pessoas conversarão, e é uma conversa que já deveria ter acontecido há muito tempo, se quiser minha opinião. Mas nunca esperei estar no centro dela.

CAPÍTULO VINTE E UM

— Alô? — pergunto no walkie-talkie enquanto me encolho na cama quase às duas da manhã. — Henry?

Estou convencida de que ele já pegou no sono, mas enfim sua voz estala pelo rádio.

— É você, Moranguinho? *Ma petite fraise?*

— *Petite* o quê? Acho que a última vez em que fui "*petite*" eu ainda usava fraldas...

— Meu moranguinho — responde. — Em francês.

— Ah, o cara metido sabe francês, é?

— Até onde seus olhos se revirariam se eu te contasse que estudei num colégio interno na França por três anos?

— Desculpe — digo —, meus olhos ficaram presos na nuca.

Ele ri.

— Acho que eu não devia te contar sobre os dois anos na Alemanha e os quatro anos em Edimburgo...

— Eu sonhava em estudar num colégio interno quando era pequena, e lá estava você, vivendo a minha fantasia de infância.

A risada dele soa entrecortada graças à conexão ruim.

— Não foi nada tão glamouroso. — Ele me garante. — Anos estudando sozinho com uns duzentos desconhecidos e nos verões sendo o acessório da minha mãe, às vezes na moda, às vezes fora dela.

Posso não ter tido tanto tempo quanto deveria com meus pais, mas eles eram meus. Todos meus. Nem uma vez sequer me senti deslocada da vida deles. Pensar em Henry como sendo um acessório para alguém me dá vontade de poder esticar o braço e apertar sua mão.

— Você é próximo da sua mãe?

Ele solta uma risada brusca.

— Sim. Não. Próximo demais. Não próximo o bastante.

— Você... você disse... naquela primeira noite, que estava aqui por ela... O que quis dizer?

— Eu estou — explica ele, claramente. — Estou aqui por ela. Estou aqui num último esforço para que o trabalho de toda a vida dela não mergulhe de vez numa piscina borbulhante de ruína financeira.

— Eu pensei... LuMac parece estar indo bem. De fora, não parece tão ruim.

Ouço-o se mexendo, como se estivesse se sentando.

— Ela sonhou grande demais, acho... Cindy, estou confiando em você para não compartilhar isso com mais ninguém... Minha mãe foi diagnosticada com artrite reumatoide.

Meu queixo cai e, pela primeira vez, fico muito contente por não estar no mesmo cômodo que ele. Artrite é algo terrível para qualquer um, mas para aqueles que dependem, muito especificamente, das mãos... é uma sentença de morte.

— Isso é horrível mesmo. Sinto muito.

— Você deve entender por que seria ruim para os negócios se a notícia se espalhasse. Temos ações no mercado no momento, então o valor poderia despencar. Clientes poderiam se afastar. Seria... devastador, e as coisas já estão ruins. Ela foi diagnosticada há alguns anos. Pensamos que ela poderia aguentar e meio que... liderar sem estar tão envolvida, mas acho que uma vez workaholic, sempre workaholic.

— Uau, é muita coisa para se lidar — digo, bocejando, enquanto as luzes da cidade se borram à distância, e puxo o cobertor por cima dos ombros. — Então o que isso significa para o programa? Sem querer ofender, mas se as coisas estão tão ruins, não seria melhor você estar lá, em vez de... aqui?

Ele solta uma risada que soa como uma tosse.

— Era de se imaginar, mas não, a ideia é que o programa arrecade apoio para a marca. Meio que relançá-la para uma nova geração. Confie em mim quando digo que não era minha primeira opção. Também existe o potencial para futuras parcerias com a emissora... é só que... não vim para cá esperando me interessar por... Merda, a luzinha vermelha da bateria está piscando. Acho que esse negócio vai pifar.

— Ah, hã... tá, bom, acho...

— Desperdicei a noite toda falando sobre mim e nem perguntei de você ou como está...

Rio, nervosamente.

— Você não perdeu muita coisa. Não tem muito que valha a pena saber.

— É o que você diz. Passo bastante tempo pensando em todas as coisas que queria saber sobre você. — Ele me diz, a voz grave e sincera.

Meu coração pula para a garganta.

— Bem, nunca estive num encontro de walkie-talkie, mas este foi o melhor em que já fui.

— Nós nem chegamos a pedir a sobremesa — brinca ele.

— Pode culpar o walkie-talkie pelo toque de recolher.

— Da próxima vez, vou te levar a algum lugar em que você precise usar sapatos.

— Não me provoque. Você sabe quanto adoro sapatos, mas acho que, por enquanto, boa noite.

Não quero abrir mão desse momento. Não estou pronta.

— Ou bom dia.

— Bom dia — respondo.

Depois disso, o canal fica em silêncio e, apesar de ter acontecido via walkie-talkie, acho que este foi um dos melhores encontros que já tive. Tudo o que faltou foi o beijo.

CAPÍTULO VINTE E DOIS

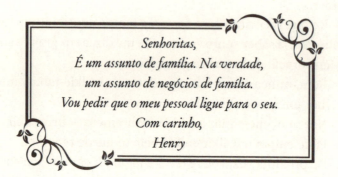

*Senhoritas,
É um assunto de família. Na verdade,
um assunto de negócios de família.
Vou pedir que o meu pessoal ligue para o seu.
Com carinho,
Henry*

Uma van de quinze lugares nos apanha e leva até o showroom da LuMac no SoHo, um prédio de esquina com doze andares, tijolinhos aparentes e vidraças imensas e lindas subindo por todo o edifício.

Ao entrar, ainda estamos zunindo de empolgação por termos passado a noite num quarto de hotel sozinhas.

— Eu tomei um banho de banheira — diz Chloe, dramaticamente. — Juro, aquele *château* estava me dando flashbacks do dormitório da faculdade, e não era nada bom.

Sara Claire estremece de aversão.

— Ninguém me disse que eu teria de trazer chinelo para tomar banho, como se fosse o acampamento da igreja outra vez.

Lá dentro, nos encontramos numa loja longa e estreita. Todos os manequins e displays foram empurrados para o canto, e pelo centro da sala se estende uma minipassarela rodeada por cadeiras.

Os olhos de Addison se arregalam como uma hiena se preparando para atacar.

— A gente vai desfilar na passarela?

— Bem-vindas à LuMac — diz Henry, surgindo na passarela já com as câmeras rodando.

Todas, inclusive eu (argh, eu sei), aplaudem em resposta. O terno dele é grafite com riscas de giz e, considerando-se o corte perfeito, acho que deve ser sob medida. Sem gravata, o primeiro botão da camisa aberto e um lenço de seda azul cristal dentro do bolso do casaco. Como diria Sierra, ele está delicioso.

— Que jeito melhor para apresentá-las ao negócio da família do que convidá-las ao local onde tudo começou? Quando minha mãe, Lucy Mackenzie, estava iniciando, ela alugou um pequeno escritório no sexto andar deste prédio, dividindo-o com uma colega da faculdade de moda. Com o pequeno financiamento que ganhara no último desfile na faculdade, ela tinha apenas o suficiente para alugar um espacinho para uma oficina. O financiamento lhe permitiu fazer a primeira edição de seu famoso *slip dress*. E, agora, não apenas ocupamos todo o sexto andar, como os outros cinco abaixo dele também. Hoje, eu gostaria de oferecer a vocês a chance de provar alguns dos designs mais famosos da minha mãe e de desfilar pela passarela antes de as levarmos em uma visita guiada pelos andares de cima.

Todas gritam, deliciadas, mas meu estômago desaba porque sei tudo sobre a LuMac. A história. Os pontos fortes. Os pontos fracos. Mas, o mais importante: a diversidade de tamanhos. E no que diz respeito a isso, a LuMac ainda está na Idade das Trevas, com uma tabela que chega apenas ao 46, e isso nem é na coleção toda. O *slip dress*, por mais icônico que seja, sempre foi o tipo de peça que definia o visual *heroin chic* em modelos com ossos protuberantes nos quadris e bochechas encovadas.

— Jay? — chama Henry.

Uma pessoa linda com cabelo lavanda curto e perfeitamente cortado, uma barba extremamente bem-cuidada combinando, delineador afiadíssimo e batom nude faz a curva e se aproxima. Jay está com uma saia sedutora e um suéter *cropped*, um *trench coat* por cima e tênis de plataforma.

— Apresento-lhes Jay — diz Henry.

Jay nos dá um tchauzinho e uma mesura antes de dar um abraço imenso em Henry.

— Nosso príncipe voltou da guerra! — diz Jay, dramático.

Henry ri e prossegue.

— Jay está agora na direção criativa da LuMac. Elu é a representação viva da visão da minha mãe para a marca, e como minha mãe está se afastando, Jay basicamente tem sido minha outra metade enquanto definimos o futuro da LuMac.

— Basicamente — diz Jay. — Henry é o papai e eu sou a mamãe não binárie.

Uma ou duas das garotas riem, um pouco inseguras de como lidar com Jay. A despeito do meu desconforto com o que estará disponível para mim nesse desfile de moda, Jay faz com que eu me sinta acolhida, como se eu tivesse encontrado o caminho de volta para meu povo obcecado por moda.

— Sigam-me — diz Jay, enquanto Henry u ajuda a descer do palco. — Temos cabideiros e mais cabideiros de mimos para vocês, lindezas, escolherem.

Meu corpo está tenso e cheio de nervosismo conforme somos arrebanhadas para uma sala nos fundos com várias prateleiras de roupas e estações para retoques de maquiagem e de cabelo. Algumas garotas já se assentam para ajeitar cabelo e maquiagem, mas sei que se quero alguma chance de não desfilar pelada pela passarela, preciso ser a primeira a olhar as roupas.

Em pânico, começo a remexer os itens que foram deixados para nós. Procuro pelos tamanhos maiores, é claro, que com frequência são 42 ou 44, mas também estou de olho em qualquer coisa com um corte mais aberto ou fluido. Lentamente, começo a juntar uma pilha de roupas nos braços.

Addison pigarreia do outro lado do cabideiro.

— Oi, você só precisa de um visual. — Ela me diz. — Não é justo simplesmente começar a pegar todas as coisas legais só porque você quer ter opções. Wes? — chama ela. — Tem alguma regra para isso? Cindy tem, tipo, um cabideiro todo nos braços. Wes?

Reviro os olhos, mas a ignoro e continuo em meus esforços, apesar de as outras mulheres também estarem começando a exibir sinais de preocupação. Uma tempestade de ansiedade rodopia em meu peito, e é o mesmo pânico que sinto quando tento fazer uma limpa no armário. Estou tão acostumada a descobrir que tenho zero opções que é quase impossível abrir mão de uma peça. Cada uma delas é algo que cacei incansavelmente ou tive de customizar para ficar ao meu gosto. Não é como se eu pudesse entrar numa Forever 21 e encontrar aquele vestido que eu mesma ajustei para ser uma cópia de Badgley Mischka. Odeio sentir que preciso de tantas coisas, mas quando a chance de comprar algo do seu tamanho é uma em cem, e a chance de comprar algo *bom* do seu tamanho é de uma em mil...

— Ei, mocinha, o que está rolando aqui? — Beck surge do meu lado.

Viro-me para ela, os dentes cerrados.

— Alguém considerou o fato de que a LuMac nem fabrica nada do meu tamanho?

Beck faz uma careta dolorosa e grita:

— Irina! Vem aqui!

Irina para o que está fazendo, deixando Stacy seminua com um vestido amontoado em volta da cintura. Ela vem pisando duro, com os braços cruzados e um alfinete preso entre os dentes.

— Que foi?

— Temos alguma *opção* para Cindy?

— Como assim? — pergunta Irina, incrédula. — Ela tem opções até o teto. — Ela gesticula para mim. — Parece que uma liquidação de Black Friday vomitou em cima dela.

— Opções do tamanho dela — diz Beck, o mais discretamente possível, como se fosse algo a esconder. Mas não é. De fato, me acolher não é tão difícil assim. Se você quer que eu esteja na merda do seu programa, possibilite que eu seja incluída. É isso. Simples assim.

Irina joga os braços para o alto.

— Eu só posso trabalhar durante o episódio. Isso é culpa sua e do Wes. Vocês dois são...

— Parem — digo, com firmeza. — Parem com isso. Vocês, podem parar. As duas são culpadas, mas ficar discutindo não vai resolver. Preciso de tesouras, alfinetes e fita de tecido. E talvez um kit de costura.

Beck gesticula para Irina.

— Você escutou.

Assim que Irina sumiu no caos, Beck se vira de novo para mim.

— Desculpe. O que eu posso fazer?

— Arranje um tempo a mais para mim.

Ela morde o lábio inferior e tenho quase certeza de que acabo de pedir pela única coisa que ela não pode dar. Beck anui e marcha na mesma direção em que Irina foi.

Sento-me no chão com todos os itens que reuni e logo começo a separar os que definitivamente não terei como usar. Um *trench coat*. Um vestido suéter. Um *slip dress* amarelo neon.

Meus olhos recaem num vestido tubinho com enormes paetês nude. O tecido é um tipo de cetim sintético com elastano. Eu o estico por cima da parte mais ampla do meu quadril e acho que pode funcionar.

Irina retorna com as ferramentas que pedi e pergunta, a contragosto:

— Tem algo que eu possa fazer para ajudar?

— Tem — respondo, enquanto me levanto e começo a tirar a roupa sem me preocupar com privacidade. Puxo o vestido para cima e, apesar de ele originalmente ser um modelo que deveria ficar largo no corpo, parece estreito demais logo de cara.

— Isso é um vestido — pontua Irina.

— Em mim, não é — digo a ela, puxando-o até a cintura e agora usando-o como uma saia lápis justíssima. — Preciso que corte as alcinhas e prenda com fita o tecido cortado para ele não ficar aparecendo.

Aponto para algo branco e ondulado no outro cabideiro.

— O que é aquilo?

Irina passa por um vão no cabideiro ao lado de onde estamos e pega o item em questão, voltando com uma saída de praia branca longa.

— É uma barraca! — diz Irina, toda risonha. — Isso é perfeito.

— Muito prestativa — digo, a voz inexpressiva enquanto passo a tesoura até a metade da costura frontal e então nas costas, deixando apenas uma gola profunda em V e mangas dólmã.

Passo-a pela cabeça e descubro que o tecido é transparente, então meu sutiã preto por baixo cria uma silhueta sexy. Puxando os dois pedaços de tecido que acabei de cortar, amarro-os num nó na frente do corpo e deixo as partes longas penderem, criando uma linha comprida descendo pelo centro do meu corpo.

— Caramba — diz Stacy de seu lugar na cadeira de maquiagem. — Não vi isso no cabideiro.

— Ah — digo, muito casual. — Isso definitivamente estava no cabideiro.

Irina me olha de alto a baixo.

— Está bom.

Depois de passarmos por cabelo e maquiagem, Mallory e Zeke — que ainda tem um emprego, graças a Anna — nos enfileiram do outro lado do palco.

Jay dá uma espiada entre as cortinas com uma câmera na mão.

— Visões! Todas vocês! Cheguei trazendo boas notícias. Pensamos que precisaríamos de um terceiro juiz para opinar na competição, então fico feliz em lhes dizer que *A Lucy Mackenzie* nos agraciou com sua presença neste dia lindo. Deixem-na orgulhosa, gente!

Meu estômago se aperta. Como se eu já não estivesse tendo um treco.

— A mãe dele! — arfa Chloe. — Caramba! Isso é importante mesmo.

— Ah, sim, e não só porque é a mãe dele — diz Addison.

Sara Claire, num tubinho de seda fúcsia, parece que está quase derretendo.

— Ai, nossa... As mães me odeiam.

Stacy chacoalha a cabeça.

— Não pode ser verdade.

— É, sim. É um fato comprovado. Meu último namorado terminou comigo depois que a mãe dele se recusou a entregar a aliança da mãe dela para ele me pedir em casamento. Disse que eu era um foguete, e não no bom sentido.

— Não acho que Lucy... digo, a sra. Mackenzie... pensaria algo assim — digo a ela. — E todo mundo adora foguetes!

— Só não quando causam incêndios florestais — observa Stacy.

Concordo.

— É verdade.

Sara Claire respira fundo.

— Na quarta série, a mãe de meu primeiro namorado, que foi Dylan Timbers, me disse que abriria mão do filho se soubesse que a mulher para quem o estava entregando seria uma mãe melhor do que ela mesma. Eu. Estava. Na. Quarta. Série.

Levanto um dedo.

— Tá, antes de tudo: homens não querem que as parceiras sejam suas mães... E, se querem isso, esses não são os homens que estamos procurando.

Stacy levanta as mãos e estala os dedos, concordando.

— E depois: que nojo!

Sara Claire se joga contra Stacy e eu.

— Por favor, me abracem. Eu tenho medo de mães. Até da minha. Especialmente da minha.

Stacy e eu lhe damos tapinhas nas costas e eu digo:

— Bem, pelo menos você não desconstruiu os designs da mãe dele para o desfile dela mesma como eu fiz.

Stacy faz uma careta.

— "Desconstruir" é pouco.

As luzes diminuem e Mallory nos manda voltar para a fila.

— Senhoritas — diz Wes —, vocês vão entrar na passarela uma por uma. Não haverá música, mas vamos acrescentar isso na pós, então apenas finjam que estão desfilando com trilha.

— E se estivermos fora do ritmo? — pergunta Jenny.

Wes olha rapidamente para ela, mas não responde.

— Depois de terminarmos, vamos colocá-las em fila no palco, e Lucy terá a chance de conversar com vocês e fazer as perguntas que quiser. Merda pra vocês!

SERÁ QUE É O MEU NÚMERO?

Por sorte, sou a segunda na passarela e tenho pouco tempo para cair numa espiral de pânico. Quando chega minha vez de desfilar, minha esperança de que estará escuro demais para ver Henry, Jay ou Lucy sentados na plateia de funcionários e fãs aleatórios é esmagada de imediato. As luzes são baixas, e a iluminação na passarela é intensa, mas ainda há luz natural suficiente vazando pelas janelas que ocupam a parede inteira, e isso permite que a plateia esteja totalmente visível.

Eu posso ter participado de um punhado de desfiles de alunos como um favor para amigos, mas isso aqui é de dar náuseas no mesmo instante. O que faço com as mãos? Deixo-as penduradas, moles feito espaguete? Como é que as modelos conseguem parecer descoladas fazendo isso? Talvez eu só precise fazer o beicinho do *Zoolander*. A voz de Tyra Banks me dizendo *Nós estávamos torcendo por você!* ressoa nos meus ouvidos.

Começo a caminhar e me empenho ao máximo para que cada passo saia correto e alongado, meneando os quadris ao mesmo tempo, mas também acho que talvez esteja parecendo uma daquelas bailarinas de hula penduradas no painel de carros. Mantendo os olhos focados para a frente na maior parte do tempo, dou uma rápida olhada para baixo e arrisco um sorrisinho para Henry, o que infelizmente significa que vejo a carranca de Lucy Mackenzie. *Bem, madame, era isso ou desfilar pelada. Talvez, se você começar a produzir roupas do meu tamanho, eu não precise meter a tesoura no seu trabalho.*

Henry me dá uma piscadinha e faço o que posso para não abrir um sorriso enorme, mantendo minha atitude descolada de modelo.

Quando piso nos bastidores, Jenny, Chloe e Sara Claire me dão high fives e sinais positivos enquanto Stacy assume a passarela.

Meu coração está à toda no peito e mal consigo me lembrar do que acabo de fazer. É tudo um borrão, como quando você tem um branco ao volante e imediatamente se pergunta como chegou em casa.

Depois de terminamos, as luzes se acendem e somos levadas para o palco como um rebanho ao lugar onde Lucy Mackenzie nos espera. Seu cabelo tem um corte *long bob*, tão perfeito que posso até imaginar os esforços minuciosos que o cabeleireiro dela fez para atingir aquela precisão. Ela veste uma túnica preta e solta de linho com calças combinando e um colar volumoso amarelo neon. Ela é daquela classe de estilista que não veste o tipo de roupa que produz, o que é uma desconexão na moda que nunca entendi muito bem. Posso ver como ela parece fria e inacessível de tantas maneiras e ainda assim criou este império — por mais que esteja desmoronando — e isso é algo que me faz sentir um respeito infinito. Mesmo se, depois de conhecer Henry um pouco melhor, me perguntar o preço que seu sucesso tenha lhe custado.

— Vocês são garotas tão adoráveis — diz Lucy, ao nos observar criteriosamente. — Embora eu ache que em algumas a roupa superou seu brilho, em vez de fazê-las brilhar ainda mais.

Jay assente, consciente, e estou me esforçando para não ficar irritada, só um pouquinho. Amo o mundo da moda, mas a ideia de que seja essa coisa mística voltada apenas para uns poucos escolhidos é bobagem. E Lucy Mackenzie — um item essencial nas lojas de departamentos — deveria saber disso melhor do que ninguém. Sim, roupas podem ser arte, mas também são uma necessidade. Tanta gente nessa indústria age como se vestuário fosse para todo mundo, mas a moda é apenas para poucos. A verdade, porém, é que vestuário *é* moda, e moda deveria ser para todos, porque vestuário deveria ser para todos. E vestuário para todos significa um pequeno primeiro passo para a equidade. Receber oportunidades e acesso é muito mais fácil quando você impressiona.

— Mas vejo que uma de vocês tomou liberdades com o meu trabalho — diz Lucy. — Dê um passo à frente...

Dou um passo adiante e meu estômago borbulha, e espero sinceramente que ninguém tenha ouvido isso.

— Cindy. — Henry fornece meu nome. — Mãe, essa é Cindy.

— Oi, Lu... sra. Mackenzie. Sou grande fã da LuMac — digo para ela, apressadamente, antes que ela possa dizer qualquer coisa. — De fato, também estudei na Parsons. Temos isso em comum. Eu... Fiquei tão entusiasmada em ouvir que viríamos aqui hoje, mas, como pode ver, sou... um pouco mais cheinha. — Quero dizer *gorda,* mas acho que não tenho tempo para explicar também que gorda não é um palavrão.

— E como não pude encontrar nada no cabideiro no meu tamanho, decidi... reinterpretar o seu trabalho.

Ela sobe no palco.

— Este é um jeito prudente de dizer que você teve que se virar. — Ela toca o tecido de minha blusa e desliza os dedos pelas bordas do nó pendurado na frente. — Jay, esta é a saída de praia Marlena, da linha resort de 2019?

— De fato, é, sim — diz Jay enquanto Henry observa, um pouco desconcertado.

— E a saia? — pergunta ela.

— Coleção de fim de ano de 2018. O vestido tubinho Charlotte — responde Jay.

Lucy cruza os braços.

— As peças lhe caem bem, querida. E gosto de ver um pouco de engenhosidade. As curvas... combinam com você.

— Obrigada — digo, baixinho, apesar de minha vontade ser falar que eu não deveria ter de ser engenhosa e que é o meu corpo, então é claro que combina comigo.

— Eu não tinha percebido que isto era o *Project runway* — resmunga Addison, do outro lado de Jenny.

Volto para a fila enquanto Lucy conversa com algumas das outras garotas e, muito tipicamente para Sara Claire, parece um pouco incerta quando lhe pergunta:

— Posso?

Sara Claire assente e Lucy põe a mão em seu cabelo.

— Tingido ou natural?

— Hã, um pouco dos dois? — responde Sara Claire.

Estou começando a ter a impressão de que não foi fácil crescer por perto de uma mulher como Lucy Mackenzie.

Assim que Lucy termina a inquisição, recua e murmura com Jay, que assente, concordando.

— Senhoritas — fala Jay, ainda assentindo —, todas fizeram um excelente trabalho, mas aqui na LuMac temos um ponto fraco por quem quebra as regras, então a vencedora do desafio da passarela de hoje é Cindy!

Eu me aprumo ao ouvir meu nome, enquanto minha mão voa para o peito.

— O quê? Eu?

Eu ganhei alguma coisa! Nunca venci nem concurso de Instagram, e agora ganhei um desafio do *Antes da meia-noite*. Aplaudo, eufórica, tentando não me gabar.

Algumas das outras participantes me dão tapinhas nas costas e, sentado ao lado de Lucy, Henry sorri amplamente enquanto abaixa o queixo para me parabenizar. *Bom trabalho*, diz ele.

Faço uma pequena mesura em resposta. (Palavra-chave aqui: *pequena*. Essa saia lápis não cede.) Neste momento, parece tão bobo estar aqui com todos esses joguinhos e regras ridículas, sendo que ontem à noite estávamos na loja de presentes como dois adultos completamente normais, e não pseudonamorando via competição num programa de reality.

Depois de compartilharmos uma taça de champanhe para a câmera — esse programa literalmente nos faz brindar por qualquer motivo —, somos instruídas a colocar nossas próprias roupas para filmar uma visita guiada ao escritório com Jay e Henry.

Todas nos despedimos de Lucy com um aceno, nenhuma de nós corajosa o bastante para abordá-la de verdade, e, quando ela sai pela porta dos fundos, embarcando numa SUV preta, há um suspiro coletivo de alívio em uníssono. Até de Henry. Especialmente de Henry.

CAPÍTULO VINTE E TRÊS

No andar de cima, somos conduzidas a um escritório aberto e bem iluminado com montes de plantas de verdade e uma recepção com uma mesa imensa no formato do logotipo da LuMac: o *LU* subindo pela lateral de um *M* bem quadrado.

— A LuMac é uma marca independente e, embora muitos tenham tentado, Lucy resistiu ao impulso de se fundir a um conglomerado maior e mantém participação majoritária. Essa independência é o que diferencia a LuMac, mas também significa que toda decisão conta muito — diz Jay, enquanto atravessamos as áreas de trabalho.

Henry assente, sério, e bate com os nós dos dedos numa porta com seu nome.

— E este é o meu escritório.

Addison solta um *Uuuuu* dramático.

— Gênio trabalhando!

Por milagre, não vomito. Conforme o grupo prossegue, vou ficando para trás e enfio a cabeça para dentro do escritório. Não sei o que eu esperava, mas não era isso. A mobília é elegante e mínima, com uma mesa muito branca e uma cadeira ergonômica. Um sofá baixo retrô, em couro camelo de aparência macia, posta-se na frente da janela. Junto à parede há um console com uma vitrola antiga e, debaixo dele, caixotes cheios de discos. É fácil imaginar Henry sentado aqui no sofá, distraído durante uma videochamada enquanto vasculha os LPs. Há papéis cobrindo todas as superfícies e caixas de arquivos espalhadas por todo lugar. É um escritório no qual alguém realmente trabalha. Sobre a mesa, uma única foto emoldurada: o pequeno Henry nos ombros do pai, com a mãe rindo histericamente enquanto uma onda se quebra sobre os três.

— Eu teria limpado antes se soubesse que você viria bisbilhotar — sussurra Henry, a voz fazendo cócegas em meu ouvido.

Dou um pulo e me vejo com as costas pressionadas contra o tronco dele, enquanto o resto do grupo dobra a esquina.

Em vez de me afastar, inclino a cabeça para trás, contra seu peito, e olho para cima, permitindo-me essa indulgência.

— É bom saber que você trabalha mesmo aqui, e não está só recebendo um cheque.

A risada dele é amarga. Henry pressiona a mão atrás da minha cintura e me guia adiante, para me juntar de novo ao grupo.

— Confie em mim quando digo que não estou recebendo muitos cheques aqui.

Antes que eu possa perguntar mais, ele rapidamente se uniu de novo a Jay na frente da fila.

Subimos uma escadaria conforme Jay explica que cada andar é uma micromarca diferente, adquiridas pessoalmente por Lucy, e que com a ajuda de Henry, ela criou um programa de mentoria para ajudar cada empresa a se estabelecer. Os olhos de Henry se iluminam quando Jay explica o programa, e acho que é o mais empolgado que já o vi com a LuMac.

Ao terminarmos de filmar, Henry é levado para longe e todas as mulheres se juntam no andar de baixo, onde um pequeno grupo de paparazzi e alguns fãs de *Antes da meia-noite* estão reunidos.

— Isso significa que estamos famosas? — pergunta Jenny.

Jay ri enquanto todos se empoleiram no balcão.

— Aproveite enquanto pode.

Eu me separo do grupo e me aproximo de Jay.

— Obrigada pela visita guiada — digo.

Elu sorri e desce num pulo, antes de dar um toquinho na ponta do meu nariz com o dedo.

— Eu gosto de você. Lucy não tem muita certeza, mas eu gosto.

— Ah, é? — digo, cruzando os braços abaixo dos seios. — Bem, quer saber do que não gosto? Da variedade de tamanhos disponíveis dela.

As sobrancelhas delu se unem num vinco.

— Venho dizendo isso para ela há anos. O futuro não é exclusivo. É *inclusivo*.

— Viu? Você entende! Eu adoro a LuMac — digo. — Sempre adorei. Mas nunca pude vestir a marca. Sabe quanta gente voaria para cima das suas peças se elas estivessem disponíveis em outros tamanhos? Isso não é apenas uma posição política. É um bom negócio.

Elu balança a cabeça.

— Estudos mostram que consumidores plus size não investem em peças de luxo.

— O que os estudos não mostram é a falta de peças de luxo em oferta. Gente gorda quer opções. Todas as peças de luxo por aí parecem vestidos da mãe da noiva. Lucy já esteve na primeira onda de grandes momentos da moda. Agora não é a hora de ser deixada para trás.

— Aaaaah! — exclama elu, com fogo no olhar. — Gosto muito de você. Posso ver por que você é a preferida do nosso Henry.

Não consigo esconder a irritação quando digo:

— Bem, talvez um dia desses ele me escolha para um encontro.

Jay sorri, malicioso.

— Aquele mocinho é difícil de interpretar, às vezes.

— Senhoritas! — Zeke chama. — Vamos nessa!

— Mais uma vez, obrigada — digo a Jay. — Espero que nossos caminhos se cruzem de novo um dia desses.

— Estou apostando nisso — diz ele, com uma piscadinha.

Mallory e Zeke nos levam para a van à nossa espera enquanto flashes de câmera disparam e o que é agora uma tonelada de fãs gritam nossos nomes.

— Cindy! — grita alguém. — Você é o meu ícone fashion!

Meu coração palpita e acho que posso levitar a qualquer momento.

— Obrigada! — respondo para a multidão.

— Cindy! — outra voz, quase familiar, chama. — Cindy!

Uma mão se estende para lá de Zeke, que está literalmente postado entre mim e cinquenta fãs obcecados por *Antes da meia-noite*. Uma cabeça pula por cima do ombro dele e é...

— Sierra! — berro.

Minha melhor amiga se espreme para passar por Zeke e me dá um abraço apertado.

— Puta merda! Que vida, essa sua! O que tá acontecendo?!

— Cindy, temos que ir — diz Zeke, com um alerta na voz.

Olho para ele.

— Será que devo te lembrar quem é que está guardando um segredo de quem?

Os lábios dele se apertam numa linha estreita enquanto ele me deixa passar por baixo de seu braço, ao mesmo tempo em que continua a ajudar as mulheres restantes a embarcarem na van.

Sierra está usando um maxivestido canelado preto com óculos escuros enormes e uma Teva plataforma em amarelo vivo.

— Eu queria poder ficar e conversar — digo a ela, subitamente sentindo como se estivesse à beira das lágrimas. — E, só para constar, você está deliciosa. Conseguiu o trabalho na Opening Ceremony?

— Consegui, e é tudo o que queria te falar! Quer dizer, além de tudo isso aqui.

A boca de Sierra se franze num beicinho, e posso ver lágrimas enchendo seus olhos.

— Não chore — imploro. — Se você chorar, eu choro também.

Ela assente furiosamente.

— Tem tanta coisa acontecendo, e tem tanta coisa que quero conversar com você e... eu te vi na TV, mas parece que estou falando sozinha e eu só...

— Cindy — diz Zeke.

Seguro as duas mãos de Sierra nas minhas e aperto.

— Tenho que ir, mas estou muito orgulhosa de você por ter conseguido esse trabalho. Sinto tanta saudade que até dói — falo. — Eu te amo, e prometo que vamos ter uma sessão de fofoca imensa quando tudo isso terminar. Juro de pé junto.

Ela me dá outro abraço e enfia algo no bolso do meu jeans.

— Ah, espertinha — cochicho.

— Você me conhece, meu bem! — diz ela, engolindo as lágrimas.

CAPÍTULO VINTE E QUATRO

De volta ao hotel, o mensageiro nos ajuda a desembarcar da van e o concierge espera por nós com a equipe de filmagem já trabalhando intensamente.

O concierge, um homem rechonchudo de pele oliva, uma espessa cabeleira e bigodinho grisalhos diz:

— Tenho um bilhete para a srta. Cindy.

Ofego e abro caminho para a frente do grupo.

— Sou eu! Eu sou a Cindy.

Ele sorri e me entrega o bilhete, que rapidamente abro.

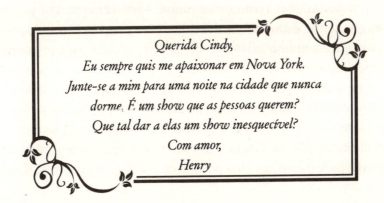

Querida Cindy,
Eu sempre quis me apaixonar em Nova York.
Junte-se a mim para uma noite na cidade que nunca dorme. É um show que as pessoas querem?
Que tal dar a elas um show inesquecível?
Com amor,
Henry

— É um encontro? — pergunta Sara Claire, espiando por cima do meu ombro.

— Claro que é. — Addison nos empurra e sai pisando duro pelo lobby do hotel.

Stacy revira os olhos.

— Esqueçam. Ela tem o temperamento de alguém com treze anos. — Ela balança a cabeça. — Mentira. Minha sobrinha dessa idade jamais agiria assim.

Solto uma risada grasnada, mas corro para chegar ao quarto. Um encontro solo. Henry e eu. E mais ou menos quinze integrantes da equipe. Eu não esperava ficar tão ansiosa assim, mas meus nervos estão tão surrados quanto um jeans velho.

Já no quarto, me dou algumas horas, então caminho pela extensão do quarto até que tudo o que consigo fazer é desabar de cara na cama recém-arrumada. Não há nada que eu possa fazer para me preparar para isto. Nenhum dever de casa, nenhum estudo. Tudo o que posso fazer é a coisa mais difícil e assustadora de todas: ser eu mesma.

Eu não esperava me envolver tanto assim. Não estava preparada para que esse cara fosse alguém que não consigo tirar da cabeça.

Estou cheia de uma energia inquieta e tenho de fazer algo para me ocupar, senão estarei subindo pelas paredes na hora do encontro. Procuro em minha mala pelo estojo e o bloco de desenho. Deitada de barriga para baixo com a vista da cidade se abrindo à minha frente, abro meu bloco e começo a rabiscar. Tudo, desde flores até estampas, passando por apenas assinar meu nome repetidamente. Das últimas vezes que tentei esboçar um desenho, essa pressão intransponível pendia sobre a minha cabeça; hoje, porém, resolvi apenas permitir que meu lápis me leve. Esta manhã na LuMac, quando eu não tinha nenhuma outra escolha além de agir pareceu libertadora, em certo sentido. Minha escolha era inovar ou desfilar nua na passarela. Acuada num canto e sem alternativas, eu criei... algo. Algo de que, no final, me senti muito orgulhosa. E pela primeira vez em muito tempo, estou me sentando para desenhar. Não porque eu precise, mas porque quero.

Uma hora antes do encontro, Irina, Ash e Ginger invadem meu quarto armadas com tudo de que precisam para me transformar numa princesa, e eu ainda estou desenhando. Escondo meu bloco de rascunho com o walkie-talkie semimorto e deixo que elas me arrumem. Depois da quase catástrofe desta manhã, Irina até vasculhou a cidade atrás de opções para tamanhos 52 e acima.

Ainda assim, dou uma olhada no cabideiro de vestidos que ela trouxe para o quarto, esperando ter de usar o vestido reserva que já deixei passado alguns momentos atrás. Aprecio seus esforços, mas nada nesse cabideiro é o que eu chamaria de *marcante*.

— Eu te trago todos os vestidos dessa cidade e, ainda assim, nada é do seu gosto? — pergunta ela, incrédula.

— Não é isso — respondo. — E não me venha com essa de "todos os vestidos dessa cidade". Com certeza você pode ao menos admitir que as opções disponíveis por aí no meu...

Ouve-se três rápidas batidas na porta e Ash corre para atender. Beck está ali, suada e sem fôlego.

— Consegui — diz ela a Irina.

Irina dá um sorrisinho astuto e pega a capa protetora para vestidos de Beck.

— O que é? — pergunto, ansiosa.

A única resposta de Irina é pendurar a capa e abrir o zíper para que eu veja o vestido.

— Uau! — É tudo o que consigo dizer. Meus dedos roçam a seda mais luxuosa que já senti na vida. Retiro a peça de dentro da capa e descubro que se trata de um vestido mullet espetacular em azul gelo.

— Aaaah — diz Irina, satisfeita. — O Dolce & Gabbana.

Olho a etiqueta. Um vestido D&G sempre tem molde pequeno, apesar de este provavelmente fazer parte da linha recente de tamanhos grandes. Ainda é um estilista europeu mais interessado em vestir estrelas "plus size" que seguem mais a linha de um 44 com seios grandes do que vestir seres humanos reais, com vidas normais.

Beck balança a cabeça.

— Irina me fez atravessar a cidade no horário de pico, tentando convencer o pessoal a nos emprestar esse vestido para a noite. — Ela se volta para Irina. — O que, aliás, é um serviço de assistente de produção, com certeza.

— Mas Beck, você é tão persuasiva! Nunca mande uma criança para fazer o trabalho de um profissional.

Beck encolhe os ombros.

— De fato, exigiu toda a lisonja de rede televisiva que pude reunir. Pelo visto, essa peça é uma amostra da próxima estação.

— Nem está disponível nas lojas ainda? — pergunto. — Será que vai servir em mim?

Irina inclina o queixo enquanto tira o vestido do cabideiro.

— Pode funcionar.

Dou de ombros, tentando soar indiferente, como se não estivesse totalmente apaixonada por essa descoberta única.

— Não custa tentar.

Depois de me sentar para que Ash e Ginger fizessem meu cabelo e maquiagem, levo o vestido comigo para o banheiro enquanto Irina refaz o caminho pelo qual eu caminhava horas atrás.

Ao tirar a calça jeans, uma folha de papel cai no chão. Sierra. Depois de conseguir o encontro com Henry, me esqueci por completo de que não apenas vi minha melhor amiga hoje, mas que ela enfiou um bilhete no bolso do meu jeans. Fico chocada com a absoluta bizarrice da minha vida atual. Um dia, isso tudo vai parecer um sonho surreal.

Abro a carta com meu nome rabiscado no topo, na letra cheia de curvas de Sierra.

> *Cin,*
>
> *Tenho umas mil perguntas, mas, como isto é uma carta e não uma troca de mensagens, e você não pode me dar o prazer de ter uma resposta imediata, vou apenas dizer o que eu acho que você precisa ouvir e deixar as perguntas para depois.*
>
> *Não sei como nem por que você aterrissou nesse programa — quer dizer, Erica, óbvio, mas você me entende. Entretanto, o que sei é: se você está aí, precisa se permitir ocupar os holofotes. Não seja doce nem tímida. Você tentou isso no segundo ano e não funcionou bem, lembra? Julian e Elise ficaram com todo o crédito por seu maior projeto em grupo. Seja a Cindy que eu conheço e pare de fazer as*

coisas pela metade. Seja um arraso. Posso ver sua cabeça entrando em curto toda vez que você está nos vídeos. É a espiral de pensar demais que eu conheço e amo. Mas você precisa confiar em si mesma. É o que venho te dizendo o ano inteiro. Você chegou até aqui inteira, não foi? Você está aí por um motivo...

Eu te amo.
Bjs

P.S.: é claro que coloquei "Minha melhor amiga é a Cindy, do Antes da meia-noite" na minha bio do Twitter.

O passeio de montanha-russa em que meu estômago esteve a tarde inteira chega ao fim e posso ouvir a voz dela na minha cabeça. *Você está aí por um motivo...* Isso não é algo que eu consiga enfiar na cabeça com facilidade, mesmo assim, parece que existe um propósito desconhecido para que eu esteja aqui. Se é pelo Henry ou para expor meu nome, ou talvez recuperar meu ritmo criativo, não sei...

Confiar em si mesma. Quase posso ouvir a voz de Sierra em minha mente. Olho para o espelho e descubro meu rosto maquiado e o cabelo penteado de lado, preso num coque com mechas suaves soltas e uma gargantilha fina e preta acrescentando um toque de ousadia ao visual. *Vamos lá.*

Depois de tirar a roupa, colocar um sutiã tomara que caia e uma roupa de baixo para poupar minhas coxas de assaduras, deslizo o vestido por cima da cabeça. Até aqui, tudo bem.

— Irina? Beck? Alguém? — chamo. — Podem fechar meu zíper?

Beck entra no banheiro e levanto o braço para ela ter acesso ao zíper lateral.

— Irina também está vindo ajudar. Estou meio com medo até de encostar nisso, para ser sincera.

Eu rio.

— Pois tente vestir...

Irina abre caminho com uma ombrada em Beck e vai direto para o zíper.

Quase prendo a respiração, mas quer saber? Que se dane. Se eu tiver que literalmente parar de respirar para entrar nesse vestido Dolce & Gabbana, então o D&G não tem o privilégio de adornar meu corpo. Não tenho nenhuma intenção de sufocar a noite toda.

— Essa porcaria de zíper — grunhe Irina.

Ela resmunga algo em russo que eu tenho certeza de ser um palavrão, mas ou eu bloqueio isso, ou o som do zíper subindo me distrai.

— Estou dentro? — pergunto. — Coube?

Irina solta um assovio baixo.

— Como se tivesse sido feito para você.

Dou uma olhada rápida no espelho. Essa gorda parece uma princesa do caramba!

— Um toque final — diz Irina, correndo para o quarto e voltando com uma caixa de sapatos branca, com JIMMY CHOO gravado na tampa em dourado. Ela abre a caixa para revelar o par de sapatos mais magnífico que já vi.

— Emprestado — explica ela, enfática.

Os scarpins de bico fino são incrustados de cristais Swarovski, que se concentram na ponta para criar uma explosão incrível de cristais. Esses são os verdadeiros sapatinhos de cristal. São os sapatos dos meus sonhos e, se só posso usá-los por uma noite, é melhor fazer valer a pena.

CAPÍTULO VINTE E CINCO

Bom, nunca estive num encontro com três pessoas de figurino/maquiagem/cabelo, um engenheiro de som e produtores, mas acho que para tudo tem uma primeira vez.

Enquanto esperamos pelo carro do lado de fora do hotel, chove torrencialmente.

— Preciso do tempo estimado de chegada para o carro! — Beck dispara no telefone. — Não tô nem aí pra a chuva ou para o trânsito na rua 42. Preciso do nosso... quer saber? Deixa pra lá.

— Hã, a gente não vai caminhar nessa chuva, né?

— Táxi! — grita Beck. — Preciso de um táxi!

O mensageiro obedientemente corre até a calçada e chama o próximo táxi na fila para os hóspedes do hotel. Uma minivan laranja vivo, com uma propaganda do Olive Garden no teto, encosta.

— A carruagem, madames! — diz o mensageiro, acompanhando-nos até o carro debaixo da proteção de seu guarda-chuva.

— Isso é *laranja?* — pergunta Beck. — Desculpe pela falta de luxo, moça — diz ela para mim. — Vamos te colocar no carro preto chique na volta, mas por enquanto, é isso.

— Por que isso importa?

Beck chacoalha a cabeça.

— É uma questão de imagem. Um carro preto alugado te deixando no seu encontro de conto de fadas é romântico. Um táxi amarelo é um ícone local. Uma minivan laranja neon... é uma minivan laranja neon.

Dou de ombros.

— É melhor do que andar mais de vinte quarteirões nesses saltos.

Quando chegamos no Z Café na minivan laranja neon, ainda chove torrencialmente — uma chuva forte e súbita de verão que me enche de nostalgia. Um vapor úmido sobe das grelhas na calçada, e transeuntes correm para a entrada do metrô na esquina segurando jornais acima da cabeça, com um ou outro guarda-chuva.

Eu me viro para Beck.

— Este é um restaurante que só serve almoço.

— Exato — diz ela. — Perfeito para filmar à noite.

Zeke segura um guarda-chuva para mim enquanto saio do carro laranja.

— Mas e todas essas pessoas e funcionários? — pergunto, dando uma olhada pela janela e vendo o restaurante lotado.

— Atores — explica Beck, simplesmente. — Ninguém nunca te falou que programas de reality não são reais?

Enquanto estamos de pé sob a marquise, um técnico de som confere meu microfone e tenho um vislumbre de Henry sentado numa mesa no meio do restaurante. Suas sobrancelhas escuras se aproximam conforme ele estala os nós dos dedos e respira fundo. É a beleza dele que nem parece real.

— Ele parece nervoso — diz Beck a Wes a uma distância da qual tenho quase certeza que ela acha que não poderei ouvir.

— Ele está tenso desde tarde. Problemas com a mamãe. Sabe como é com esses caras, ver a família sempre cria problemas.

Quando entro, Henry se levanta para me cumprimentar com um abraço e um beijo no rosto. Ele segura meu cotovelo antes que eu possa me afastar e sussurra:

— Você está estonteante.

As câmeras estão próximas de nós e não posso evitar olhar para cima a cada vez que um membro da equipe se movimenta.

— É assim que você faz em todos os encontros? — pergunto.

Ele ri.

— É, primeiro apresento a pessoa para minha mãe e aí a equipe de filmagem age como dama de companhia durante a noite.

Minha boca se abre num sorriso.

— Sua mãe foi...

Ele estende a mão por baixo da mesa e segura a minha.

— Intimidante.

— Foi você quem falou, não eu. — Sorrio, minhas sobrancelhas se levantando. — Ela é um ícone.

— Para mim, ela é só minha mãe. Sua vez — diz ele, rápido em mudar de assunto. — Conte-me como era o seu pai. E quero ouvir sobre sua mãe também.

Minha expressão fica triste ante a menção deles. Por instinto, minha mão vai para o relicário pendurado em meu pescoço, mas me esqueço que o troquei por uma gargantilha preta. Só por essa noite.

— Você não precisa, se não quiser — acrescenta ele, rapidamente.

Meneio a cabeça.

— Não, não, é que... As pessoas não costumam perguntar assim, diretamente. Em geral têm medo de tocar no assunto... ou de que eu vá chorar. — Eu rio, mas soa mais nervoso do que eu pretendia. — Você me pegou desprevenida, só isso. Minha mãe... bem, minha madrasta é ótima. Ela é motivada e focada na carreira. Na verdade, ela me lembra muito Lucy... digo, sua mãe. Minha mãe era meio doidinha. Papai sempre dizia que ele não sabia a quem ela tinha puxado, porque os pais dela eram, tipo, frequentadores assíduos do country club. Ela cresceu estudando numa escola só de meninas. Ela e meu pai se conheceram no ensino médio, quando ela tentou roubar uma fita da Blockbuster onde ele trabalhava.

Henry ofega e ri.

— Não! Que filme? Ela conseguiu escapar impune?

Eu sorrio, e sei que é cientificamente impossível, mas queria estar presente naquele momento. Ouvi a história tantas vezes, mas nunca saberei como era a loja ou se a mamãe estava usando um brilho labial de cereja ou se a camiseta do uniforme do papai estava por dentro da calça. Eu quero saber cada detalhe, por mais minúsculo que seja. Os detalhes insignificantes que morreram com eles. Engulo as lágrimas que posso sentir se acumulando.

— *Uma linda mulher*, e mais ou menos — digo. — Ele comprou uma cópia para ela e escreveu o número do telefone dele na parte de trás da notinha.

— Olhaaa! Seu pai tinha uns truques.

— Tinha — digo. — Tinha mesmo. Ele, hã, morreu quando eu estava no último ano do ensino médio.

Ele morde o lábio, como se talvez quisesse dizer mais, se não fosse pelas câmeras.

— De novo, eu sinto... você odeia quando as pessoas dizem que sentem muito? Eu sinto muito.

Eu nego com a cabeça.

— Me sinto mal mais pelos outros. Ninguém sabe o que dizer ou como conversar comigo. É como jogar uma bomba em qualquer conversa. Mata qualquer clima na hora. — Eu rio um pouco. — Me pergunto se meu pai adoraria saber que apesar de eu estar com vinte e dois anos, ele ainda se intromete nos meus encontros mesmo depois de morto.

Namorei pouquíssimo no ensino médio, e papai nunca foi autoritário, mas ele sempre pedia a carta de motorista e os documentos de cada carro em que eu entrava, fosse de amigos ou de namorados.

Com isso, ele ri, e posso sentir a tensão se esvair um pouquinho.

— Bem, se ele era parecido com você, tenho certeza de que era ótimo.

Minha garganta se fecha um pouco ante a memória dele.

— Ele era tão gentil... Sempre parava para ajudar as pessoas na beira da estrada, mesmo sem entender nada de carros. E ele amava construir coisas, mas era horrível nisso. Ele passou, tipo, uns dez anos construindo uma casa na árvore para mim no quintal, e mesmo assim era só uma plataforma duvidosa que não aguentava o peso de nós dois de uma vez. Ele sempre me deixava pedir pizza do lugar que ele menos gostava, porque sabia que eu tinha uma quedinha pelo entregador de lá, apesar de eu não aguentar dizer isso em voz alta. Mas ele também era um ótimo cozinheiro, e amava o seu trabalho, gerenciava uma pequena rede de lojas de pechinchas. Ele adorava as pessoas com quem trabalhava e sempre me dizia que era muito grato por ter um emprego que podia nos prover tudo e... — Respiro fundo. — Eu... ele era minha pessoa preferida.

Isso é tudo o que consigo dizer sem me permitir chorar, o que não tenho nenhuma intenção de fazer.

— Ele parece um cara que eu gostaria de conhecer — diz Henry, suavemente.

Ao meu lado, um membro da equipe se move, e sou lembrada de que este não é um encontro normal. Sinto que estou me fechando um pouco enquanto digo:

— Você teria adorado o papai. Ele não teria muita certeza sobre você e seus ternos chiques, mas em pouco tempo veria além disso.

— Para ser honesto, os ternos chiques não são tudo aquilo também. — Ele se debruça na minha direção. — Agora, conte-me mais sobre esse entregador de pizza. Devo ficar preocupado?

Meus lábios se estendem num sorriso besta.

— Muito.

O clima fica um pouco mais leve e conversamos por mais algum tempo. Wes pede algumas poses específicas, inclusive um momento de *A dama e o vagabundo* com uma tigela de espaguete e almôndegas enquanto Irina tem um piti com a possibilidade de haver molho marinara a uma distância de três metros desse vestido emprestado. E assim, do nada, posso sentir nossa noite escorrendo pelos dedos, como se nunca tivesse sido nossa, pra começo de conversa.

— E agora? — pergunto.

— Bem, pensei que poderíamos dar um passeio e talvez assistir a um show — sugere Henry.

Quando nos levantamos para sair, Beck diz:

— Queremos só algumas cenas a mais de vocês dois caminhando pela cidade, então vamos seguir à distância, mas seus microfones não vão gravar nada. Buscaremos os dois depois de alguns quarteirões e então os levaremos de carro até o teatro.

Quase agradeço a ela pela breve privacidade, mas mudo de ideia.

Lá fora, nos aproximamos debaixo de um guarda-chuva e saímos na chuva, agora mais fraca.

— Nova York tem mais cheiro de Nova York logo depois de uma chuva cair — diz Henry.

Não contenho uma risada.

— Você diz isso como se fosse agradável. Que tipo de nova-iorquino é você? Já pegou o metrô, por acaso?

Ele dá uma bufada.

— Sou famoso por ter pegado o metrô uma ou duas vezes.

— Que elegante você é — digo. — Acha que eles não estão nos ouvindo mesmo?

— Não sei. Mas também não ligo. — Ele estica a mão para fora da proteção do guarda-chuva. — A chuva passou.

Ele fecha o guarda-chuva e o deixa num porta guarda-chuvas de uma loja de presentes para que outra pessoa o encontre.

— Além do mais, estava esperando para fazer isso.

Em um movimento ligeiro, ele pega minha mão e a leva até a boca, inalando profundamente antes de beijar a palma.

Minha respiração para ao sentir o toque de seus lábios quentes contra minha pele, com o inesperado da ação. Meu cérebro parece nublado no começo, mas se ele vai me pegar desprevenida, eu vou fazer o mesmo com ele.

— Isso é real para você?

Ele olha para trás.

— Chegando com os pés no peito, hein? — Ele pensa por um momento e então diz, de um jeito muito prático: — Não era, mas agora é. No começo era uma piada, algo assim. Eu tinha acabado de ficar solteiro quando os produtores me abordaram. Existe um jeito melhor para se recuperar?

— Acabado de ficar solteiro? — pergunto. Tenho apenas vagas lembranças dele em algumas revistas locais de fofoca com uma modelo magrinha a seu lado.

— Sabrina — diz ele, em voz baixa.

— Sabrina Allen? — pergunto. — Você estava namorando Sabrina Allen? Ela é, tipo... famosíssima agora. Ela é um nome de peso.

— Não quando a conheci. — Ele respira fundo. — Nós nos conhecemos numa festa no Dia do Trabalho. — Ele ri. — Era uma Festa do Branco e ela apareceu vestida de vermelho. Mamãe a adorou na mesma hora. A coisa ficou séria rapidamente. Ela encerrou o desfile seguinte da marca. Apareceu nos anúncios impressos. E eu a amava... ou, pelo menos, amava o fato de que minha mãe a amava. — Ele balança a cabeça. — Uau, isso soa horrível. Juro que tenho apenas a quantia normal de problemas com a minha mãe.

Solto uma fungada ao ouvir isso, desejando poder lhe contar sobre meus próprios problemas com minha madrasta na vida real.

— Minha mãe e eu... nós não temos muito em comum. Sabrina era algo que podíamos compartilhar. Nossa, só de falar isso agora percebo quanto isso era errado. — Ele suspira. — Eu a pedi em casamento. Em Paris. Ela disse não e, no dia seguinte, assinou um contrato exclusivo de um ano com a Victoria's Secret. Quando contei para minha mãe que Sabrina não havia aceitado, me dei conta de que ela estava mais chateada por ter perdido sua musa e rostinho ingênuo do que por meu coração estar partido. Então me afastei um pouco dos negócios. E da minha mãe.

— Se você se afastou, como acabou num programa de namoro tentando gerar repercussão para a marca? — pergunto, tentando preencher as lacunas.

— Eu estava aos trancos e barrancos em Los Angeles por alguns meses quando conheci Beck. Ela tentou me convencer a me reunir com a chefe dela, e eu recusava, mas ela era incansável. Então, um dia meu pai ligou e basicamente disse: "A artrite da sua mãe está debilitante e a única coisa que ela pode fazer agora para diminuir o avanço é se afastar da LuMac. Ou você volta para casa para administrar a empresa ou nós vamos vendê-la em partes". Quando voltei para a cidade e me uni a Jay, descobri que a marca está mais encrencada do que eu imaginava. Estávamos além das primeiras medidas a se tomar para uma empresa falindo. Precisávamos de algo muito louco. Algo que viralizasse. Liguei para Beck e, quando dei por mim, era o próximo solteiro de *Antes da meia-noite*.

Paramos brevemente numa faixa de pedestres, como bons nova-iorquinos, e olho para ele.

— Mas e o que houve quando nos conhecemos? Você disse que havia perdido o primeiro voo porque não conseguia se decidir se queria ir para Los Angeles.

A mandíbula dele se contrai.

— Eu não disse que tudo isso não me assusta. Vi dúzias de pessoas com quem cresci se abrirem para a fama. Geralmente, não termina bem. A internet tem um hábito de escavar o seu passado ou...

— Tem alguma coisa a ser desencavada? — pergunto. — No seu passado?

— Ah, sabe como é — diz ele. — Só os segredos de sempre. Drama de família. Algumas fotos questionáveis quando estava bêbado, mas... eu nunca quis ser uma pessoa pública. Não fui um astro mirim nem nada do tipo, mas até certo ponto, nossa vida sempre foi propriedade pública de qualquer modo. Participar do programa meio que dá a sensação de abrir mão do pouco de privacidade que me restava.

— Você poderia ter ido participar do *Shark tank* — digo.

O sinal abre para os pedestres e ele puxa minha mão, me levando em meio à multidão.

— É, Mark Cuban ficaria empolgadíssimo com uma marca de moda antiga, mas que já foi relevante. Acho que você é que podia ter participado do *Project runway*.

— Dê um jeito — falo, imitando Tim Gunn. Dou uma olhada por cima do ombro. — Não consigo mais ver a equipe atrás da gente. Você acha que deveríamos esperar?

— Definitivamente, não — diz ele, a voz animada. — Você acha que consegue correr com esses sapatos?

Olho para meus saltos cintilantes. Eles são pura arte, mas correr neles? Não sei, não.

— Não sou muito de correr, para começar, mas estou disposta a tentar um jogging leve — respondo, a emoção de abandonar a equipe disparando adrenalina pelo meu corpo.

— Vamos lá.

CAPÍTULO VINTE E SEIS

Há uma expressão selvagem no rosto de Henry. É o mais descontraído que já o vi desde... sempre.

Disparamos pela rua, nossos pés batendo contra a calçada enquanto viramos a esquina. Meu vestido ondula atrás de mim, e parece que estamos brincando de pega-pega. Com Henry a meu lado, o que a equipe poderia fazer se nos pegasse? Mandar nós dois para casa? Acho que não.

Grito ao tropeçar, meu salto se prendendo num buraco da calçada. Quando tropeço e o sapato escapa de meu pé, meus dedos escorregam dos de Henry.

— Merda — resmungo, interrompendo a queda com uma das mãos na calçada.

— Você está bem? — pergunta ele, voltando para me ajudar a levantar.

— Estou. — Levanto o pé descalço, equilibrada num salto só agora. — São os sapatos. Eles são emprestados. Valem mais dinheiro do que tenho no banco agora.

Ele pega o salto agulha brilhante, inspecionando-o com atenção.

— Nem um arranhão.

Então apoia um joelho no chão conforme guia meu pé de volta para dentro do sapato, os dedos dele em torno do meu tornozelo enquanto me seguro em seu ombro para me equilibrar.

Ele me fita, as pálpebras semicerradas e a cidade girando ao nosso redor, com luzes da rua piscando à medida que o céu se transforma num crepúsculo brumoso.

— Tem certeza de que está tudo bem? — pergunta ele.

Assinto, sem palavras ante a visão dele de joelhos na minha frente, com um fogo lento se espalhando por meu abdômen.

Ele se levanta e pega minha mão outra vez, enquanto me tira do chão e me leva para Bryant Park.

— Está tentando me cortejar? — pergunto.

Os olhos dele questionam os meus.

— Bryant Park — digo. — A Catedral da Moda.

— Eu devia mentir e dizer que isso foi de propósito, mas só estou me empenhando muito para despistar nossos guardiões.

Totalmente fora da vista da rua, diminuímos o ritmo para um passeio.

Sierra e eu passamos os últimos quatro anos rondando por Bryant Park como se fosse um local sagrado. Este pode não ser mais o lar da Semana de Moda, mas não há como evitar a sensação de que podemos vislumbrar um de nossos ídolos apenas por caminhar por ali, revivendo os dias de glória do lugar. Hoje, porém, o parque é somente um parque, cheio de gente normal fazendo coisas normais.

Olhando sempre para trás em busca de sinais da equipe, acabamos entrando numa aula de dança de salão para a terceira idade.

— Vem — diz Henry, me puxando mais para o meio da aula dada por um casal pequenino de meia-idade usando apenas seu iPhone e um copo plástico para amplificar a música.

— É uma aula — falo ao tirar os sapatos e os pendurar nos dedos para impedir que os saltos se afundem na grama. — Não somos alunos.

— Acho que eles não vão se incomodar. — Ele me conduz para trás do grupo e me puxa contra si, a mão aberta na parte de trás da minha cintura.

Recosto a cabeça contra o peito dele e me permito ser abraçada.

— Vamos fingir só por um instante — diz ele.

E ele não precisa nem explicar. Sei exatamente o que ele quer dizer. Vamos fingir que somos duas pessoas normais, num encontro normal, dando um passeio normal num parque normal com o qual eu não sonho desde que tinha idade suficiente para saber o que era a Semana de Moda.

Olhando ao redor, há diferentes casais. Alguns ágeis e outros que hoje em dia são um pouco mais lentos. Alguns são homens com homens; outros, mulheres com mulheres.

— De vez em quando — murmuro —, olho para pessoas mais velhas e me pergunto como seria a aparência dos meus pais na idade deles.

Ele descansa o queixo no topo da minha cabeça e leva minha mão a seus lábios, beijando cada um dos nós dos dedos. Nós nos movemos em silêncio, acompanhando a música que mal conseguimos ouvir, mas tudo bem, porque a cidade é a nossa trilha sonora. Buzinas, conversas sobre coisas grandes e pequenas, revoadas de pássaros descendo, e os sons todos levemente abafados pelas árvores que nos cercam.

— Você acha que Beck e Wes já estão ficando malucos?

— Eles provavelmente já contrataram detetives particulares para nos encontrar. — O queixo dele abandona seu posto em cima da minha cabeça. — Mas acho que os instrutores nos descobriram.

Ele segura minha outra mão.

— Com licença. — Ele vai dizendo conforme atravessamos o grupo de alunos e saímos pelo mesmo ponto em que entramos. Correntes de eletricidade fluem entre nós, e acho que estou desenvolvendo sentimentos por ele. Do tipo que queima.

Caminhamos, obedientes, na direção da Times Square, como um casal de crianças se preparando para enfrentar a bronca. Toda a nossa história até agora é apenas uma série desses pequeninos momentos, bocadinhos, e me pergunto o que poderíamos nos tornar se o tempo estivesse à nossa disposição. Isso me anima e me assusta na mesma medida. Contudo, estamos sempre correndo contra o relógio. Sempre ficando sem tempo. À distância, vejo Mallory girando em círculos, as mãos se agitando enquanto fala no fone Bluetooth, ainda sem nos ver.

— Lá está Mallory — digo. — E ela não parece muito feliz.

Henry geme.

— Não estou preparado.

Chacoalho a cabeça.

— Nem eu.

— Siga-me.

Meu coração martela à medida que Henry me puxa para o outro lado da rua, desviando de carros, e me leva para uma loja de presentes de dois andares que se estende por um quarteirão.

O balconista mal levanta os olhos de seu livro enquanto corremos para o fundo da loja. O peito de Henry sobe e desce; ele passa um braço em torno da minha cintura.

— As câmeras não vão nos seguir para cá. Propriedade privada.

Pressiono a mão no peito dele e rio, jogando a cabeça para trás.

— Você vai me fazer ser expulsa do programa.

Ele se inclina e pressiona os lábios em meu pescoço, e ofego baixinho. Arrepios sobem por meus braços e ele passa o outro braço pelas minhas costas, pressionando os corpos tão juntos um do outro quanto é possível ainda vestidos.

Nem tenho tempo para refletir sobre quanto estou suada ou se preciso de um desodorante depois da nossa corridinha. Tudo em que consigo pensar é nos braços dele ao meu redor, em seus lábios no meu pescoço e em todas as coisas que poderíamos fazer se não estivéssemos de pé no meio de uma loja de suvenires empoeirada na Times Square.

As mãos de Henry encontram minha nuca, e meus dedos escalam os braços dele até os ombros enquanto ele inclina a cabeça para encontrar meus lábios.

— Oi — sussurro.

— Oi — diz ele, fitando minha boca.

Sinto-me inebriada de desejo conforme dançamos em volta deste momento por mais um segundo, o nariz dele roçando o meu até que finalmente, finalmente!, ele pressiona os lábios contra os meus, como se eu fosse o único oxigênio que ele pudesse respirar.

Meus lábios se separam contra a língua dele e são esses momentos, com apenas nós dois, que tapeiam meu cérebro, me fazendo pensar que não passamos de um casal de desconhecidos perdidos de amor, lentamente nos apaixonando um pelo outro.

Alguém pigarreia ruidosamente e precisamos de mais duas tentativas até que consigamos nos desemaranhar.

Espio por cima do ombro de Henry e me deparo com Mallory ali de pé, as mãos nos quadris. Logo atrás dela está Beck, lá fora, com a bombinha de asma na boca e a equipe toda fumegando de raiva a seu lado.

— Acho que estamos bem encrencados — cochicho.

— Valeu a pena — me diz ele, a voz levemente rouca.

Saímos como dois adolescentes desafiadores, a mão de Henry encaixada em meu quadril. Depois de nossa fuga, somos embarcados numa SUV preta e transportados por apenas alguns quarteirões até o Minskoff Theatre, para assistir a uma apresentação de *O Rei Leão*, à qual assistimos sentados num camarote particular que não é tão particular assim, se contarmos nossa comitiva.

Ao nos sentarmos nas luxuosas poltronas longe das hordas de turistas esperando o show começar, Henry se inclina para mim e diz:

— Se você não adivinhou, eles não me deixam planejar os encontros.

— Senhor Henry Mackenzie, o senhor quer me dizer que não é fã de *O Rei Leão*?

— Olha, não tenho nada contra o Simba, mas se eu fosse te levar para um espetáculo, não seria num teatro superlotado da Broadway.

— Aaaaaah, essa é uma gongada muito nova-iorquina. Bem, eu, por outro lado, estou gostando de verdade do passeio estilo "minha avó está de visita". Tudo o que falta é uma passagem pela Serendipity para tomar um batido de chocolate. Este encontro foi patrocinado pela Secretaria Municipal de Turismo da cidade de Nova York.

— Você está estragando a surpresa! — As luzes ao nosso redor vão se apagando, mas ainda posso ver o brilho de seu sorriso enquanto ele diz: — Um dia eu vou te mostrar a minha Nova York.

Recosto a cabeça no ombro dele.

— Eu te mostro a minha, se você me mostrar antes.

E apesar de fingirmos brevemente sermos um pouco imunes aos pontos turísticos da cidade que os forasteiros frequentam com regularidade, o espetáculo é incrível e nós dois ficamos um pouco apaixonados por um menininho mais ou menos da idade dos trigêmeos sentado logo abaixo de nós, que se postou de pé no assento para cantar junto com Timão e Pumba.

No meio da apresentação, Henry se levanta e retorna com o casaco do terno, que havia deixado pendurado do lado de fora do camarote. Ele coloca o casaco por cima dos meus ombros para me proteger do ar-condicionado, e embora eu não pareça estar me afogando na peça daquele jeito irritante que as garotas acham tão fofinho quando vestem ternos grandes ou as samba-canção dos namorados, ainda assim aprecio o gesto.

— Obrigada — sussurro. — Acho que a gente usa o mesmo tamanho.

Ele dá de ombros.

— Ficou melhor em você do que em mim.

— Bem, não sei se você já ficou sabendo, mas eu sou, tipo, uma modelo famosa agora.

Ele segura o coração.

— Essa doeu.

Ofego.

— Não, eu quis dizer essa tarde. Não a Sab…

No camarote ao lado, alguém faz "xiiiu!" para mim.

Henry procura minha mão que estava no meu colo e a segura.

— Eu sei.

Ficamos de mãos dadas pelo resto da apresentação e, depois, somos levados aos bastidores para filmar um segmento com alguns integrantes do elenco. Elogio o talento incrível deles e os figurinos, e quando terminamos, somos colocados em outra SUV. Dessa vez, Henry e eu nos sentamos o mais próximo possível, e me vejo rezando por um engarrafamento — qualquer coisa para nos atrasar. No entanto, nessa noite grudenta de verão com as nuvens recuando para trás das pontes em direção aos bairros, pegamos todos os faróis verdes e não há um único motivo para reduzir a velocidade. Nem mesmo um taxista buzinando. É um milagre da cidade de Nova York.

No hotel, andamos o mais devagar que podemos até o elevador com o braço de Henry envolvendo minha cintura, sua mão outra vez repousando confortavelmente em meu quadril.

Com um cameraman colado em nossos calcanhares, Beck anuncia:

— Hora de dizer boa-noite, pombinhos.

Eu me viro para Henry e quero beijá-lo, é claro, mas com as câmeras focadas em nós...

— Ah — diz Wes —, então para vocês tudo bem ficar de amassos nos fundos de uma loja de presentes, mas não podem nos dar um beijinho de boa-noite?

Ele joga as mãos para cima e deixa Beck por conta.

— Ignorem ele — diz ela. — E nós — acrescenta, rapidamente. — Mas tenho que estar na cama antes da meia-noite. Começamos cedinho amanhã, e estou acabada.

— Não quero que você vire uma abóbora por nossa causa, Beck. — Henry dá de ombros. — Acho que deveríamos dar ao povo o que eles querem.

Eu concordo e fecho os olhos conforme meus lábios se derretem nos dele com um beijo longo, mas casto, que me deixa querendo mais.

Suas mãos me envolvem num abraço apertado, me segurando junto ao peito, e posso ouvir a batida forte de seu coração. Este pode ser meu novo som favorito. Um de seus dedos traça um padrão nas minhas costas nuas várias vezes, sem parar.

Minha mente está confusa, então levo um momento para perceber que ele está me dizendo alguma coisa. Ele está me passando uma mensagem. Seu dedo continua a traçar o mesmo padrão sem parar até se afastar com um sorriso inocente e quase imperceptível no rosto.

Ainda posso sentir o dedo dele se arrastando por minha pele de um jeito familiar, deixando um rastro de calor, e espero mesmo ter entendido exatamente o que ele tentava dizer.

CAPÍTULO VINTE E SETE

Oito. Dois. Seis. Oito. Dois. Seis. Oito. Dois. Seis. Oito. Dois. Seis. Oito. Dois. Seis.

Três números que só podiam significar uma coisa. O quarto de Henry neste hotel.

Assim que passo pela porta do meu quarto, Irina está me esperando.

Solto um gritinho de susto.

— O que você está fazendo aqui?

Ela estende a mão.

— O vestido — diz ela, simplesmente, sem levantar o olho do jogo que está em curso na tela de seu celular.

Levanto o braço.

— O mínimo que você podia fazer era abrir o zíper.

Ela abre e sente o cheiro da minha axila.

— Argh, vou ter que mandar lavar a seco. Está cheirando a top esportivo. Um top esportivo triste nos achados e perdidos da academia. E nem é uma academia boa. É daquelas com a piscina vazia e máquinas antigas de...

— Eu já entendi — digo a ela enquanto tiro o vestido e coloco uma legging e uma camiseta masculina larga que cortei em formato de cropped. — Os sapatos também? — pergunto, a lembrança de Henry ajoelhado à minha frente fazendo um arrepio subir pela minha coluna.

— Especialmente os sapatos — diz ela.

Apanho os Jimmy Choo do piso e dou um rápido beijo na parte da frente deles.

— Adeus, coisa linda.

Irina suspira.

— São sapatos muito, muito bons.

Assinto.

— Eles foram bons para mim.

Ela os retira de minhas mãos e, pela primeira vez, acho que Irina e eu achamos algo em comum. Pelo menos a mulher tem bom gosto para sapatos.

— Você pode estar fedida — diz ela —, mas foi um acontecimento hoje. Talvez eu tenha que apostar em você.

— Não sou um cavalo de corrida — retruco, e ela se esgueira para fora do quarto com a capa do vestido jogada sobre o ombro.

— Diga isso ao Wes. Ele ganhou o bolão do ano passado e passou duas semanas em Bali.

— Como é? — pergunto, mas ela já se foi. — Que bolão?

Bem, não é ótimo? Não apenas estou saindo com um homem que está saindo com mais sete mulheres, como acho que a equipe está apostando em nós. Maravilha. Sento-me na mesa junto à janela com meu bloco de desenho, a Estátua da Liberdade cintilando em meio à névoa noturna, e escrevo o número do quarto dele várias e várias vezes. Oito, vinte e seis. Oito, vinte e seis. Oito, vinte e seis. Oito, vinte e seis. Oito, vinte e seis. Oito, vinte e seis. Oito, vinte e seis. Oito, vinte e seis. Oito, vinte e seis. Até que, finalmente, eles já nem parecem mais números. Parecem apenas um padrão abstrato.

Nem preciso olhar para saber que Mallory ou Zeke está lá fora, de guarda no corredor. De jeito nenhum conseguirei sair do quarto e ir até o de Henry sem que alguém impeça. Depois do nosso sumiço hoje à noite, tenho certeza de que estamos sendo vigiados com ainda mais cuidado do que o normal.

Com o walkie-talkie dele sem bateria e o meu praticamente sem, não tenho como me comunicar com Henry. Queria que eles não tivessem tirado os telefones do quarto. Com certeza isso é algo relacionado à cobertura do seguro. Se eu tivesse meu telefone, poderia me aninhar na cama e ligar para ele, conversaríamos a noite toda, até a respiração ficar pesada e pegarmos no sono ao som um do outro.

Tento lavar o rosto. Oito, vinte e seis. Tento prender o cabelo num rabo de cavalo. Oito, vinte e seis. Faço uma trança. Oito, vinte e seis. Não ficou boa. Oito, vinte e seis. Eu me contento com um coque desleixado em vez da trança. Experimento uma máscara facial coreana. Oito, vinte e seis. Deito na cama. Oito, vinte e seis. Mas nada disso funciona. Oito, vinte e seis.

Não consigo evitar. Não consigo parar de pensar nele e não consigo parar de pensar na chance de passar uma noite inteira com ele sem uma câmera à vista.

Já chega. Pulo da cama e coloco meu Keds de glitter dourado da Kate Spade e um moletom de capuz. Devagarinho, abro a porta para olhar o corredor e encontro Zeke sentado a algumas portas de distância, relaxado contra a parede, num sono pesado. Estava plenamente preparada para chantageá-lo de novo só para chegar aos elevadores, mas a Dama da Liberdade deve estar cuidando de mim. Se eu tivesse um celular, tiraria uma foto e enviaria a Anna para que ela pudesse ver como ele parece tonto.

Com a área limpa, saio para o corredor, fecho a porta lentamente para não fazer barulho e passo por ele na ponta dos pés até o elevador. Quando estou prestes a apertar o botão para subir cinco andares, me seguro. A campainha. Poderia acordar o Belo Adormecido logo ali, então vou pelas escadas.

Enquanto me debruço no corrimão e dou uma bela e longa olhada na escadaria infinita, me relembro que há apenas algumas semanas eu morava no terceiro andar de um prédio sem elevador. Quando chego ao oitavo andar, contudo, estou um pouco mais suada do que estava antes, mas fico aliviada por não encontrar nenhum produtor de guarda neste andar. Sinto que estou num videogame tentando driblar zumbis, quando na verdade tudo o que estou tentando fazer é passar algum tempo com um cara de quem eu gosto. De alguma forma, o programa me fez regredir mentalmente para dezesseis anos e estou com medo de ser pega dentro do quarto de um rapaz.

Depois de uma batida, a porta do quarto 826 se abre, revelando Henry, descalço, com a camisa parcialmente desabotoada e a gravata pendurada entre os dedos. Ele sorri meio de canto.

— Por um instante, fiquei preocupado que você fosse apenas presumir que eu estava obcecado especificamente com uma parte das suas costas.

Ele pega a minha mão e me puxa para dentro.

Quando a porta se fecha, deslizo a gravata da mão dele e passo os dedos sobre as listras sombreadas. A seda derrete sob meu toque, e viro a gravata para descobrir a etiqueta.

— Hermès. Chique.

— Foi um presente.

— Da sua mãe? — pergunto.

Ele inclina a cabeça para o lado.

— Sabrina.

— Ah, muito bonito — digo a ele —, usando uma gravata que foi presente da ex num encontro com a sua nova... pessoa.

Ele dá um passo mais para perto de mim.

— Não gosta muito de rótulos?

— Bem, eu não me chamaria exatamente de sua namorada — respondo.

Enquanto estou falando, ele dá outro passo na minha direção e abaixa a cabeça, de modo que meus lábios encostam nos dele na última palavra.

— Isso parece bem sério para mim — ele fala, com a voz rouca e os dedos se afundando em minha cintura.

— Não sei, não — digo, sem fôlego com o toque dele. — Parece um pouco lotado.

Ele apoia a têmpora contra meu ombro e seu hálito sopra quente no meu pescoço.

— Quero te fazer tantas promessas nesse momento. Quase tanto quanto quero fazer certas coisas com você.

Sinto que conheço duas versões dele. O Henry da Tela e o Henry Particular, mas é como se as duas versões nem sequer conversassem uma com a outra ou compartilhassem informações. Henry da Tela é meigo e paquerador, mas nunca sei em que pé estou com ele. Henry Particular é um pouco menos sofisticado, mas nunca me deixa na dúvida.

Sei o que eu deveria fazer. Eu deveria perguntar a ele qual é a minha situação. Deveria perguntar se ele tem sentimentos tão fortes também por Addison, Sara Claire ou alguma das outras mulheres, se isso é tudo apenas uma dança na qual temos que ir até o fim e se, no final, vamos dar uma chance real para isto aqui. Porém, pelo menos uma vez, quero parar de me preocupar. Quero abrir mão de todas as coisas que não posso controlar e simplesmente estar aqui, neste momento, com Henry.

Passo os braços em torno da cintura dele.

— O que você teria feito de diferente? — pergunto.

Ele levanta a cabeça, os olhos castanho-escuros demorando-se em meus lábios.

— Como assim?

— Você disse que o encontro desta noite não foi o que você teria planejado para mim. O que você teria feito de diferente?

Ele confere o elegante relógio preto no pulso.

— Ainda podemos descobrir.

CAPÍTULO VINTE E OITO

— O bingo começa em dez minutos — diz a garçonete, colocando nossas cartelas na mesa junto de uma canetinha grossa. — Os marcadores são cobrados à parte. A comida já está chegando.

— Acho que acabamos de pedir *dim sum* suficiente para seis pessoas — digo.

— Eu conseguiria comer o bastante para essa sala toda. Estou tão cansado de comida de TV — suspira Henry.

— Comida de TV? — questiono.

Ele balança a cabeça.

— Você não reparou que a comida de hoje não tinha sabor nenhum? Eles me levam a restaurantes fechados para esses encontros e basicamente me servem espaguete frio. Sinto saudade de comida de verdade. Parece que estou comendo comida de avião toda noite.

— Acho que essa podia ser minha versão do inferno. Comida de avião por toda a eternidade.

— Ah, acho que minha versão do inferno de verdade seria uma festa da qual não consigo sair. Tipo, toda porta me leva de volta para a mesma festa, e não importa quanto eu tente, não consigo sair.

— Então acho que uma festa surpresa de aniversário é o seu pior pesadelo?

Ele chacoalha a cabeça.

— Odeio essas festas. Minha mãe preparou uma no meu aniversário de treze anos, e havia quase só adultos como convidados.

— Ela não convidou seus amigos da escola?

— Bem, sim, eu tinha quatro ou cinco amigos. Nem de longe o bastante para o tipo de festa que Lucy Mackenzie pretendia fazer. Havia garçons de patins. E esculturas de gelo.

— Esculturas de gelo? — pergunto.

— De mim mesmo.

Meu queixo bate no chão.

— Desculpe. Você disse esculturas de gelo? Retratando você?

— Pode tirar sarro quanto quiser, mas estávamos competindo com *bar mitzvahs* tão elaborados que o canal TLC filmou o piloto de uma série chamada *Meu bar mitzvah maneiro* com um cara no nosso prédio.

— Nossa. Minha festa de treze anos foi na piscina comunitária do bairro. Alugamos uma mesa de piquenique e comemos nachos da lanchonete.

— Esse é o tipo de festa que eu frequentaria de bom grado.

Rio ante a imagem de Henry na esquálida piscina comunitária da minha antiga vizinhança com todos os salva-vidas adolescentes que eu achava tão gostosões, mas que, na verdade, tinham espinhas nas costas, assim como eu.

— Viu, festas não são tão ruins. E olha só, você conheceu Sabrina numa festa. Elas não são meio que um estilo de vida nos círculos que você frequenta?

É claro que eu desejaria que nosso relacionamento não estivesse se desdobrando nesse programa de TV, mas ainda que retirássemos tudo isso, nossas vidas ainda são de mundos distantes. As festas de elite de Nova York que Henry cresceu frequentando são apenas um exemplo disso. Talvez eu devesse ser mais grata por nossa pequena bolha no reality.

— É exatamente por isso que odeio festas — diz. — E conheci Sabrina porque estou sempre procurando pela pessoa que pode me ajudar a fugir da festa. A pessoa que quer dar uma volta ou...

— Ou ir para o seu apartamento? — pergunto, brincalhona, mas a sério.

O canto da boca de Henry se curva para cima, malicioso.

— Acho que sim, também... Quando eu tinha tempo para conhecer pessoas e não estava tentando desenterrar a empresa da família da Fossa das Marianas.

— Bacana. Uma referência a biologia marinha.

— Acampamento Cape Cod de biologia marinha. Da terceira até a sexta série.

— Acampamento de férias? — pergunto. — Primeiro, o internato. Agora acampamento de férias. Isso é coisa de criança rica.

— Bem, você tem que largar seu filho em algum lugar enquanto viaja pelo mundo pulando de um retiro de ayahuasca para o outro.

— Eita! Eu não tinha me dado conta de que Lucy era assim.

— É, ela é super descolada até a enfermeira do acampamento ligar porque o filho quebrou o braço quando pulou de uma árvore pensando que, se ele acreditasse muito que era um astronauta, a gravidade deixaria de existir. O único adulto sóbrio o bastante para atender era o assistente da assistente da minha mãe, e ele achava que meu nome era Carson.

— Tá, tenho várias perguntas, mas como alguém confunde Henry com Carson? — Eu queria tanto ainda ter papai na minha vida, mas ao menos quando era vivo, ele foi o tipo para quem o Dia dos Pais existe. — E o seu pai? Ele ainda está por aí, né?

Lembro-me de ter visto a foto dos três no escritório dele, e parecia tão longe, tão distante, que quase me perguntei se ele ainda estava na vida de Henry.

Ele anui.

— Roger Mackenzie é o fã número um de Lucy Mackenzie. Ele odeia roupas e, até hoje, ela separa o que ele vai vestir todas as manhãs. Os pais dele morreram quando ele era jovem e ainda morava em Edimburgo, então ele pegou a herança que deixaram e se mudou para Nova York. Ele se apaixonou pela minha mãe no metrô, antes mesmo de chegar ao hotel. E não passaram nem uma noite separados desde então. Nenhum deles tinha uma família de fato, então eram, e são, tudo um para o outro.

— Essa é uma bela história de amor — digo.

— Não é nenhum primeiro encontro fofinho na Blockbuster.

Sorrio.

— Acho que, geralmente, quando as pessoas têm filhos, elas se preparam para as mudanças na vida. Às vezes, deixam a cidade grande ou desistem de frequentar bares durante a semana, mas meus pais não tinham essa intenção. Eles simplesmente continuaram... vivendo. E me levaram junto quando podiam, e me mandaram para o internato quando tive idade suficiente. O primeiro ficava pertinho de Londres. Ninguém sabia o que fazer com o menino meio escocês e um-quarto porto-riquenho dos Estados Unidos. Mas enfim, se é possível ser vela com seus próprios pais, esse sou eu.

— Não é justo — explico. — É tipo... o único lugar onde você sempre devia se encaixar.

Ele balança a cabeça.

— Acho que eu nunca disse isso em voz alta, mas às vezes acho que pedi Sabrina em casamento só para dizer que tinha encontrado a minha pessoa. Que tinha encontrado minha família sem eles... Mas agora, de súbito, eles precisam de mim. E como você diz não? Eu não consegui. Acho que preciso deles também, de certa forma.

Estendo a mão por cima da mesa e seguro a dele, oferecendo-lhe o conforto do silêncio compartilhado.

— Aposto que você também tem histórias de pais merda — diz ele, olhando para nossas mãos interligadas.

Na verdade, não tenho. Apesar de poder pensar em algumas, todas elas giram em torno da minha angústia adolescente motivada por Erica tentando se firmar como minha mãe. Foi uma transição complicada, para dizer o mínimo, mas a culpa revira meu estômago quando me lembro de tudo o que estou escondendo dele. Ele sabe que meus pais são falecidos, mas depois de tudo o que me contou, parece errado mentir sobre Erica.

— Minha madrasta é... Ela estava lá para mim quando precisei. Ela não é perfeita, mas tenta. E minha mãe e meu pai... não é que eu pense que morrer os transformou em santos, mas sinto saudades. Especialmente do papai... mesmo quando ele estava nos piores dias... que eram raros.

Ele engole e morde o lábio, pensando por um momento.

— Acho que isso é amor. O verdadeiro. Quando você ama alguém mesmo nos seus piores dias. E acredita que eles podem ser melhores.

— É assim... É assim que você se sente em relação à sua mãe?

Ele suspira.

— Ela está melhor agora. Mais calma. Não me trata como se eu fosse parte da decoração, como costumava fazer, mas de vez em quando me pergunto se ela está mudando de fato ou se apenas está envelhecendo. Ou talvez, no final, com o programa e eu assumindo o controle da empresa... talvez eu ainda seja uma peça da decoração para ela, agora mais do que nunca.

— Não é o que eu vejo — falo. — Vejo uma pessoa que está lá para sua família na hora em que ela mais precisa, mesmo quando a família talvez não mereça. E a despeito dos esforços dos seus pais, acho que você saiu alguém bem bacana.

— É o que dizem Jay e minha terapeuta.

— Eu gosto de Jay — falo.

— Ah, elu gosta muito de você também. Tenho mensagens de texto para provar.

Meus olhos se arregalam.

— Você tem um celular? Esse tempo todo, e estava escondendo isso de mim!

Ele funga e pega o aparelho do bolso para me mostrar.

— Ah, é um daqueles telefones de velho, que não tem nem tela colorida. Na verdade, estou um pouco envergonhado de estar com isso na mão em público, mas Jay me diria apenas que isso é a minha masculinidade tóxica falando, ou etarismo, ou algo assim.

— E Jay teria razão — digo, pegando o aparelho de sua mão. E, de fato, o celular é uma coisinha vermelha com cara de walkie-talkie, com duas antenas minúsculas que dá para puxar para melhorar a recepção. — Esse negócio parece uma relíquia.

— Você tinha que ver quanto tempo levo para mandar uma mensagem nisso aí. Sério, nem vale a pena, mas eu disse que se me quisessem no programa, eu tinha que poder entrar em contato com o trabalho. — Ele pega o telefone de volta e o guarda no bolso. — Essa é a ideia de Beck de um meio-termo.

— Ei, já é mais comunicação com o mundo externo do que eu tenho.

Quero perguntar se ele sabe como está a recepção do público ou se tem feito alguma diferença para a marca, mas também não quero passar nosso precioso tempo privado juntos falando do programa.

— Posso perguntar uma coisa?

— Acho que pode — diz ele, brincando.

— Se você pudesse fazer qualquer coisa com a LuMac, o que faria?

Ele assente, e sei que já tem uma resposta muito clara para essa pergunta.

— Existe um programa que começamos para marcas promissoras. Nós as incentivamos e as ajudamos a lançar uma pequena coleção. Elas pagam o empréstimo a longo prazo, mas não temos recurso para meter a mão na massa mesmo e apostar grande. Adoraria que lançássemos itens colaborativos exclusivos como parte da coleção delas e vice-versa. Sabe, nós temos o futuro da moda sentado logo ali nos nossos escritórios. Deveríamos estar fazendo muito mais: estabelecendo conexões, construindo relacionamentos. Mas não temos dinheiro nem equipe para fazer isso acontecer. Pelo menos, ainda não. Mamãe diz que esse é meu projeto de estimação, mas acho que é o caminho a seguir.

— Não sei nem como começar a explicar o que uma oportunidade dessas significaria para um novato recém-formado na faculdade de moda. Eu amo moda. Amo essa indústria. Mas, às vezes, parece que o único jeito de ser bem-sucedido é conhecer alguém.

— Bom, se o seu guarda-roupa é um sinal, tenho certeza de que você é extremamente talentosa, Cindy.

— Posso receber isso por escrito? — gracejo.

Sem dizer nada, a garçonete coloca nossa torre de cestas de vapor com *dim sum* na mesa e retira dois conjuntos de palitinhos do avental para nós.

— O bingo vai começar num minuto.

— Vamos nos atrever? — pergunta Henry, do outro lado da comida.

— Ao *dim sum* ou ao bingo?

— Aos dois — responde ele.

— Ah, com certeza — afirmo.

— O que você acha de se sentar do mesmo lado da mesa? — pergunta ele, do nada.

— Como assim?

— Você é uma daquelas pessoas que julga quem senta do mesmo lado da mesa e acha ridículo? Ou é a favor de se sentar lado a lado?

Minha testa se franze, e o cheiro do *dim sum* é tão bom que está quase difícil de me concentrar.

— Acho... acho que eu via as pessoas fazerem isso e sentia que elas estavam tentando provar alguma coisa. Como se tivessem que mostrar ao mundo quanto estavam apaixonadas e não podiam nem mesmo se sentar longe uma da outra... mas agora...

— Eu também... — concorda ele. — Também pensava isso. Mas acho que encontrei alguém com quem quero dividir o mesmo lado da mesa.

— Henry Mackenzie, você está pedindo que eu sente ao seu lado?

— Principalmente para eu poder colar da sua cartela de bingo — diz ele —, mas sim.

Deslizo para fora da mesa e me espremo ao lado dele. As mesas são antigas e pequenas, com alguns rasgos nas almofadas, e meu traseiro afunda tanto que meus pés mal tocam o chão.

Henry destampa a primeira camada da cesta de vapor e abrimos nossos hashis.

Com a canetinha numa das mãos e os palitinhos na outra, pego um *dumpling* perfeito.

— Cindy? — pergunta ele.

Olho para Henry, plenamente preparada para censurá-lo por bloquear a viagem só de ida do *dumpling* à minha boca, mas ele abaixa a cabeça e seu nariz roça o meu. E simplesmente me permito desfrutar do momento. Nossos palitinhos e *dumplings* e cartelas de bingo e marcadores, e a lanterna vermelha baixa pendurada acima da nossa mesa, lançando luz sobre a comida enquanto estamos envoltos em escuridão.

— Eu estava mentindo sobre colar da sua cartela — explica ele. — Só queria ficar perto o bastante para fazer isso aqui.

Os lábios dele tocam os meus quando a garçonete começa a cantar as pedras do bingo, e não há muita coisa que eu prefira a *dumplings*, mas esse beijo certamente é uma delas.

CAPÍTULO VINTE E NOVE

Na manhã seguinte, temos uma eliminação na pista do aeroporto particular em Westchester, em frente ao jatinho de luxo que não usaremos para voar a lugar algum, porque não caberia nem um quarto da equipe nele.

Henry e eu caminhamos pela cidade até o sol começar a lentamente rastejar acima do horizonte. Compramos dois bagels na volta. Eu não conseguia decidir entre salmão defumado, cream cheese e endro, ou um bagel arco-íris com Nutella, então Henry insistiu que pegássemos os dois para dividir, o que é basicamente a minha linguagem do amor. Sierra diz que sou indecisa, mas gosto de pensar que posso transformar qualquer refeição em petiscos, de modo que qualquer pessoa disposta a tolerar isso pode ser minha alma gêmea.

Ao chegar ao hotel, Henry passou uma nota de vinte para o porteiro e outra para a pessoa na recepção, pedindo-lhes que não mencionassem a ninguém sobre ter nos visto saindo ou voltando. Pegamos o elevador para o meu andar, e eu queria que pudéssemos lançar um feitiço no resto do mundo para congelar o tempo e ancorar a lua em seu lugar. Todos apenas acordariam um pouco mais descansados e Henry e eu ganharíamos mais tempo juntos. Tempo. É a única coisa que parece nunca termos o bastante.

Andamos de mãos dadas, o mais devagar possível, até uma porta apitar e se abrir a apenas alguns passos à frente. Henry deslizou o braço em volta da minha cintura e me puxou para o outro lado do corredor, entrando numa salinha com uma máquina de gelo e uma de comida.

Escondi-me num espaço entre a máquina de gelo e a parede, meus quadris cabendo ali por pouco, e Henry entrou no mesmo espaço logo depois. Ele pairava acima de mim, abaixando a cabeça e bloqueando a luz.

Alguém entrou na salinha e a máquina de gelo começou a funcionar, roncando. Henry se arqueou para trás por um momento e então falou com os lábios, sem ruído: *Wes*.

— Merda — falei.

A mão de Henry se ergueu depressa, pressionando o dedo nos meus lábios.

Segurei o pulso dele e puxei a mão para baixo, me esticando na ponta dos dedos e aproximando nossos lábios até quase se tocarem.

Os dedos de Henry se enterraram na minha cintura e de algum jeito ele se afundou ainda mais para perto de mim, minhas costas pressionadas contra a parede.

Nossas bocas hesitaram, o hálito quente, enquanto as mãos de Henry subiram, vagaram, roçaram no elástico do meu sutiã de renda. Ofeguei ao sentir o toque tão próximo e seus lábios apertaram os meus, me silenciando.

Sua boca era urgente e tinha sabor de avelã. Tudo o que eu queria era arrastá-lo para o meu quarto e então acordar ao lado dele e lhe fazer todas as perguntas que meu cérebro não consegue parar de criar.

E agora, apenas horas depois, de pé nessa pista, ainda posso sentir o peso do corpo dele contra o meu e suas mãos passeando por meu torso.

Depois de voltar para o quarto, dormi por uma hora e meia e acordei com o coração disparado. Algo aconteceu entre nós na noite passada e, de súbito, ao visualizar meu futuro, imagino Henry comigo.

Posso imaginar *nós*. Dormindo até mais tarde nas manhãs de sábado. Comendo miojo juntos de madrugada. Indo a hotéis pequenos e decadentes só para podermos ficar o mais perto possível da praia. Tudo o que desejo é tempo com ele. Só um pouco mais de tempo.

Henry chama meu nome e então o de Sara Claire, e logo restam apenas Gretchen e Valerie, e ambas são mandadas de volta para casa. Gretchen dá aos produtores a partida com choro sentido pela qual vinham esperando, enquanto Valerie é fria e não tenta abraçar Henry na despedida.

Assim que elas se vão, Chad dá um tapinha nas costas de Henry.

— Será que a gente devia contar para elas? — pergunta ele.

Henry sorri, as ruguinhas em volta dos olhos revelando o corretor que Ash deve ter aplicado quando ele apareceu hoje cedo com olheiras devido à noite sem dormir.

— Jenny, Addison, Sara Claire, Stacy, Chloe e Cindy. — A voz dele engasga um pouco no meu nome, e um coro de borboletas explode na minha barriga. — Acho que está na hora de levar isso ao nível internacional. Espero que estejam com seus passaportes, porque estamos indo para as *villas*.

Assim como o heliporto no *château*, as *villas* em Punta Mita, no México, são parte essencial de *Antes da meia-noite*. A despeito do fato de todas sabermos que esse momento viria, não é nenhum esforço soltar um grito agudo de surpresa. Alguns anos atrás, me lembro de Erica tentar trocar as *villas* por uma viagem num trem de luxo pela Europa, mas o custo e a logística eram um pesadelo. E, por mais incrível que isso pareça, acho que é o tipo de experiência que quero poupar para depois que tudo isso terminar e formos apenas Henry e eu. E, com sorte, cem mil em dinheiro.

Assim como em nosso último voo, há espaço de sobra para se espalhar e Henry é mantido na primeira classe. Enquanto embarco, mantenho a mão um pouco estendida, torcendo para que ele a pegue assim que eu passar. Bancando o tímido, Henry nem se move; entretanto, um pouco mais à minha frente, Zeke deixa cair uma bolsa de equipamento ao tentar enfiá-la no bagageiro do alto, causando um engarrafamento que dura apenas o suficiente para Henry enganchar o dedinho em torno do meu e beijá-lo gentilmente.

Puxo minha mão de volta com toda a discrição possível e, olhando por cima do ombro, vejo Addison franzindo a testa para mim.

CAPÍTULO TRINTA

Ao aterrissarmos em Puerto Vallarta, passamos às pressas pela alfândega e nos separamos numa caravana de vans e SUVs, que nos levam pela costa até Punta Mita. Os arranha-céus dos resorts espaçosos de Puerto Vallarta começam a rarear, dando espaço a uma selva densa que às vezes cede lugar a um oceano azul cintilante. A única vez que visitei um lugar assim foi quando Erica nos levou à Cidade do Cabo para o primeiro Natal sem papai. Ela passou a semana toda dormindo na praia, enquanto nós três saltitávamos pelo resort, até que Anna e Drew fugiram com os rapazes mais velhos que paqueravam. Acabei me juntando a Erica, que se sentiu um pouco mal por mim e me deu tantos drinques com margarita que logo eu também estava dormindo na praia.

As *villas* são um agrupamento chique e moderno de estúdios que se estendem pela praia com uma casa principal no centro e uma piscina com borda infinita correndo pela extensão da propriedade.

Os funcionários sorridentes, vestidos de branco, nos saúdam com água saborizada de limão e pepino.

— Corro o risco de me acostumar com isso — diz Sara Claire.

Stacy ri baixinho.

— É, pode me eliminar se quiser, Henry, mas planejo ficar assombrando este lugar por toda a eternidade.

Dou um tapinha nela.

— Ele não vai eliminar você.

Apesar de, na verdade, eu esperar mesmo que elimine.

— Ainda não tive um encontro exclusivo. Estou aqui só para preencher o cenário a essa altura.

Sara Claire e eu nos entreolhamos, uma esperando que a outra console Stacy, mas ambas sabemos que nada nesse ato seria genuíno.

Em Nova York, parecia que a equipe lutava contra o inevitável tentando esconder toda e qualquer tecnologia e mídia de nós. Aqui, porém, todos estão tão relaxados — até Wes parece tranquilo — e posso ver por que, afinal, estamos bem isolados. É claro, as televisões foram retiradas, mas nessas *villas* maravilhosas, elas não parecem fazer falta, como acontecia no hotel em NY.

Cada quarto tem um chuveiro, uma banheira e uma rede intrincada de macramê num anexo externo. Dentro do quarto, a cama está arrumada com lençóis brancos e colocada numa plataforma de madeira escura, com um imenso dossel no alto e um tecido branco transparente por cima. Francamente, a sensação é a de que estamos numa lua de mel poliamorosa.

Dentro do meu quarto, abro as enormes portas de vidro, e o som das ondas batendo nas pedras é uma canção de ninar tão intensa que quase pego no sono de pé mesmo. Descendo um pouco em direção à casa principal, uma mesa de jantar externa imensa se estica pelo deque, aninhada em frente a uma tranquila faixa de areia que leva para a água azul e translúcida.

— Oi, vizinha! — chama Sara Claire, acenando com um cartão na mão. — Acho que sou a primeira nos encontros solo!

— Boa sorte! — respondo, a incerteza misturada com o ciúme mastigando minhas entranhas. — Mas não muita. Só, tipo, um pouquinho.

Naquela noite, Sara Claire e Henry são levados a algum lugar para um jantar romântico privativo com Wes e apenas a equipe essencial. Tenho a sensação de que isso é uma tentativa por parte da produção para fazer com que os encontros na *villa* sejam tão íntimos quanto possível.

Essa manhã, depois dos bagels e da sessão de amassos junto à máquina de guloseimas, quando Henry e eu nos despedimos, quase soltei um *me escolha*. Poderíamos seguir com toda a farsa, eu seria uma boa pretendente e esperaria até o finalzinho se ele pudesse apenas me dizer naquele momento que, no final, ele me escolheria. Mas não consegui dizer as palavras. Não consegui expor tanto de mim mesma e arriscar que ele me rejeitasse. Mas, principalmente, eu não quis estragar o presente que a noite de ontem acabou sendo. Eu queria congelar aquele momento como um dos globos de neve na loja de presentes do hotel para que, sempre que eu me sentir triste ou insegura, pudesse só agitá-lo e nos ver espremidos naquela mesa com o *dim sum* e as cartelas de bingo.

Stacy, Addison, Chloe, Beck, o restante da equipe e eu nos reunimos no deque da casa principal para um bufê épico. É a melhor comida que provamos desde o começo do programa — *tamales, flautas, gorditas*, tacos, todos os vegetais imagináveis, desde *pico de gallo* fresco até nopal grelhado, e fileiras de frutas frescas esculpidas em formato de flores.

— Confie em mim — cochicha Beck —, estamos comendo muito melhor do que aqueles dois.

Apesar da carranca permanente de Addison, a noite é uma delícia. A equipe se reveza contando histórias sobre pretendentes de outras temporadas, e tem de tudo, desde a mulher que fez cocô nas calças saltando de paraquedas até o homem que tinha medo de minhocas. Alguns mencionam Erica e como ela vivia no set no começo. Eles a provocavam de um jeito que só é possível com alguém que você teme e admira ao mesmo tempo. Embora eu não possa deixar transparecer quanto todas as histórias e lembranças deles me soam verdadeiras, ainda sinto uma pontada de orgulho por conhecê-la.

Depois do jantar, Stacy e eu pegamos uma manga num palito cada e tiramos as sandálias antes de nos ajeitarmos numa espreguiçadeira de praia.

Atrás de nós, a equipe bêbada liga uma máquina de karaokê e as músicas e risos quicam pela água como pedrinhas atiradas. Tenho de pensar que as *villas* são meio que uma celebração para eles, depois de se esgotarem durante o resto da temporada.

— Você pode guardar um segredo? — pergunta Stacy, assim que nos deitamos.

— Minhas cinco palavras preferidas — digo a ela.

Ela toma o restante de margarita e planta o copo na areia antes de se recostar na cama de praia.

— A pessoa com quem eu estava saindo está assistindo ao programa.

— Como você sabe que ele tá assistindo?

Não obstante, o que estou pensando na verdade é que tenho quase certeza de que o ex de todo mundo está assistindo.

— Ela.

— Ah, desculpe, só presumi — digo, me sentindo boba.

Ela inclina a cabeça na minha direção e dá uma mordida em sua manga.

— Gosto de quem eu gosto, e, só para constar, se você não estivesse totalmente apaixonada pelo Henry, você seria bem o meu tipo.

— Calma aí! Tenho tantas perguntas! Mas, primeiro, acho que se eu estivesse apaixonada pelo Henry, eu saberia.

Ela me dá um olhar que diz que não está disposta a discutir.

— Tá bom — digo —, falaremos sobre isso depois, mas, primeiro, podemos voltar para como, precisamente, você sabe que sua ex está assistindo ao programa? Você tem laços secretos com o mundo externo e está escondendo de mim?

Ela ri, largada.

— Eu bem que queria que minha vida fosse escandalosa assim.

Retraio-me um pouco. Se ela soubesse...

— Não, ela ficou sabendo em algum blog de fofoca que nós íamos filmar em Nova York, então pegou o trem noturno saindo de Chicago e apareceu no nosso hotel na manhã do desafio da passarela.

— Pu-ta mer...

— Pois é. Tive um pequeno piti, mas também achei bem fofinho. Quem não gosta de um gesto grandioso, né?

— Como ela te achou na cidade?

— O irmão dela é concierge no St. Regis. Não há uma pergunta sobre a cidade de Nova York que ele não saiba a resposta, ou não possa descobrir a resposta. Admito, como bibliotecária, acho os canais alternativos dos concierges algo profundamente sexy.

— Isso é tão, tão específico...

— Humm... — Ela geme exageradamente. — Toda aquela informação, tão sensual...

Quase engasgo com um pedaço de manga ao soltar uma risada fungada.

— Tá, então, o que exatamente a sua ex disse?

— Ela disse que vai ficar à minha espera.

— Só isso?

— Bom, quando saímos hoje de manhã, ela ainda estava na minha cama. — Ela morde o lábio inferior.

Eu ofego e me levanto num pulo, pairando acima dela, de pé na espreguiçadeira de praia.

— Stacy! Sua bibliotecária safada!

Ela esconde o rosto nas mãos e seu gritinho de empolgação se transforma num gemido.

Eu recuo e fico de joelhos.

— Você está surtando?

Ela concorda, sem palavras.

— Parece que suas entranhas estão gritando? — pergunto, como se fosse uma médica listando possíveis sintomas.

— Nossa, sim! E o negócio é que nem fui num encontro solo ainda. A Chloe também não. Com certeza somos as próximas a sair. As três no pódio são, sem dúvida, você, Sara Claire e Addison. Eu só não quero ser a garota que foi embora por causa de um ou uma ex. A internet me chamaria de vagabunda para baixo, como estão fazendo com a Anna.

— Ah, não — digo. — A sua ex disse se estava muito ruim?

Ela assente.

— Taylor disse que o burburinho no Twitter foi bem rude.

De maneira egoísta, quase pergunto o que ela ouviu sobre mim. Os nacos de informação que recebi de Beck apenas me deixaram faminta por mais, mas Stacy é uma mulher em crise.

— Mas enfim — diz ela —, de volta a você e Henry. Está bem óbvio que os dois estão bobos um pelo outro.

Faço um ruído de desdém. Nada aqui é óbvio. Tentar decifrar quem tem sentimentos genuínos e quem não tem é mais difícil do que identificar um par de Louboutin falso a dois quarteirões de distância. Até Addison, que é absolutamente maluca, pode estar agindo assim porque está apaixonada. Não há como saber com certeza.

— Você ouviu a Sara Claire no caminho para cá? — pergunta ela. — Ela ficou o tempo inteiro sentada fazendo uma lista de prós e contras, tentando se convencer a se apaixonar por Henry. Ele nem faz o tipo dela!

— Como é que você conhece o tipo dela? — pergunto. — Pode muito bem ser o Stanley Tucci, até onde sabemos.

— Na verdade — diz Stacy —, Stanley Tucci faz o tipo de todo mundo.

Assinto em solidariedade.

— Amém.

— Mas é sério, o tipo da Sara Claire é um cara churrasqueiro. Que queira cuidar da piscina e use botas de caubói com smokings.

— Henry provavelmente tem uma churrasqueira — falo.

Ela arqueia uma sobrancelha.

— Mas ele se apresenta como o mestre churrasqueiro para as visitas? É uma distinção importante.

Meneio a cabeça.

— Não, definitivamente.

— Vocês dois fazem sentido juntos.

A emoção pulsa por mim ao ouvir isso. Henry e eu podíamos fazer sentido. Mais alguém enxerga isso.

— É, tipo, o "felizes para sempre" mais glamuroso que pode existir. Excepcional na TV e na vida real. Mas isso não é o mais importante. *Você* gosta dele? Porque parece que gosta mesmo.

Deito de lado e fico de frente para ela, as mãos enfiadas debaixo da bochecha.

— Eu... às vezes sinto que nem o conheço, e outras vezes me sinto tão em sintonia que posso prever qual vai ser a próxima palavra a sair da boca dele. Mas quando estamos... — Hesito por um momento antes de decidir não contar a ela que estivemos sozinhos. Sei que posso confiar em Stacy, mas estar no programa me faz sentir que nunca posso ter certeza de nada. — Quando nos damos bem, é como quando você conhece alguém e devia surtar por quanto gosta da pessoa, mas está envolvida demais para se importar.

— O que você faria se ele te pedisse em casamento no final disso tudo?

É uma possibilidade. E é mais frequente isso acontecer no episódio final do que o contrário. Não consigo imaginar dizer não, mas também não consigo me ver aceitando. Tudo ao meu redor parece estar mudando. Eu me formei. Mudei de casa. Erica se mudou. Fiquei com bloqueio criativo por tanto tempo, mas posso sentir algo no meu cérebro lentamente se alterando. Como se todo esse movimento frenético tivesse soltado alguma coisa. E, agora, esse novo futuro possível com Henry e uma chance real de nos conhecermos no mundo real.

No entanto, apesar disso, há uma hesitação no fundo do meu estômago. Uma sombra de culpa por viver essa nova fase da minha vida sem minha mãe e meu pai. De muitas formas, a faculdade pareceu uma extensão do ensino médio, mas agora acabou, e não sou mais uma criança.

Balanço a cabeça, finalmente.

— Não sei. Tudo o que eu sei é que não quero que acabe.

— Eita. — Ela ri.

— Eita mesmo.

CAPÍTULO TRINTA E UM

Depois de Stacy tomar mais alguns drinques e acidentalmente tentar ir para a *villa* de Addison em vez da sua, resolvo levá-la até a porta e dizer boa-noite.

Ao voltar, vejo a equipe de filmagem agrupada em torno de duas silhuetas na praia à distância.

Lá no fundo, sei que o que Stacy disse sobre Sara Claire ter um tipo não é totalmente verdade. Ela pode ter dito tudo aquilo só para me fazer sentir melhor. Mesmo assim, me sinto mais confiante, como se talvez a atração fosse correspondida e não apenas da minha parte. Mesmo agora, ver Henry e Sara Claire à distância em seu encontro romântico não me dá a sensação de aperto no estômago que eu esperava.

De volta à minha *villa*, encontro o edredom dobrado com um chocolate meio amargo esperando por mim na cama. Definitivamente é melhor do que o apartamento que mal tinha dois quartos que Sierra e eu dividimos por dois anos.

Tento me preparar para ir para a cama, mas estou inquieta demais para dormir, então começo a encher a banheira externa e peço uma bebida ao serviço de quarto.

Encontro sais de banho de lavanda e visto uma camiseta para atender à porta. Fico empoleirada na beirada da cama, esperando o serviço de quarto chegar, mas alguns minutos se transformam em quinze, depois vinte. A banheira está cheia e, como eu odiaria que a água esfriasse, deixo um bilhete preso à porta, dizendo *Estou na banheira. Por favor, deixe a bebida aqui.* Esse banho de banheira sob a luz do luar é o maior luxo que experimentei em muito tempo, então acho que aguento abrir mão do drinque com frutas.

Lá fora, apesar de a ducha e a banheira terem uma divisória coberta por trepadeiras me protegendo de olhares curiosos, ainda é um choque para os sentidos quando tiro a lingerie e a camiseta. Sei que ninguém pode me ver, mas isso não me impede de me despir e pular rapidinho na banheira, para debaixo da água leitosa com a infusão dos sais de banho.

Prendo o cabelo em um rabo de cavalo frouxo e me reclino para olhar a paisagem estrelada. O silêncio é profundamente reconfortante. Deixo que o peso dele afunde até meus ossos, enquanto tento encontrar alguma paz em meio a toda essa incerteza.

Meus pensamentos voltam repetidas vezes para a conversa com Stacy. Se Henry pedisse, eu diria sim? Não sei. Não sei por muitos motivos, mas talvez um deles seja papai. Depois que ele morreu, coloquei meu futuro de lado, preparando-me apenas até onde os faróis na minha frente podiam divisar. A ideia de conhecer alguém — alguém com quem pudesse imaginar ter um relacionamento longo — parecia tão distante e impossível. Eu não conseguia ver isso acontecendo sem meus pais, mas especialmente papai, ali para testemunhar tudo.

Mas isso não é possível. Essa percepção me ocorreu de repente na formatura do ensino médio, e de novo no verão passado, quando Erica me pediu para separar os pertences dele, e aí no mês passado, quando me formei na Parsons. Minha mãe e meu pai se foram. Eu me sinto horrível só de pensar isso, mas se foram. E me pergunto se a linguagem do luto e sentir as pessoas que você ama sempre com você não dificulta ainda mais lidar com a morte delas.

Às vezes não consigo pegar no sono à noite, por ter medo de que, quando acordar, algum detalhe ou lembrança estará mais fraco do que estava no dia anterior e assim, no final, vou esquecê-los. Mas não dá pra ser tudo sentimentalismo ou realidade mórbida. Depois da morte de mamãe, quando eu estava no ensino fundamental, e de novo no ensino médio, quando papai faleceu, minha vida cotidiana continuou quase igual. Eu ainda ia para a escola e pegava o ônibus para casa. Mas e essa versão adulta da minha vida? Este é o meu segundo ato — minha segunda coleção —, e nenhum de meus pais estará na plateia. Tenho de encontrar um jeito de passar por todas essas novas experiências sem me esquecer deles. E tenho que encontrar uma forma de criar outra vez. Todas as peças estão aqui, dentro de mim. Elas só estavam dormentes no último ano.

— Olá? — chama uma voz, interrompendo meus pensamentos.

— Sim! — respondo. — Pode deixar aí na porta. Obrigada!

— Você não quer que derreta, ou quer? — Não há como confundir a voz.

Meu coração dispara e meus membros espalham água enquanto freneticamente me afundo mais na banheira.

— Henry? Não venha para cá! Eu tô pelada!

Ele dá uma risadinha.

— Isso era para me convencer a não ir?

— Era — falo, incerta. — Funcionou?

— Infelizmente, sim. Não se preocupe — diz ele. — Vou ficar exatamente onde estou... eu só... acho que eu só queria ver você.

— Bem, acho que terá que se contentar em conversar.

Faz menos de vinte e quatro horas desde nossa sessão quente de amassos na madrugada, e, de alguma forma, parece que aconteceu há anos.

— Você se incomoda se eu comer a cereja do drinque? — pergunta ele.

Finjo um engasgo.

— Fique à vontade. Eu odeio esse negócio.

— Como é? — questiona ele, a voz cheia de choque. — Você odeia cereja? Como alguém pode odiar cereja?

— Na verdade — explico, do outro lado da divisória —, pode pegar o drinque todo. Foi maculado pela cereja.

— Uau. Tá bom, agora que sei sua posição a respeito de cerejas, talvez seja melhor eu levar meu drinque infestado de cereja ao meu quarto para uma noite sossegada.

— Nããão! — Eu rio baixinho. — Não vá.

O silêncio se estende no ar por um momento enquanto seguro a respiração.

— Tá bem — diz ele, finalmente.

Posso ouvir o som de suas costas deslizando pela parede enquanto ele se senta na grama.

— Ficando confortável? — pergunto.

— Bom, não tão confortável quanto em uma banheira a céu aberto numa *villa* mexicana, mas também não é tão ruim.

— Como foi o seu grande encontro? — pergunto, apesar de saber que não deveria.

Ele grunhe.

— Tão ruim assim ou é proibido dizer?

— Você sabe que isso é só parte de estar aqui, certo? Não é real.

— Não é? — pergunto, e sei que é uma pergunta grande demais para qualquer um de nós responder, então logo mudo de assunto. — Azeitonas também — falo. — Não as suporto.

— Certo, bem, você me deixou sem opções. Eu escolho Zeke.

— Ah, tenho certeza que alguém já escolheu Zeke.

Tapo a boca com a mão, e aí me lembro que ele os viu na piscina naquela noite.

— É, ele e Anna formam um casal muito bonitinho. Mas nenhum dos dois é muito bom em se esgueirar por aí.

Se ele soubesse... Abro a boca para contar sobre todas as vezes em que Erica pegou Anna se esgueirando de casa, mas rapidamente me seguro.

— Qualquer um que fica com alguém numa piscina atrás de uma casa lotada de mulheres não consegue guardar segredo — diz ele.

Não sei como conversar com ele sobre Anna sem contar também que ela é minha irmã, então retorno a uma tática comprovada.

— Não é que eu não goste de azeitonas e cerejas. Mas elas têm de ser frescas. Tipo, ainda com caroço. Nada dessas coisas enlatadas ou em conserva. Embora, no meu aniversário de vinte e um anos, eu tenha comido vinte e uma cerejas com uísque artesanal.

Ele tosse, engasgando com a bebida.

— Você disse cereja com uísque? Você veio de alguma dinastia das montanhas Apalaches? É isso que está escondendo de mim?

Combato um calafrio; a água está começando a esfriar.

— Nenhuma ascendência dos Apalaches. Eu só conheci um cara do Queens que fazia a própria bebida em sua banheira.

Meu aniversário foi épico, graças a Sierra. Ela tem uma crença de que aniversários marcantes deveriam ser uma jornada, então saímos numa caçada que se estendeu por vários bairros em busca do melhor baclavá que o dinheiro podia comprar e terminamos no banheiro de um cara comendo cerejas com o uísque que ele mesmo produzia...

— Eu... tenho muitas perguntas, mas primeiro: como ele tomava banho?

— Hum. Eu não tinha pensado nisso... e acho que não quero pensar agora.

A risada dele se desvanece na escuridão silenciosa e, por um momento, ouvimos apenas os sons dos insetos e da nossa respiração.

— Henry? — pergunto.

— Cindy.

— Você se arrepende de ter vindo para o programa?

A princípio, ele fica quieto.

— Eu acho... acho que voltar para a vida real e me perguntar constantemente se as pessoas me levam a sério mesmo ou se serei sempre apenas o cara que participou de um reality show e depois deixou a empresa da mãe falir... No caminho para cá, pensei que já estava me arrependendo de tudo. Mas agora, não importa o que aconteça, acho que não vou me arrepender. Aquele voo. Você estar aqui. Eu me pergunto se talvez seja tudo destino.

— Você não acredita mesmo em destino, acredita?

— Não sei. Acho que talvez acredite. De que outro nome você chamaria o fato de você estar no mesmo voo e depois no mesmo programa?

— Coincidência? — ofereço.

— Ah, o que é isso — diz ele.

— É... difícil para mim acreditar que algo esteja orquestrando todos esses momentos específicos para que nossas vidas terminem exatamente como era para ser desde o começo. Não posso deixar de pensar que, se o universo está jogando com essas regras de destino, meus pais morreram por um motivo. E câncer no ovário... um acidente de carro. Não há sentido em coisas assim. — Faço uma pausa, pensando no que ele disse. — Mas... sei lá. Algo nessa experiência parece mesmo... que era para ser. Por outro lado, nem sei o que somos, então talvez tudo tenha sido em vão.

Pronto, falei. A coisa impossível de dizer. A única coisa que não sei.

— Cindy...

— Tenho que te contar uma coisa — falo. — Preciso que você saiba.

— Cindy, seja lá o que for, está tudo bem. Quero ser a pessoa que você precisa que eu seja, mas... não posso te prometer nada. Não neste momento. Sei que não é justo, e eu queria...

— Estou aqui pelo dinheiro — solto. — Ou *estava* pelo dinheiro. E pela exposição para a minha carreira. Sabe, não vou mentir. Ganhar o prêmio ainda seria legal, mas... não vim para cá procurando *por isto*. Não vim esperando encontrar você.

— Acho que surpreendemos um ao outro então, não foi?

— E você odeia surpresas. — Relembro.

— Essa não foi tão ruim. Cindy...

— Droga — murmuro baixinho.

— O que foi? — pergunta ele, com um traço de preocupação na voz.

— Nada, não. Eu só deixei a toalha na cama.

— Eu posso pegar — responde ele, rapidamente.

Já posso ouvi-lo se levantando.

— Ah... tá bem.

— Sem olhadinhas — promete ele.

Enquanto escuto ele dando a volta até a frente da minha *villa*, me afundo ainda mais na banheira, deixando meu queixo abaixo da linha da água.

A porta de vidro se abre, deslizando.

— Olhos fechados, juro. O que eu estava tentando dizer é... — Ele dá um passo adiante e tropeça no batente da porta.

— Cuidado! — exclamo.

Nesta noite, ele está de bermuda azul-marinho com uma camisa social justa e amassadinha de propósito, com mangas dobradas e sandálias de couro marrom. Os olhos dele se fecham com força e ele engole um palavrão.

— Você tá bem?

Ele assente.

— Talvez devesse falar um pouco menos enquanto estou andando com os olhos fechados.

— Certo. Um passo para a frente, e aí desça um degrau — oriento.

Ele segue minhas instruções cautelosamente.

— Agora dois passos adiante. Siga minha voz.

— Com prazer — diz ele, e de súbito ele está acima de mim, os olhos ainda fechados, com uma toalha fofinha aberta para mim.

— Não quero te molhar — digo.

A voz dele está rouca.

— Eu não derreto.

Saio da banheira com cuidado, sentindo-me profundamente vulnerável enquanto me posto nua diante dele.

— Não estou olhando. — Ele me relembra, como se pudesse ler meus pensamentos.

Embrulho a toalha ao meu redor e, é claro, ela mal cobre qualquer coisa, e de repente me flagro desejando aquelas toalhas enormes e luxuosas do hotel em Nova York.

Mas meu coração palpitante começa a se tranquilizar e o enjoo no meu estômago não é resultado de estar quase nua com ele a apenas alguns centímetros de distância; em vez disso, é de pensar nele indo embora.

— Pode abrir os olhos — murmuro.

Ele obedece, e há algo quente naqueles olhos castanho-escuros conforme eles se demoram no meu ombro molhado e exposto, e depois por todo o meu corpo.

— Oi.

— Oi.

— Seria muito tosco de minha parte dizer que adorei o que você está vestindo? — pergunta ele.

Umedeço o lábio inferior antes de mordê-lo, um calor se espalhando por meu peito e abdômen.

Ele estende a mão para mim e saio da banheira, mas a distância é maior do que eu esperava e tropeço para a frente.

Numa decisão de segundos, resolvo segurar a toalha em vez de interromper a queda.

— Cuidado — diz Henry, me segurando pelo cotovelo. — Não podemos ter dois estabanados num relacionamento.

Solto uma risada sem fôlego.

— Com uma coleção de sapatos igual à minha, não posso me dar ao luxo de ser estabanada, então vou deixar esse título para você.

— Eu me chocaria com uma parede por você — diz ele. — Cairia num bueiro. Minhas tendências a me acidentar estão ao seu dispor.

Levanto os olhos para ele, suas mãos largas ainda segurando meus antebraços.

— Isso foi um juramento de fidelidade? — pergunto.

Ele inclina a cabeça mais para baixo, enquanto seus braços serpenteiam em torno da minha cintura.

Fico na pontinha dos pés, com a toalha, por sorte, mantendo-se no lugar quando passo os braços ao redor de seu pescoço e mordisco o lábio dele levemente.

Ele geme e meu corpo todo se derrete no dele.

— Fica — imploro.

Ele me devora com um beijo ao escorregar uma das mãos pelo meu quadril e levanta minha coxa, prendendo-a em torno da sua.

Uma urgência que não pretendo rejeitar me consome, enquanto puxo Henry para dentro da *villa*, a porta se fechando sem ruído atrás de nós, selando-nos em nossa bolha particular. Nenhum de nós está em posição de prometer muito um ao outro, mas temos esta noite.

CAPÍTULO TRINTA E DOIS

Na manhã seguinte, acordo numa cama meio arrumada com um hibisco rosa no travesseiro ao lado do meu e um bilhete escrito num pedaço de papel, numa letra irregular que definitivamente não combina com os vários bilhetes que recebi de Henry no *château*.

Não tive coragem de te acordar. Vejo você em breve. Bjs, H.

Na noite passada, adormeci vendo o peito dele subindo e descendo enquanto ele dormia profundamente ao meu lado, com o braço me puxando para perto. Fiquei com medo de pegar no sono porque sabia que pela manhã ele teria ido embora. A menos que quiséssemos que nossa ficada secreta fosse parar em rede nacional.

Hoje é meu encontro na *villa*. Uma última chance para Henry e eu termos algum tempo "a sós" antes de eu ir para casa assim que nosso encontro terminar. Serei enviada de volta a Los Angeles para esperar e descobrir se estou entre as três finalistas. Se estiver, serei convidada de volta ao *château* para o último episódio da temporada.

Estou grata por ir ao segundo encontro, porque apesar desse lugar ser um pedaço do paraíso, acho que não sobreviveria assistindo a Henry sair com uma garota diferente a cada noite. Saio da *villa* e encontro a equipe de limpeza invadindo o quarto de Sara Claire, e meu peito se contrai de arrependimento quando me dou conta de que ela se foi e eu nem pude me despedir.

Depois de um almoço tardio, Ash, Irina e Ginger metem a mão na massa e, pela primeira vez, não microgerencio cada coisinha feita por Irina quando ela tenta me vestir. Deixo que elas me ajeitem, enfeitem e hidratem até meu cabelo estar solto, com ondas e luzes californianas, e Irina fechar a fivela de minha alpargata anabela com lacinhos azul--bebê na frente. O figurino que ela escolheu é um vestidinho branco sem mangas com pontos suíços. É exatamente a opção de look para depois de ficar na praia o dia todo.

A única coisa a que eu meio que resisti foi o bronzeado artificial, mas Ash insistiu.

— Você não está aqui há tempo suficiente para pegar um bronzeado, e o sol vai te matar, de qualquer forma.

Assim, quando Mallory chega na minha porta em um carrinho de golfe, pareço estar em clima de férias, apesar de não me sentir assim.

Enquanto Zeke dirige, Mallory se posta na segunda fileira de bancos, de frente para mim, e olha para sua prancheta.

— Queremos muitos momentos sonhadores esta noite. Muitos olhares profundos nos olhos um do outro, talvez alguns beijos.

— Uau — gracejo, irônica. — Parece tão romântico.

Ela dispensa meu comentário com um aceno ao mesmo tempo em que passamos por um buraco enorme, os três sendo lançados ao ar.

— Desculpem! — pede Zeke, apesar de não parecer nem um pouco culpado. Tenho quase certeza de que ele está se divertindo demais dirigindo o carrinho de golfe.

— Será como se nem estivéssemos lá — Mallory me diz.

— Ah, então estávamos filmando um programa de TV esse tempo todo? Mal reparei!

Zeke faz uma curva fechada à esquerda e Mallory desliza pelo banco.

— Isso aqui não é *Velozes e furiosos* e você não é o Vin Diesel.

Zeke ri, escondendo a boca atrás da mão fechada.

Damos a volta na propriedade até entrarmos numa pequena doca particular onde um veleiro enorme, lotado com a equipe de cinegrafistas, está à espera. Também há uma equipe do barco, vestindo shorts e camisas polo, todos de branco, mas meus olhos logo procuram Henry, que me observa, apesar de Beck estar falando diretamente com ele.

Dou um aceno discreto e ele pisca para mim.

— Por um acaso, foi um movimento fora das câmeras o que acabo de ver? — pergunta Zeke.

Na mesma hora, meu cérebro regressa à quinta série e fico com medo de estar encrencada.

— O quê? Não! Digo, talvez. A gente deveria gostar um do outro, não é? Não é esse o intuito da coisa?

— Relaxa — diz Zeke, rindo.

— Talvez seja melhor não mandar mulheres relaxarem — diz Mallory, pisando duro na descida da rampa.

— Você acha que ela gosta de mim? — Ele me pergunta, quando a barra está limpa.

Olho para ele com repugnância.

— Você realmente me perguntou isso?

— Era uma piada — diz ele, atrás de mim, mas já arquivei isso no cofre destinado à minha irmã. — Não conte para a Anna!

Beck corre para se encontrar comigo e dá uma rápida olhada no trabalho de Ash, Irina e Ginger.

— Nas palavras imortais de Jim Carrey: *que demais*!

Respiro fundo.

— Obrigada, acho.

— Está preparada? — pergunta ela. — Seu microfone vai estar ligado, mas estará bem barulhento na água, então só queremos alguns...

— Momentos sonhadores — termino por ela. — Mallory já disse.

Ela coloca a mão no meu ombro.

— Você é uma profissional.

— Não estou atuando — resmungo, enquanto ela se vira e me guia pela rampa, já alguns passos à minha frente.

Henry espera por mim com um colete salva-vidas na mão. Ele me dá um longo abraço e cochicha:

— Bom dia.

Arrepios percorrem minha coluna.

— Isso é um dispositivo de flutuação ou você só está feliz em me ver?

A risada dele faz cócegas no meu pescoço.

— Disseram que temos que repassar os procedimentos de segurança, e então seremos recompensados com champanhe barato.

— Champanhe barato é essencial.

Ele dá um passo para trás e me oferece o colete salva-vidas aberto.

— A bordo, marujo.

— Eu levo a segurança muito a sério — informo a ele. — Você faz piada agora, mas quando esse barco afundar, vai querer que tivesse prestado atenção. Eu estarei nadando tranquilamente para a praia com meu colete salva-vidas.

— Isso tá parecendo o *Titanic* — diz ele, e junta as mãos curvadas. — Blub.

— Blub? — pergunto. — O que seria blub?

— Tipo, blub, ops, lá vai o colar "coração do oceano", sabe? É a maior referência do *Titanic*.

— Hum, acho que não, hein? — digo, desafiadora. — Talvez seja a mão da Kate Winslet na janela embaçada. Ou "me desenhe como uma de suas garotas francesas, Jack". Ou a banda tocando enquanto o navio afunda! Ou até a porta que Jack oferece para Rose boiar. Blub, não. Isso não está no topo das referências de *Titanic* na cultura pop.

— Sinto que é preciso mais nuance nessa conversa do que você está disposta a permitir.

— Quietos, gente! Escutem o capitão Jorge — grita Beck.

Henry se abaixa e, num cochicho alto, diz:

— Que fique registrado, definitivamente havia espaço para os dois naquela porta. Jack morreu em vão, e defenderei isso até o fim, meritíssimo.

Ofego.

— Isso aí, sim! Justiça para Jack! Justiça para Leo! — grito.

Todos ao nosso redor estão calados, e capitão Jorge pigarreia diante da minha interrupção barulhenta.

— Desculpe — berro, tentando abrir um sorriso culpado.

— Uuuuuuuh — diz Henry, para só eu ouvir.

— Não tem espaço na minha porta para você — falo a ele.

Após as instruções de segurança, Beck e Mallory nos levam para a frente do barco, onde nos esperam um cobertor, frutas cobertas de chocolate e um balde com champanhe.

— Eu te disse que haveria champanhe barato no final do arco-íris das instruções de segurança — cochicha Henry no meu ouvido.

Por algum tempo, o barco se choca contra as ondas, até pararmos em mar aberto, sem nenhuma terra à vista. Somos posicionados como bonecos com um pôr do sol lavanda e laranja atrás de nós, e Ginger xinga baixinho pela falta de cooperação exibida pelo meu cabelo. Henry e eu não temos mais nada a dizer neste momento, com as câmeras rodando, então não dizemos nada.

Ele se reclina com os braços apoiados atrás de si, e me recosto contra o peito dele com o balanço suave do barco, o sol se pondo lentamente no horizonte.

Compartilhamos um ou dois beijos castos, mas, na maior parte do tempo, nosso silêncio é confortável e reconfortante. Resisto ao ímpeto de gritar para Beck perguntando se estamos sonhadores o bastante para ela. Ela deve estar contente com as imagens que está gravando, porque não nos interrompe nem dá nenhuma orientação.

Meus olhos se fecham por alguns momentos e, apesar de não conseguir me distanciar o suficiente das câmeras, da equipe de filmagem e da tripulação para adormecer de verdade no peito de Henry, consigo deixar minha mente espairecer o suficiente para me enganar, por alguns breves segundos, pensando que somos só nós dois aqui, flutuando na porta do *Titanic*. Porque definitivamente havia espaço para duas pessoas.

E talvez — apenas talvez — o destino não seja uma completa enganação. Talvez os contos de fadas não estejam tão errados.

CAPÍTULO TRINTA E TRÊS

A equipe nos segue no caminho de volta à *villa*, nossos dedos entrelaçados, as mãos balançando entre nós.

— Foi horrível? — pergunta Henry.

Chacoalho a cabeça.

— Para um encontro na TV, definitivamente não foi horrível.

À distância, as ondas batem e há barulho suficiente para eu me sentir confortável e perguntar:

— Te vejo em breve, né?

É o mais próximo que me forço a chegar perto de perguntar se ainda o verei no *château* na semana que vem.

Ele leva minha mão aos lábios.

— Não tão em breve quanto eu gostaria.

Na frente da minha porta, ele passa os braços ao meu redor e me beija. Não é um beijo para a televisão. É um beijo particular, do tipo que me faz ter certeza de que a decisão dele já está tomada. Henry me escolheu. E eu o escolhi.

— Tudo bem, vocês dois aí — diz Beck, quando começamos a nos separar. — Mallory, acompanhe Henry de volta à *villa* dele. E Cin, está na hora de ir para casa.

Casa. Casa. Não consigo nem imaginar como será a sensação da vida real. Celulares e televisão e os trigêmeos e minhas meias-irmãs e minha madrasta e Sierra e as manchetes e a internet. Só de pensar em tudo isso, tenho a sensação de estar me afogando.

— Em breve — sussurro para Henry.

Ele prende o dedinho no meu numa promessa secreta.

Lá dentro, minhas malas já estão arrumadas, exceto pelas leggings, Vans e o moletom *cropped* que deixei de fora.

Ao voltar para fora com o vestido dobrado sobre o braço e as sandálias azuis penduradas nos dedos, encontro Mallory mascando um chiclete e esperando por mim.

— Cadê a Beck? — pergunto.

Ela dá de ombros.

— Temos que ir. Você está no último voo e, se não embarcar, ficará presa aqui até amanhã.

Entrego a ela o vestido e os sapatos.

— Irina quer que você fique com os sapatos — diz ela. — E, sério, pode ficar com o vestido também.

— Ah, tá bom — respondo. Meus sentimentos complicados a respeito de Irina estão lentamente virando uma simpatia, e eu gostaria de pensar que ela se sente da mesma forma sobre mim.

— Vou poder me despedir de todo mundo?

Ela olha para mim, as sobrancelhas franzidas.

— Não é bem assim que funciona.

Assinto e a sigo até a entrada com minhas duas malas, minhas companheiras mais fiéis, rolando uma de cada lado.

Uma limusine preta me espera, e o motorista coloca as malas no bagageiro enquanto enfio o vestido e os sapatos na bagagem de mão.

— Bem — digo para Mallory, abrindo os braços para um abraço.

Ela não se mexe; apenas me olha, desconfortável.

— Acho que essa não é uma situação para abraços...

Ela ri um pouco e chacoalha a cabeça, antes de ficar com dó e me abraçar meio de lado.

Percebo que, para a equipe, toda essa experiência é um ciclo constante de gente indo para casa, mas estou me sentindo um pouco mais emotiva do que esperava. Imaginei que este momento seria mais significativo. Em vez disso, estou voltando para casa discretamente para me sentar junto à porta e esperar um convite para o baile final.

Eu me ajeito no banco e começamos a nos mover na direção dos portões.

Recostando a cabeça contra o assento de couro, sinto uma resistência crescer no peito. Não quero ir para casa. Não quero voltar para o mundo real. Também não quero competir com outras mulheres pela atenção de Henry, mas não estou preparada para o que vem depois. Houve ocasiões nas últimas semanas em que eu não conseguia sequer imaginar este momento finalmente chegando. Mas chegou, e se foi. E agora, eu também me vou.

Atrás de nós, ouço um resmungo abafado e um grito ao longe.

— Senhor? — pergunto ao motorista. — O senhor ouviu isso?

O motorista olha para trás rapidamente, mas posso ver pela sua expressão que há uma barreira idiomática entre nós.

Abro o vidro da janela e enfio a cabeça para fora.

E, com certeza, um carrinho de golfe está vindo em nossa direção.

— Cindy! Espera! — grita Beck. — Espera!

— Pare — peço ao motorista, e ele parece saber o que quero dizer, porque pisa no freio.

Abro a porta e começo a sair do carro, mas Beck corre até mim, deixando Zeke no carrinho.

— Vai mais para lá — pede ela. — Vou com você.

— Para Los Angeles? — pergunto, incrédula.

— Não, não, para o aeroporto. Depressa — diz, gesticulando de novo para eu me mexer.

Ela se ajeita e dá um sinal de positivo para o motorista seguir viagem.

— *Privacidad*, por favor — diz ela.

Ele anui e o painel que nos separa dele sobe lentamente.

Eu me debruço por cima dela, dando um abraço apertado e sufocante em Beck.

— Você queria se despedir!

Ela grasna de leve.

— Não.

— Ah. — Eu me afasto.

— Bom, sim, queria me despedir, mas vou te ver de novo daqui a uns dois dias, então não muito. Eu só precisava muito conversar com você. Em particular.

— Está tudo bem? — pergunto, o pânico deixando minha voz mais aguda. — Aconteceu alguma coisa em casa?

— Está tudo bem. Erica está levemente doida por não estar aqui atuando como produtora e madrasta superprotetora com você, mas tirando isso, tudo mundo está bem.

— Certo. Então o que está acontecendo?

Ela se vira para mim e agarra meu ombro.

— Tenho uma notícia importantíssima para você. São os executivos. Eles te amam. No início, não tinham muita certeza, mas depois de ver a reação a você e os números da audiência... digamos que a linguagem do amor deles é números, e você os garante.

— Bom, isso é... bacana.

O rosto de Beck está vermelho e os olhos arregalados de empolgação, como se ela fosse explodir.

— Cindy, eles querem que *você* seja a solteira da próxima temporada.

— Oi? — Estou tão confusa. Não consigo reunir as palavras. — Eu pensei... o programa... ainda não terminou. Eu não posso ser a solteira se... eu...

Beck chacoalha a cabeça.

— Nós já escolhemos a esposinha desde o começo. É assim que sempre funcionou. Mas você já sabia disso, com certeza. Além do mais, esse não é o prêmio de verdade, de qualquer forma. Cin, estou falando de um programa. Um programa todinho estrelado por você. Você já é a queridinha dos Estados Unidos. Agora é a sua vez de encontrar *o seu* queridinho. Nossa, preciso anotar isso. Acabo de me dar arrepios.

— Esposinha? — O pavor começa a se assentar sobre meus ossos como cimento, e me sinto desconectada da realidade. — O que você quer dizer com "esposinha"?

Eles não acreditam que eu possa vencer? Não acham que Henry vá me escolher?

— Esposinha... é só uma bobagem, é como chamamos a garota que é a aposta garantida. Fechamos isso desde o começo. Até o Henry sabia. Olha, provavelmente logo depois da ioga com cabras. Ele concordou em escolher Sara Claire. Os executivos da emissora adoram a ideia dela para o episódio final. Estão tentando vender um episódio especial de casamento para Henry agora mesmo. Eles querem amarrar tudo com alguma coisa patrocinada pela LuMac ou algo assim... sei lá. Eu só trabalho com o que eles me dão, e essa temporada era Sara Claire.

— Ela... Certamente, a Sara Claire não faz ideia.

Beck chacoalha a cabeça.

— Ah, não. Pelo menos, acho que não. Na verdade, não vem ao caso. Ficamos felizes pelo fato de a emissora ter decidido logo no começo e por Henry ter concordado. Realmente, nos ajuda muito a enquadrar a narrativa para a temporada e meio que aquecer a plateia para... — Ela para de súbito ao perceber que está entrando em território no qual não tenho interesse. — Nada disso importa, tá? Então, olha: volte para casa e relaxe por um tempo. Depois que a temporada terminar, vamos te chamar para algumas reuniões. É bom você arrumar um agente. E... ajuda de custo... talvez eu poderia bancar uma ajuda de custo para você até fecharmos um contrato para...

— Mas e o último episódio? — Posso sentir meus olhos começando a se encher de lágrimas e meu fôlego ficar entrecortado, como se eu pudesse hiperventilar se não me concentrar no ato de respirar.

— Ah, Cin — diz ela, a voz cheia de compaixão. — Tá, isso é muita coisa para jogar em cima de você. — Ela assente. — Eu sei, e peço desculpas. Mas não podemos te colocar no último episódio. Precisamos só que você pareça levemente magoada, para que a audiência não ache que você está se recuperando depressa demais. E não se preocupe, vamos treinar as respostas de Henry para que nas entrevistas soe como se tivesse sido uma decisão muito difícil. Depois que o último episódio for ao ar, marcaremos as entrevistas. Você pode derramar algumas lágrimas. Diga algo na linha blá-blá-blá, se não podia ser eu, fico feliz que tenha sido minha amiga Sara Claire. Você se esconde por algumas semanas e então PÁ! O grande anúncio. Uuuuh, talvez a gente possa dar uma entrevista exclusiva para a *People* ou a *US Weekly*. Podíamos até convidar Sara Claire para voltar como convidada especial na próxima temporada... Podíamos fazer um segmento com um papo de garotas...

Ela começa a se perder, e a mim, enquanto solta uma ideia atrás da outra.

O carro para e Beck dá uma olhada em seu telefone.

— Ai, merda, você tem que pegar esse voo. O motorista da Erica vai estar te esperando no aeroporto.

Ela enfia a mão no bolso de trás e tira uma nota de vinte e duas de cinco. Com a boca, ela destampa a caneta que tirou do bolso da frente e anota um número de telefone numa das notas de cinco.

— Aqui — diz ela, me entregando as notas. — Ligue em caso de emergência ou se o seu voo for cancelado. Mas a Mallory está cuidando dos cronogramas das companhias aéreas, então, se alguma coisa acontecer, a gente manda um carro.

— Eu... não tenho um telefone. — É tudo o que consigo dizer.

— Peça para o atendente da companhia aérea ligar ou, sei lá, mas você vai perder o voo se não sair agora. — Dessa vez é ela que me abraça. — Você é uma estrela, Cindy. Os Estados Unidos te amam. E também gosto muito de você. Tenho orgulho de te chamar de amiga.

Assinto no ombro dela, incapaz de me forçar a dizer qualquer coisa por medo de cair no choro se abrir a boca. Normalmente, eu acharia essa declaração de amizade uma coisa encantadora e adorável, ainda mais vindo dela, mas mal consigo ouvir o que ela diz.

Minha porta se abre e o motorista me ajuda a sair do carro. Levo as malas para dentro do aeroporto enquanto o carro vai embora e, sem dizer nada, faço o check-in no balcão, mostrando meus documentos e seguindo os passos adequados.

Os Estados Unidos te amam, ouço ela dizer sem parar na minha cabeça.

Os Estados Unidos podem até me amar, mas Henry, não.

CAPÍTULO TRINTA E QUATRO

A parte mais difícil no falecimento do meu pai foi não poder me despedir. A última vez que o vi foi como qualquer outra vez. Pelo menos com minha mãe, apesar da minha pouca idade, eu sabia que a doença era grave e que toda vez que a via podia ser a última. Com meu pai, porém, mal me lembro da última vez, falando honestamente. Ele me deixou na escola. Eu talvez resmunguei um *eu também te amo* enquanto olhava para meu celular, e foi isso.

E agora perdi a chance de me despedir de verdade outra vez. Henry e eu dissemos tchau, claro, mas isso foi quando eu achava que o veria de novo dali a alguns dias e que, quando eu o visse, ele me escolheria. Mas de súbito terminou, e estou entorpecida com o choque.

As filmagens até este ponto não tinham sido o que eu descreveria como um processo pacífico ou nem ao menos tranquilo. E ainda assim meus sentidos estão sobrecarregados desde o instante em que piso no aeroporto. Celulares tocando. Crianças acordadas além do horário, chorando. Noticiários em inglês e em espanhol. Seguranças falando bruscamente e apontando minha expressão atordoada. É a primeira vez em semanas que não sou guiada pela mão para o local exato em que deveria estar.

No avião, fui colocada na classe executiva, onde homens em bermudas de golfe e suas esposas com carinha bonita e cobertas de joias olhavam para mim como se eu estivesse reduzindo o valor de suas passagens. Se o meu cérebro não estivesse tão lotado e eu tivesse um telefone, estaria trocando mensagens de texto furiosamente com Sierra. Nossa conversa imaginária talvez ocorresse assim:

Sierra:
Por acaso eles sabem quem vc é? Eles têm noção de quem os acompanha?

Cindy:
Vc quer dizer uma recém-formada em moda, sem nenhuma perspectiva de emprego e com uma breve passagem num reality show muito brega?

E então Sierra diria algo muito inspirador e enviaria um monte de emojis de cocô.

Mas não estou com meu telefone e não tenho energia mental para remoer o que meus colegas de voo pensam de mim, então me sento em minha poltrona, tomo uma xícara de chá e desmaio.

Igualzinho a quando cheguei de Nova York depois da formatura, Bruce está esperando por mim. Mas ele não é o único. Alguns fotógrafos estão cercando a saída de segurança feito abutres, à espera de qualquer pessoa semifamosa que tenha chegado num voo noturno. Mas Bruce é um profissional. Ele aparece, me escondendo do clique constante das câmeras com seu corpo.

— Cindy, pode nos contar sobre a *villa*?

— Veremos você de volta ao *château* para o episódio final ao vivo?

— Quem você acha que é sua maior concorrente?

— O que você tem a dizer sobre Addison?

— Sem comentários — dispara Bruce para eles, enquanto uma porta exclusiva para funcionários se abre logo ao lado da área de retirada de bagagens e Bruce me leva para dentro. — É sempre bom conhecer o pessoal da limpeza. Já volto.

— Ah, que é isso, cara. — Ouço um paparazzo dizer antes de a porta se fechar, e sou deixada num armário de limpeza bolorento. Normalmente, eu teria alguma piadinha a fazer sobre o LAX, mas hoje estou apenas agradecida por essa bolha nojenta de silêncio.

— Sem chance — diz Bruce a ele enquanto vai, presumo, buscar minhas malas.

Mesmo nesse armário, o mundo é muito mais ruidoso do que eu me lembrava, mas estou grata a Bruce por me ajudar a voltar aos poucos. O silêncio é tão ensurdecedor quanto o ruído, porque agora me restam meus pensamentos e a lembrança de que está acabado o que havia entre Henry e mim.

Quando chego em casa, Erica está caminhando de um lado para o outro na cozinha. Seu rosto está limpo e seu robe de seda, normalmente despojado, foi substituído por uma das camisetas velhas e bermudas do papai.

No momento em que me vê, ela corre e me puxa para um abraço esmagador.

— Ai, meu Deus, eu queria voar até lá e te acompanhar até em casa pessoalmente. Por muito pouco Beck me convenceu a não ir. — Ela dá um passo para trás e me observa, passando os dedos pela lateral do meu rosto antes de colocar meu cabelo por trás da orelha. — Ela disse que o último encontro foi bom. Foi tudo bem, né?

Assinto.

— Foi... bom.

— Nossa — diz ela —, a emissora te ama. Os chefões não pararam de falar sobre o meu tesouro secreto. A Beck te contou... sobre a próxima temporada? Que estão querendo você para...

Assinto.

— Eu... acho que a minha carreira de reality pode ser tipo artista de um hit só.

Ela assente, lentamente.

— Podemos conversar de manhã — diz ela, cautelosamente.

E é inevitável pensar que discussões Erica já teve e que promessas fez por mim.

— Hã... — Minha voz racha. — É melhor eu ir para o meu quarto. Preciso ligar para a Sierra.

Ela passa a mão por seu pescoço esguio.

— Eu... acabei trancando seu celular no cofre... Vi que você o deixou na gaveta da cozinha.

— Você trancou meu telefone? — pergunto.

— Só por essa noite. Eu... É muita coisa para digerir, e eu queria que você tivesse pelo menos uma boa noite de sono.

Não vai rolar, quase solto. Se o meu celular não me mantiver acordada, meus pensamentos o farão. Mas aí me lembro de como foi esmagadora apenas a caminhada pelos dois aeroportos, e acho que consigo aguentar mais uma noite sem meu portal de informação portátil. Enfim concordo, derrotada.

— E os trigêmeos? — pergunto.

— Dormindo — confirma ela, com um sorriso suave. — Embora Gus tenha lutado até o último bocejo. Tenho certeza de que você terá todos eles amontoados na sua cama mais cedo do que gostaria.

— Senti saudades deles — falo.

— Eles sentiram saudades de você também. E dos seus sanduíches de queijo quente.

Isso me arranca um sorriso. Pego minhas malas e me dirijo para a ampla porta lateral de vidro que leva ao quintal e à casa da piscina.

— Enchi o frigobar de água mineral e frutas desidratadas — diz ela. — Precisa de alguma coisa antes de ir dormir? Uma torradinha com avocado para fechar a noite? Jana trouxe pão integral do mercado.

— Não, obrigada. Comi no avião — minto. Não sei por quê, mas agora que estou com alguém do mundo exterior, mesmo sendo apenas Erica, tudo o que eu quero é ser deixada em paz.

— Ai, nem me fale de comida de avião. Aquilo não passa de comida desidratada de astro...

— Erica, você sabia? — A pergunta está me devorando por dentro. — Com certeza sabia.

As sobrancelhas dela se franzem de confusão.

— Você sabia que a emissora o faria escolher Sara Claire esse tempo todo?

Ela cruza os braços e apoia o quadril contra a bancada.

— Eu... sabia, mas, Cindy, você mesma deixou bem claro que não estava entrando nessa esperando encontrar alguma coisa. Isso era só pela visibilidade para você, desde o começo.

— É — falo, a voz inexpressiva. — Acho que isso mudou.

— Cindy. — O jeito como ela diz meu nome é tão gentil quanto na noite em que me disse que o papai tinha morrido. Ainda dói. — Foi... real para você?

— Tenho quase certeza de que nada na merda daquele reality show em busca de audiência é real. É tudo um lixo. A coisa toda é um lixo, assim como qualquer um que esteja ligado a ele. — No segundo em que as palavras saem da minha boca, me arrependo. — Tenho que ir para a cama.

Erica mascara a mágoa em seu rosto franzindo os lábios num sorriso falso.

— Não se esqueça que você escolheu isso, Cindy. Boa noite.

Na manhã seguinte, não são os trigêmeos que estão à minha espera. Em vez deles, Anna e Drew pairam sobre mim com múltiplos celulares e aparelhos eletrônicos nas mãos.

— Não podemos te deixar dormir mais. As solicitações estão chegando e não consigo acompanhar tudo. — Ouço Drew dizer em meu estado nebuloso e parcialmente adormecido.

— Tô acordada, tô acordada — resmungo.

— Ela acordou! — Ecoa Anna.

Drew abraça três lattes contra o peito.

— Ai, finalmente! Você já ficou on-line? Conversou com alguém? Alguma coisa?

Balanço a cabeça, incapaz de reunir muitas palavras em tão pouco tempo depois de acordar.

— Tiramos o celular do cofre da mamãe — diz Anna, e Drew me entrega um café. — A combinação da senha era, olha só, o nosso cep. A mamãe está velha? Precisamos ensinar a ela como criar senhas mais seguras?

— Com chantilly extra — diz Drew enquanto desaba na cama ao meu lado. — Mal posso acreditar que você voltou.

Anna se aninha do meu outro lado.

— E que estamos as três juntas outra vez.

As duas encostam a cabeça no meu ombro enquanto tomo um longo gole. Depois de algumas piscadas e um bocejo, consigo dizer:

— Estou muito contente em ver vocês duas. De verdade. Mas alguém disse algo sobre o meu telefone?

Anna tira um celular de seu top esportivo e o entrega para mim.

— Por precaução — explica ela.

— Já organizei seu inbox. — Drew me explica. — Pedidos de entrevista, velhos amigos tentando aproveitar a fama repentina, ofertas de emprego, gente famosa ou semifamosa entrando em contato para dar oi... ah, pelo jeito James Van Der Beek é fanático por *Antes da meia-noite*; quem diria, né? E empresários e agentes tentando se vender para você.

— Espera, como você sabia minha senha?

Ela solta uma risada.

— Tudo isso, e você se preocupa com a senha? — Ela dá de ombros. — O número do seu apartamento antigo foi meu sexto palpite. Falando em apartamentos, a Sierra exige que seja a primeira amiga a falar com você.

— Anotado. — Tomo outro gole de café e posso sentir o painel de luzes do meu cérebro lentamente voltando à vida. — Espera aí. Você mencionou ofertas de emprego?

— Foi, tem um monte. A pasta de entrevistas com a mídia está lotadíssima, e, sério, acho que deveríamos começar a pensar estrategicamente sobre a quem daremos acesso.

Meu polegar começa a rolar pelos e-mails intermináveis. Tem tantos que a mão começa a ter câimbra, e Anna deve notar o horror no meu rosto, porque dá tapinhas de leve na minha coxa.

— No final, a vocação de Drew é a publicidade. Quando cheguei em casa, todo mundo queria me entrevistar sobre a saída do programa. Acho que causei sensação no universo de *Antes da meia-noite*. Drew foi a minha guarda-costas, muito bem-vestida, bem-educada e com um endereço de e-mail.

— Sinto que descobri minha vocação — diz Drew, enquanto se apoia na cabeceira e cruza as pernas.

— Então — digo a ela —, eu a nomeio oficialmente minha assessora de imprensa, agente, empresária e o que mais você quiser.

— Ah, que bom! — diz Drew. — Olha, eu não estava esperando que você me oferecesse.

— O que você vai fazer antes do último baile? — pergunta Drew, deixando a cama num pulo. — Ir às compras? Visitar o cabeleireiro? Ir à praia? Fazer um bronzeamento artificial?

— Eu não vou receber um convite. — Levanto o olhar do telefone e encontro as duas esperando mais explicações. — Beck me disse no caminho para o aeroporto. Acho que Henry sabe quem ele quer, e não sou eu. E tudo o que quero de verdade é ficar vegetando e assistir a filmes antigos.

— Ele está morto para mim — diz Drew, como se uma chavinha tivesse virado em seu cérebro. — Liquidado. Extinto.

Anna concorda.

— O pulso dele não existe. O médico pronuncia a hora do óbito como agorinha mesmo. Estão ligando para o necrotério. Ele está morto. — Ela suspira de leve. — Você, se vista… não para sair. Só, tipo, pijamas, para ficar em casa durante o dia. Drew e eu cuidamos dos petiscos. Encontramos você na casa principal, daqui a cinco minutos?

— Fechou — digo.

Drew dá um beijo delicado no topo da minha cabeça, e as duas vagam até a porta enquanto tomo o resto do meu latte e deslizo para fora da cama.

— Ah — solto, impedindo as duas bem quando elas saíam para o quintal. — Obrigada às duas. Por estarem aqui logo cedo hoje.

Levanto o telefone.

— E por cuidar disso aqui.

— Mas é claro — responde Drew, como se não houvesse nenhum outro lugar onde pudessem estar.

CAPÍTULO TRINTA E CINCO

Anna sabe que o caminho para o meu coração é Twizzlers de cereja e *Lizzie McGuire: um sonho popstar.* (Passando perto da franquia *High School Musical.*)

Meu inbox está... assustador. Não consigo nem imaginar quanto estava pior antes que Drew botasse as mãos nele. Os pedidos de entrevista vão desde podcasts com vinte ouvintes até o *Entertainment tonight* e outros programas de entrevista que vão ao ar tarde da noite. As mensagens de antigos amigos e conhecidos são interessantes, por assim dizer. Tem até um ou dois ex e professores do ensino fundamental, os quais me fazem encolher de vergonha agora, pensando que me viram na pegação em rede nacional.

Algumas pessoas das quais não tinha notícias desde que papai morreu. A maioria é gentil e encorajadora, mas alguns são um tanto passivo-agressivos e outros são apenas agressivos mesmo. Um punhado quer saber como podem entrar no programa, e meu ex mais recente, Jared, me escreveu só para avisar que está noivo e que desfez nossa amizade no Facebook porque sua noiva não ficou muito feliz ao descobrir que ele havia assistido a alguns episódios escondido.

Meu polegar paira sobre a pasta intitulada Ofertas de Emprego (6). Foi por isso que escolhi participar do programa, não foi? Eu queria impulsionar minha carreira. Ter um pouco de visibilidade. Talvez até trazer a centelha de volta. Não tenho namorado nem o prêmio em dinheiro, mas talvez esse possa ser o lado positivo. Então por que me sinto tão horrível ao pensar em conseguir um emprego por causa do programa? Eu não esperava me apaixonar.

E aí está. Eu me apaixonei. Estou apaixonada por Henry Mackenzie. Sempre presumi que teria dificuldade para saber se estava apaixonada. E se eu não reconhecesse os sinais? Ou e se não fosse tão inebriante quanto o mundo me ensinou a esperar que seria? No entanto, para mim, parece bem simples. E sei disso com tanta certeza quanto sei o dia do meu aniversário. Não me sinto confusa nem perdida. É uma verdade, e algumas verdades doem mais do que outras.

Leio o e-mail pelo menos vinte e oito vezes antes de respirar fundo.

> Cara Cindy,
> Meu nome é Renée Johnson e minha empresa recruta profissionais criativos e os ajuda a encontrar postos que combinem perfeitamente com suas habilidades.
> Como tenho certeza de que você está repleta de ofertas e solicitações, serei breve e concisa.
> Crowley Vincent, meu cliente e presidente da Gossamer, deseja expandir a marca dele e entrar no mercado de sapatos femininos. Para que isso aconteça, ele está em busca de uma equipe de talentos novos e inovadores. Serei honesta, você chamou minha atenção pela primeira vez quando vi *Antes da meia-noite* de relance enquanto minha filha assistia ao programa, mas, depois de falar com seus orientadores e professores na Parsons, tenho quase certeza de que meus instintos estão corretos. Gostaríamos de trazê-la a Nova York para se reunir com o sr. Vincent. Esta é uma oferta urgente, portanto, por favor, entre em contato quanto antes caso esteja interessada. Precisaríamos de você em Nova York até sexta-feira, 16 de julho.
> Sua fã,
> Renée

Gossamer. GOSSAMER. Puta mer... A Gossamer está no mercado há mais tempo do que a Chanel. São a dinastia de sapatos masculinos, e os designs vão desde o razoável e cotidiano até o extravagante e avant-garde. E sob o comando de Crowley Vincent, eles estão quebrando todas as regras. Na última estação, incluíram dois pares de sapatos de salto na linha masculina e começaram a produzir vestuário.

— Que dia é hoje? — pergunto, ao som de Hilary Duff cantando a plenos pulmões num show para milhares de pessoas, enquanto finge ser uma popstar italiana.

— Domingo, pede cachimbo — diz Gus do chão, onde está deitado de barriga para baixo com o iPad espremido contra o rosto.

— Não, tipo, o número do dia — digo.

Drew olha para seu telefone.

— Onze de julho.

Tenho cinco dias para estar em Nova York.

Após ler minha resposta em voz alta várias vezes para Sierra no Facetime, respondo ao e-mail de Renée e sua assistente imediatamente marca um voo noturno com destino ao aeroporto JFK para quinta à noite.

Faço e refaço minha mala ao menos seis vezes nos dias seguintes. O que vestir para uma reunião que provavelmente vai mudar a sua vida?

Passo a semana em casa, sem sair nem uma vez. Anna, Drew e os trigêmeos me mantêm distraída o suficiente para evitar notícias e redes sociais. Atualizo Sierra e, depois de contar todas as fofocas do programa, ela se empenha ao máximo em me distrair com fofocas sobre pessoas aleatórias da faculdade. Eu mal vejo Erica, já que ela está ocupada, trabalhando no episódio final, com duas partes, esta semana. Na quinta-feira à noite, o episódio de três horas na *villa* irá ao ar, seguido pela final ao vivo na sexta. Não planejo assistir a nenhum dos dois.

Na noite de quarta, depois de ajudar a colocar os trigêmeos para dormir, volto para a casa da piscina e tranco a porta. Está na hora de fazer algo que venho adiando há muito tempo.

SERÁ QUE É O MEU NÚMERO?

Enfio a mão debaixo da cama e puxo a caixa com as coisas de meus pais. Depois de colocá-la na cama, me ajeito e respiro fundo, olhando para o teto em busca de... alguma coisa. Um sinal. Qualquer coisa.

— E lá vamos nós.

Dentro, encontro camisetas do papai com o mascote do time da escola no ensino fundamental, os Panteras. Ali estão os chinelos favoritos da mamãe. Um elástico de cabelo dela. Um livro de Clive Cussler, já bem surrado, que foi do papai. Uma pasta cheia de documentos. A certidão de casamento dos dois, certidões de nascimento, identidades... Todas as coisas que você esquece que existem mesmo antes de a pessoa morrer.

No fundo da caixa, há uma caixinha de veludo. Eu a abro e encontro três anéis amarrados com uma fita azul estreita. São as alianças de casamento dos dois, mais o anel de noivado de mamãe. Lágrimas começam a escorrer quando imagino o momento em que papai os amarrou juntos assim. Com certeza, foi mais ou menos na época em que começou a namorar Erica. Ele deve ter tirado a aliança, mas acho que não reparei.

Coloco os anéis de mamãe nos meus dedos, apesar de ficarem um pouco pequenos. Não me importo se eles ficarem nos meus dedos para sempre. E embora fique larga, coloco a aliança do papai no polegar. Amanhã farei algo com eles, então os guardo em segurança até encontrar um colar para colocá-los ou algum outro lugar especial.

Debaixo da pequena caixa de joias há um envelopinho com meu nome em letras delicadas. A letra é suave demais para ser a do papai, e eu logo a reconheço dos cartões de aniversário que guardei de quando era pequena. Mamãe. Uma carta da mamãe.

O envelope está selado, e tenho muito cuidado ao abri-lo para poder preservar tudo ao máximo. Dentro, um cartão.

DA ESCRIVANINHA DE ILENE WOODS

Minha querida Cindy,
Eu pedi a seu pai que lhe desse este bilhete num dia
especial. Um dia em que ele achasse que você talvez mais

precisasse dele. Então, talvez hoje seja a sua formatura. Ou o dia do seu casamento. Ou o primeiro dia num emprego novo. Seja lá que dia for, eu queria estar aí para testemunhar.

Eu poderia encher páginas com tudo o que eu queria, mas, em vez disso, vou apenas te dizer, minha garota feroz, que você é meu maior sonho que virou realidade. E se eu tivesse de escolher entre uma vida longa e plena sem você e apenas sete doces anos a seu lado, eu sempre te escolheria. Meu maior desejo, meu amor, é que você também escolha a si mesma. Escolha o que te faz feliz. Coisas, lugares, pessoas. Escolha apenas aqueles que te trouxerem alegria. Não seja uma refém do dever nem da obrigação. Não te carreguei na barriga e te dei à luz e te criei para você desperdiçar sua preciosa vida em algo que não seja uma alegria imensurável. Escolha a alegria. Enquanto estou aqui deitada, posso lhe dizer que meus únicos arrependimentos são das vezes que não escolhi a mim mesma.

Talvez a alegria não seja sempre uma escolha. Talvez as coisas não sejam tão simples assim. Mas por outro lado... talvez sejam.

Eu amo você, minha menina querida. Eu amo você.

Cuidando de você, sempre,

Mamãe

PS: Pegue leve com o seu pai. E seja legal com a nova madrasta. Seja lá quem for. Não deve ser um trabalho fácil.

Enxugo lágrimas e mais lágrimas com o polegar antes que alguma caia no cartão. É difícil lembrar de minha mãe às vezes, mas a voz dela está fresca na minha mente agora. Suas palavras murmuram em meu ouvido. *Escolha a si mesma.* Ouço isso várias vezes enquanto pego no sono com a carta apertada contra o peito e as alianças de meus pais nos dedos. *Escolha a alegria.*

***

Enquanto respingo água para todo lado com os trigêmeos uma última vez na quinta de manhã, ouço o alerta de mensagem vindo do meu celular, em uma das espreguiçadeiras com minha toalha e a garrafa de água.

Quando disse a Erica que ia para Nova York, não contei o porquê. Não sei por quê. Talvez eu não quisesse desapontá-la e arruinar seus planos para a próxima temporada, ou talvez estivesse com medo de ir até lá e não receber a oferta de emprego. Ou talvez só estivesse ainda me sentindo meio mal por ter chamado de lixo o trabalho da vida dela. De qualquer jeito, Erica parecia um pouco distante e despreocupada, perguntando apenas se eu precisava de dinheiro e quando eu estaria de volta. Menti sobre duas coisas. Não, eu não precisava de dinheiro. (Ah, precisava, sim.) E eu estaria de volta na semana que vem. (Apesar de só ter a passagem de ida no momento. Renée insistiu que veríamos como as coisas andavam e me garantiu que um voo de volta podia ser marcado a qualquer momento.)

Mais uma vez, meu telefone vibra.

— Certo — digo para as crianças —, vocês três fiquem na parte rasa enquanto olho o celular.

Mary, que tinha virado uma capetinha que gostava de mergulhar feito uma bomba, apesar de não conseguir nadar por mais de quatro segundos, solta um *hummpf* alto.

Depois de secar as mãos, me sento na borda da cadeira e verifico as mensagens.

Erica:
Você tá em casa?

Beck:
De volta a LA. Vou passar aí. Se arrume!

Após enviar uma mensagem rápida para Erica, retorno à de Beck e meus lábios se curvam num leve sorriso. Beck pode ser uma das melhores coisas a tirar de toda essa experiência. Venho tentando pensar num jeito de lhe dar a notícia de que não estou interessada numa temporada só minha, e se ela vai passar aqui hoje, ficarei feliz em acabar logo com isso antes de sair da cidade.

Toda enfeitada por aqui, respondo, com um emoji de sorriso de cabeça para baixo.

Depois de mais uma hora na piscina, conduzo os trigêmeos para dentro de casa e mando que troquem de roupa enquanto faço alguns queijos quentes de despedida. Pedi a Erica para dar o dia de folga a Jana para eu poder ter um dia perfeito com as crianças, algo muito necessário depois da reação deles quando contei-lhes que eu ia embora de novo. (Gus chorou. Mary me chamou de traidora. E Jack perguntou se eu estava indo embora de novo porque ele tinha feito xixi na cama. Em termos de fazer a gente se sentir culpada, os três são gênios.)

Coloco um sanduíche na frigideira e me viro para preparar os outros três quando a campainha toca.

— Ótimo — solto, olhando minhas roupas. Ainda estou com o biquíni molhado e uma toalha de Dora, a Aventureira, que não chega a dar a volta completa no meu corpo.

— Tô indo! — grito. — Pelo menos é só a Beck — resmungo, enquanto abro a porta da frente. — Você quer um queijo quen...

— Boa tarde, Cindy! — diz Chad Winkle, em seu smoking indefectível e toda uma equipe de filmagem atrás dele.

Ao meu lado, um homem vestido de arauto sopra um trompete com uma bandeira com o logotipo de *Antes da meia-noite* bordado.

— Eu te disse para se arrumar! — dispara Beck atrás dele. — Vamos refazer — avisa ela. — Continuem filmando, caso a gente pegue algo interessante. Cabelo, maquiagem, deem aquele visual de "sem maquiagem, acabei de sair da piscina" para ela. Podemos arranjar uma toalha de verdade? Irina?

— Não acho que toalhas sejam figurino — ouço a voz de Irina responder de algum lugar.

— Isso é uma toalha de verdade. — É tudo o que consigo dizer. — E te mandei um sorriso de cabeça para baixo. Espera... O que você tá fazendo aqui? O que vocês todos estão fazendo aqui?

— O que um sorriso de cabeça para baixo significa, afinal? — pergunta Beck. — É só uma carinha feliz, mas de cabeça para baixo.

— É tipo a revirada de olhos dos emojis — explico, cruzando os braços sobre o peito.

Ao lado dela, Mallory suspira.

— Você só atende à campainha de toalha?

— Muita gente atende à campainha de toalha — respondo, na defensiva.

O carro de Bruce entra no caminho em semicírculo diante da casa, e Erica já está desembarcando antes que ele possa estacionar.

— Elas te contaram? — pergunta ela, e então se vira para Beck. — Você contou a ela? — Ela volta a olhar para mim. — Pensei que você tivesse dito a ela para se arrumar.

Jogo os braços para cima e minha toalha cai, revelando meu biquíni desconjuntado. A parte de cima tem estampa de rosas; a de baixo, de listras.

— Por que eu preciso me arrumar? O que isso quer dizer?

Beck se vira para mim.

— Se alguém da televisão te diz para se arrumar, isso quer dizer que você vai ser filmado.

— Era só dizer que eu seria filmada — digo, a frustração fazendo minha voz subir uma oitava.

— Mas isso estraga a surpresa — fala Beck.

— Ser filmada nunca deveria ser uma surpresa!

Chad confere o relógio.

— Hum. Beck, tenho um compromisso do outro lado da cidade que preciso...

— Só entregue para ela — solta ela. — Esqueçam cabelo e maquiagem — anuncia ela por cima do ombro, e Mallory sai correndo para espalhar a mensagem.

Chad estica a boca daquele jeito que atores muito sérios fazem e pigarreia antes de colar um sorriso cintilante ao rosto.

— Cindy — diz ele, numa voz afável —, é com muito prazer que, em nome de Henry Mackenzie, eu a convido para o baile final. Por favor, junte-se a nós no *château* amanhã de manhã, onde filmaremos o episódio final ao vivo na mesma noite, com uma plateia presente. Você causou uma forte impressão em nosso solteiro, mas será o suficiente para ganhar o coração dele?

Meu queixo cai enquanto ele oferece um pergaminho para mim.

Como não me mexo, ele pega meu pulso, caído ao lado do corpo, e muito desajeitadamente coloca o pergaminho em minha mão.

— Vocês estão sentindo cheiro de queijo queimado? — pergunta o arauto.

Pisco várias vezes, esperando que alguém me diga que é uma piada.

Atrás de Beck, Erica anui. Não é uma piada. Isso é muito, muito real.

Tão real quanto o voo para Nova York que tenho que pegar hoje à noite.

CAPÍTULO TRINTA E SEIS

Erica fecha a porta após os últimos membros da equipe saírem.

— Bem, isso foi empolgante — diz ela.

Nem sei o que dizer.

— Eu pensei...

Ela dá de ombros.

— Beck diz que ele estava irredutível quanto à sua presença no episódio final. Mande uma mensagem para Beck e peça para ela mandar Mallory ligar para minha agente de viagens. Ela vai lidar com a passagem que você havia comprado.

Abro a boca para explicar por que isso não é possível, mas ela se adianta.

— Podemos trazer Sierra para cá quando a filmagem terminar, se você quiser. Um final de semana só de garotas. Ou talvez possamos alugar uma casa em Malibu para vocês por alguns dias... — Ela faz beicinho e leva os dedos às têmporas. — Estou com enxaqueca. Vou me deitar um pouco. Um dos executivos vai dar uma festinha hoje à noite em homenagem ao episódio na *villa*, e pedi para Jana vir cuidar das crianças na hora de dormir. Assim você pode fazer as malas para o episódio final. Bruce virá te buscar amanhã às onze.

Ainda parcialmente embrulhada na toalha de Dora, a Aventureira, volto para a casa da piscina, onde minha mala arrumada se encontra em cima da cama, com a caixa dos meus pais falecidos. Jogo-me na poltrona e rolo as minhas mensagens — grata por Drew ter deletado todos os aplicativos de redes sociais antes que eu pudesse pôr as mãos nesse negócio.

Quero ligar para alguém. Sierra. Beck. Anna. Drew. Até mesmo Sara Claire ou Stacy. Alguém, só para que o peso da decisão não seja totalmente meu. Preciso de um empurrão para que, qualquer decisão que eu tome, independentemente do resultado, eu possa olhar para trás e, em algum cantinho remoto da mente, não assumir a responsabilidade completa.

Sei que se o que Henry e eu compartilhamos for real, então somos maiores do que um programa bobo, mas também sei que dar um bolo nele ao vivo na TV e ir para o outro lado do país para uma entrevista de emprego passa uma mensagem muito clara.

Tudo o que ele precisava dizer era *eu escolho você. Você vai ganhar. Nós ainda vamos até o fim nesse joguinho, mas você vai ganhar.* Em algum momento roubado e sossegado. Só um sussurro já teria bastado.

Mas não importa quantas vezes eu tenha sonhado com ele fazendo isso, Henry nunca o fez. Nunca me escolheu. Depois de colocar minha vida em pausa desde a formatura, acho que não posso adiar mais, se tudo o que espera por mim é um talvez.

Sento-me no quintal perto da piscina, com minha mala do lado. Lá dentro, Jana está ajudando Mary no banho, enquanto os meninos relaxam lendo. Meu celular se acende alertando que Georgie, o Uber, chegou. Não dá para voltar atrás agora. Pelo menos, não sem estragar minha nota como passageira.

Saio escondida pela cozinha, prendendo a respiração conforme a porta de vidro se fecha com um ruído agudo.

Depois de pegar um suco verde, executo minha fuga pela porta da frente e, bem quando estou para dar meu primeiro passo para fora, uma vozinha diz:

— Cindy?

Eu me viro e vejo o meigo Gus em uma de minhas camisetas velhas do ensino médio, que fiz para a semana do espírito estudantil, dizendo VAI TIME! em marcador permanente preto.

— Oi, Gus-Gus — cochicho. — O que você está fazendo fora da cama?

Ele suspira.

— Eu queria um pouco de água. Na verdade, eu queria mesmo era refrigerante, mas a srta. Jana disse para tomar água.

Deixo minha mala na porta parcialmente aberta e corro para a cozinha. Depois de pegar um copo da lava-louça, sirvo um pouquinho de refrigerante.

— Xiiiu — digo a ele. — Nosso segredinho.

Ele toma tudo num gole só e de imediato solta um arroto silencioso.

Contenho uma risada e pego o copo de sua mão, enxaguando-o e enchendo-o de água.

Enquanto ele toma um gole e sabiamente segura o copo com as duas mãos, me agacho para chegar no mesmo nível que ele e afasto seus cachos macios do rosto.

— Não se esqueça de ir ao banheiro. — Eu o relembro.

Ele assente, obedientemente.

— Aonde você vai?

— Eu vou viajar — cochicho.

Ele se inclina mais para perto e seus olhos azuis brilhantes se arregalam.

— É segredo?

Concordo.

— Posso confiar em você?

— Pode, sim — diz ele, sem pausa. — Mas você tem que ir mesmo?

E essa é a questão, não é? A grande pergunta martelando em minha mente e meu coração.

— Tenho — respondo com um sorriso firme. — Tenho, sim.

Ele faz beicinho brevemente, antes de me olhar com uma cara corajosa, os ombros para trás.

— Eu te amo, Cin-Cin.

— Eu te amo, Gus-Gus.

— Diga ao piloto para fazer um bom trabalho — diz ele, enquanto se vira para percorrer o corredor até seu quarto.

— Eu aviso a ele que você mandou dizer.

CAPÍTULO TRINTA E SETE

Minha reunião com Crowley Vincent é num restaurante tão chique que eu nem sequer sabia que existia, depois de quatro anos morando nessa cidade. Le Bernardin se situa no centro, no lado oeste da rua 51, a apenas um quarteirão do Radio City Music Hall. Quando chego aqui, ao meio-dia — nove da manhã em LA — sou conduzida a uma sala de jantar privativa com espaço suficiente para, no mínimo, oitenta pessoas.

Confiro meu celular mais uma vez antes de colocá-lo no modo silencioso e fora de vista, em minha bolsa-sacola Madewell em tom camelo. O episódio da *villa* foi exibido ontem à noite e, ao sair escondido e pegar meu voo, consegui perdê-lo por completo, o que é até bom. Acho que eu não aguentaria ver Henry e a mim juntos pela última vez, fazendo piadas naquele barco, como se eu não tivesse ideia do que estava por vir.

Dentro da sala de jantar, as mesas estão todas sem toalhas, exceto por uma grande e redonda, com dois lugares postos frente a frente. Crowley Vincent está sentado com as longas pernas cruzadas pendendo na lateral da mesa. Seus sapatos brancos de couro de crocodilo são primorosos e parecem nunca ter visto uma superfície mais áspera do que carpete felpudo. Ele veste uma camiseta regata de telinha por dentro de uma calça social justinha de veludo verde. Pendurada entre os lábios feito um cigarro encontra-se uma caneta de ponta fina.

Ele pigarreia e se levanta, tirando a caneta dos lábios com dois dedos.

— Você deve ser a Cindy — diz ele, num pesado sotaque inglês.

— Sim. É maravilhoso conhecê-lo, sr. Vincent.

— Pode me chamar de Crow — insiste ele, pronunciando de forma a rimar com *uou*.

Ele faz gestos avoados com as mãos antes de indicar que eu me sente.

— Eu gostaria de almoçar mesmo, se você estiver de acordo.

— Claro — respondo, incapaz de esconder a confusão em minha voz.

— Você se surpreenderia em saber que ninguém almoça de verdade em reuniões durante o almoço.

— Ah. — Rio. — Bem, eu pesquisei o cardápio antes de vir para cá.

— Ah, conte mais — exclama ele.

— Acho que vou arriscar o linguado.

— Bravo! — exclama. — As beterrabas em conserva são uma revelação. Você anotou isso? — diz ele, por cima do meu ombro.

Olho para trás e encontro uma mulher bem-vestida à espreita, algumas mesas atrás da nossa. Ela assente.

— Vou querer o salmão — pede ele.

— Muito obrigada por se reunir comigo hoje — falo. — Estou tentando agir tão profissionalmente quanto posso... mas eu... realmente, sou uma grande fã.

— Gosto de gente que não tem medo de gostar das coisas.

Isso me deixa um pouquinho mais à vontade.

— Então, Renée me disse que você acaba de sair de um programa de televisão. — Ele diz *televisão* como se fosse uma palavra estrangeira que está falando pela primeira vez.

— Exato. Eu... espero que isso não seja um problema...

Ele assente e puxa um trago de sua caneta; tenho a impressão de que ele abandonou o hábito de fumar recentemente.

— Eu vi meio que um vídeo de melhores momentos. Você tem bom gosto.

— Obrigada — agradeço, tentando não dar soquinhos no ar.

— Em moda e homens.

JULIE MURPHY

Minhas bochechas esquentam e, apesar de tentar manter uma expressão neutra, não posso evitar pensar em Henry e onde ele deve estar neste momento. Uma sensação ruim pesa em meu peito. Ele provavelmente está no *château*, prestes a descobrir que não apareci.

— Assunto delicado? — pergunta Crow. — Acho que nada na televisão é real, mas você conseguiu me tapear. — Ele pigarreia. — Suponho que você tenha trazido seu portfólio, não?

Enfio a mão na bolsa e vejo o celular vibrando sem cessar. Infinitas mensagens. Beck. Erica. Chamadas perdidas. Drew. Anna. Até Sierra — que sabe que estou aqui e provavelmente está recebendo ligações de todo mundo. Viro o celular e pego o iPad e o portfólio grande encostado na cadeira.

— Prefere o físico ou o digital?

— Ai, Deus — diz ele —, amo uma mulher preparada. Pode me dar à moda antiga.

Passo o portfólio de couro por cima da mesa.

— Esses são um pouco mais rústicos do que as versões digitais.

— Gosto de meio rústico. — Ele bate a caneta contra os lábios. — Um contato meu disse muitas coisas boas a seu respeito.

— Da Parsons? Eu adorei minha orientadora, Jill. Ela...

— Não, não. Foi de um passarinho que atende pelo nome de Jay.

— Jay? Jay, da LuMac?

— Cuidado aí — diz Crow. — Antes de ser Jay da LuMac, elu era Jay da Gossamer, e eu sou de escorpião, então, uma vez que eu tomo posse, acabou. Tentei trazê-lu para essa nova... empreitada. Mas elu é gentil demais. Leal demais.

Enquanto ele analisa meu portfólio, sinto que, depois de vir até aqui, eu lhe devo honestidade.

— Hã, sr. Vin... digo, Crow, devo lhe dizer que... tive um ano difícil, e meu portfólio não está tão atualizado quanto eu gostaria. Eu... passei o último ano apenas tentando sobreviver e isso não deixou muito espaço no cérebro para criar. Mas acho que estou pronta para mergulhar de volta no trabalho. Acho que está na hora.

Sem levantar os olhos, ele diz:

— Use isso. Seja lá o que for que está na sua cabeça. Um ex, uma morte, ou apenas a velha depressão de sempre. A melhor parte de atravessar qualquer ponte é a chance de olhar para trás e conseguir entender plenamente de onde você veio. Você não é uma máquina. Você não é um computador. Você é uma artista, e qualquer artista bom sabe que a vida alimenta a arte e a arte alimenta a vida.

Eu pigarreio. Minha mente sabe que ele acaba de dizer coisas inteligentes que, sem dúvida, serão compreendidas ao longo dos próximos dias, mas meu coração e meu corpo estão em sobrecarga total só de estar na mesma sala com um ícone.

— Eu... agradeço muito você ter reservado um tempo para compartilhar isso comigo.

Ele fecha o portfólio de súbito e meu coração afunda até o estômago. Ele não gostou. Ninguém pode dizer nada sobre um designer com uma espiada tão rápida no portfólio.

— Eu, hã, tenho outras coisas que poderia lhe mostrar se...

— Renée entrará em contato em breve. — Ele se levanta e puxa uma jaqueta bomber cor de oliva das costas da cadeira antes de jogá-la por cima do braço. — Darla? Darla?

Quase digo a ele que meu nome não é Darla, mas aí a mulher que anotou nossos pedidos surge atrás dele, como se tivesse se materializado ao som de seu nome.

— Estarei no carro. Por favor, peça que a minha refeição seja embrulhada para viagem.

— Hã, acho que eles acabaram de empratar... — Ela muda de ideia. — Encontro com você no carro.

— Ma-ravilha. — Crow se vira de novo para mim. — Você é interessante. Gosto do interessante. Seu passaporte está em dia?

— Hum, sim — respondo, soando mais insegura do que alguém que acabou de visitar outro país com um passaporte em dia deveria soar.

Ele se vai antes que eu possa dizer qualquer outra coisa.

Jogo minhas mãos para o céu, sem saber muito bem o quê, exatamente, acaba de acontecer.

— O que foi isso? — resmungo para mim mesma.

— Ele te deixou pedir o almoço, não deixou? — pergunta uma voz.

Eu me viro, e Darla está ali de pé com um saco de papel pardo na mão e o nariz enfiado no celular.

— Hum, deixou sim — respondo. — Eu posso pagar por isso se...

— Isso quer dizer que foi tudo bem — explica ela, sem levantar a cabeça. — Eles te colocaram no St. Regis? O cardápio de fim de noite do serviço de quarto é espantosamente bom. Experimente as batatas-doces fritas e peça o molho de baunilha de acompanhamento.

— Entendi... — Um minuto se passa antes que eu realmente entenda o que ela acaba de dizer. Ela já quase se foi quando digo: — Des... desculpe, você falou que isso aqui *foi tudo bem*?

Ela coloca os óculos escuros de gatinho e olha por cima do ombro para mim.

— E isso raramente acontece. Fique, termine seu almoço. Temos a sala por mais uma hora.

Enquanto me sento de novo, um garçom traz a entrada. Não sei de fato o que é isso, mas é alaranjado e estou faminta, então devoro o prato num bocado só. As únicas vezes em que meu almoço teve vários pratos foi quando me servi de um segundo queijo quente.

Pesco o celular dentro da bolsa para encarar a bronca. Normalmente, num restaurante como este, eu ficaria com vergonha até de pegar o telefone, mas considerando-se que o salão é todo meu, minha etiqueta é flexível.

Meu dedo paira entre Erica e Beck na lista de chamadas perdidas. Ambas vão me matar, mas não consigo decidir qual ira será menor.

Não vem ao caso, porém, porque bem neste momento, o celular vibra, escolhendo por mim.

— Oi — atendo, depois do segundo toque.

— Bem, fico feliz por você estar viva — diz Beck. — Mas você pode por favor me explicar por que estou aqui com uma limusine vazia?

Ao fundo, ouço gente fazendo perguntas para ela.

— Consegui com ela — responde Beck. — Ela finalmente atendeu.

Uma voz distinta que com certeza pertence a Erica dispara:

— Pelo amor de Deus, onde ela está? Está bem?

— Onde você está? — pergunta Beck, a voz levemente mais gentil que a de Erica. — Estou mandando um carro.

— Não acho que ele chegaria aqui a tempo... — falo baixinho.

— O helicóptero, então. Tanto faz. Entramos ao vivo daqui a cinco horas.

Honestamente, eu não conseguiria chegar lá de avião nem se eu quisesse.

— Estou em Nova York — enfim desembucho.

— Tipo, o estado do lado completamente oposto do país?

— Esse mesmo.

— Você tá brincando. Isso é uma piada. Hahaha, Cindy. Tão engraçada.

— Não tô, não. Desculpe.

— Preciso que você vá para o aeroporto. Agora. A gente enrola. Eu te trago de helicóptero do LAX. Vai ser ótimo. O drama da coisa...

— Beck, não. Eu não vou. Pra mim, chega.

— Mas você... mas e o Henry?

— Ele tem a esposinha dele — respondo, minha voz mais venenosa do que eu gostaria. — Você mesma disse que ele não ia me escolher. Por que eu deveria comparecer só para ficar em segundo lugar?

— Cindy — diz ela baixinho.

— Beck, tenho que ir. Desculpe por ter te decepcionado. Diga a Erica que eu a amo e que sinto muito. Explico tudo depois.

Desligo antes que ela tenha a chance de dizer mais alguma coisa. A culpa me tortura completamente. Eu sabia que isso ia doer. Sabia que abrir mão de Henry seria excruciante, mas não estava preparada para o que isso causaria a Beck e Erica.

CAPÍTULO TRINTA E OITO

— Não precisamos assistir a isso — fala Sierra pela quinquagésima sétima vez.

— Se eu não assistir agora, vou assistir depois. E se vou assistir mesmo, prefiro que seja com você.

— Ô, meu bem — diz ela, recostando-se na cabeceira de couro enquanto leva a mão ao peito. — Fico honrada em testemunhar sua dor.

Depois de chorar ao longo de uma das refeições mais deliciosas que já comi, apareci na porta de Sierra com seis pedaços de torta e meu par de Louboutin azul-bebê da sorte, que Erica me deu para a formatura do ensino médio, pendurados nos dedos. É preciso um tipo exato de desespero para caminhar em um prédio de Nova York descalça, mas eu não precisava acrescentar "subir seis lances de escadas no salto mais alto que possuo" à minha lista crescente de dificuldades hoje.

Depois de devorarmos a torta e contar a Sierra todos os detalhes horrorosos e suculentos sobre minha reunião, expliquei que eu tinha um quarto reservado no St. Regis para mais uma noite. (Eu ainda não tinha contado que ficaria com ela depois dessa noite até maiores informações, mas com certeza isso estava implícito... né?)

Sierra rapidamente arrumou uma mala de pernoite e esbanjamos num táxi para nos levar de volta ao centro. Não me considero famosa, mas, depois do breve encontro com os paparazzi no aeroporto e com o episódio final indo ao ar esta noite, eu não quis arriscar o transporte público.

Às oito da noite em ponto, os créditos de abertura começam a rolar e vejo o rosto familiar de Chad.

— Esta é uma noite muito empolgante para nossa família de *Antes da meia-noite* — fala ele, com charme falso. — Hoje, descobriremos qual dessas moças de sorte conquistou o coração de Henry... e cem mil dólares. Primeiro, porém, vamos recapitular os encontros da *villa* para ver quem nadou e quem afundou.

— Isso é, tipo, a coisa mais esquisita do mundo? — pergunta Sierra enquanto uma montagem de Henry em vários encontros com cada uma de nós começa a rolar.

É muito bizarro vê-lo com Addison e Sara Claire e até com Stacy, mas aí vejo Henry junto a mim, o vento soprando naquele veleiro, e meu coração para. Meu cabelo ondula enquanto rio, jogando a cabeça para trás contra o peito dele. Isso foi na semana passada, mas parece uma memória distante à qual mal consigo me agarrar.

— Parece que estou no meu próprio funeral, para falar a verdade.

Sierra bufa.

— Se vale de alguma coisa, não consigo imaginar essa tal de Addison no seu funeral.

— Ah, você nem sabe. Ela estaria lá, cheia de lágrimas falsas e dizendo a todo mundo que éramos melhores amigas.

— Aff, que sanguessuga.

— Exato, obrigada! — Passo meu braço pelo dela e, apesar de tudo, fico feliz por poder suportar isso ao lado de minha melhor amiga.

Depois de uma pausa para os comerciais, Chad retorna com Henry, os dois nos degraus do *château*. Henry está com um terno de três peças azul-marinho, uma gravata preta fosca e sapatos combinando. Parece que a televisão não lhe faz justiça, o que provavelmente é um crime contra a natureza, porque quem fica melhor ao vivo do que em vídeo?

— Ele beijava bem? — pergunta Sierra. — Ele é gato, tipo, nível ator de novela.

Franzo o cenho.

— Beijava, sim.

Ela aperta minha mão.

— Vai haver outras línguas no oceano.

Sorrio para ela.

— Nojento, mas obrigada.

Na tela, um Rolls-Royce chega e, após uma pausa dramática, Chad abre a porta e Sara Claire emerge.

— Como é que eles vão explicar isso? — pergunta Sierra.

— Eu não pensei tão à frente.

Henry saúda Sara Claire com um beijo no rosto e um longo abraço.

— Esse abraço foi estranhamente longo? — pergunto.

Sierra enfia um pirulito na boca.

— A gente odeia ela?

Suspiro.

— Isso facilitaria muito as coisas. Mas, na verdade, ela é ótima.

— Buuuuu! Sai fora!

Chad parabeniza Sara Claire por ter chegado até aqui e a orienta a entrar na casa.

— Agora acho que está na hora de deixar a audiência ver quem está em nosso segundo carro. O que você me diz, Henry?

Henry assente enquanto outro Rolls-Royce sobe a colina. Dessa vez é Addison. Ela desliza para fora do carro num vestido preto de festa com recortes estratégicos, de modo que está mostrando apenas uma sugestão da parte inferior dos seios.

Sierra vira a cabeça para o lado.

— Isso é, tipo, um maiô-vestido de noite? Tipo, um vestido de gala da *Sports illustrated?* E você já se perguntou como é que Deus decidiu quais corpos exigiriam um sutiã e quais não?

— Não acho que Deus tenha tido algo a ver com aqueles peitos — digo.

Ela anui.

— É justo.

O último carro estaciona. Meu Rolls-Royce — o que deveria estar me levando. Eu me pergunto se eles escolheram uma das outras garotas que foram ao México ou se correram para trazer uma garota eliminada anteriormente. Talvez até Drew ou Anna.

O motorista para e Chad se adianta para abrir a porta.

Mas... nada. Ninguém. Uma música dramática toca conforme a câmera se estende no banco traseiro vazio.

A confusão marca a testa de Henry enquanto ele se abaixa para olhar dentro da limusine.

— O que... o que está havendo? Cadê ela?

Chad se vira para Henry, uma expressão solene no rosto.

— Henry, sinto muito lhe dar essa notícia assim, mas Cindy não está aqui. Quando a convidamos para o baile desta noite... ela recusou.

A confusão lentamente se transforma em dor quando Henry entende o que foi dito.

— Por que ela... Onde ela está? Preciso apenas conversar com ela. Eu só... só nós... eu...

Chad planta a mão no ombro de Henry.

— Tudo acontece por um motivo, Henry. E acho que um desses motivos pode estar esperando por você lá dentro.

Odeio ver essa versão desprotegida de Henry exposta na TV. Tudo o que desejo é protegê-lo da dor, mas ele está lá e eu estou aqui. Escolhi estar aqui. Escolhi isto.

— Isso foi intensamente agoniante de assistir — diz Sierra. — Você está bem?

— Por que eles fariam isso com ele? — Meu peito se contrai e lágrimas começam a surgir. — Eles sabiam desde hoje cedo. Não precisavam contar para ele ao vivo.

— Foi bem ruim mesmo.

Depois do intervalo comercial, Chad volta. Ele se senta numa poltrona no meio do pátio, com Sara Claire e Addison à sua frente.

— Estamos de volta com Sara Claire para conversar sobre seus momentos emocionados e profundamente importantes com Henry na *villa* na semana passada. Mas antes, Sara Claire, tenho certeza de que você já ficou sabendo sobre Cindy ter deixado Henry esperando esta noite.

Sara Claire assente, comedida, e posso ver que ela está se esforçando para não parecer muito empolgada. Ela usa um lindo vestido de festa em tom marfim com uma leve sugestão de cauda. É muito sexy, ao mesmo tempo em que também diz claramente *case comigo*.

— Coitadinho do Henry.

Eu me irrito com isso, apesar de compartilhar o sentimento. *Inspira. Expira.* Sara Claire é uma opção perfeitamente válida para Henry, e ela deveria ser a escolhida dele de qualquer forma. Eu escolhi estar aqui. Escolhi a mim mesma. Eles serão felizes juntos, e tudo o que terei que fazer é ignorar todas as notícias sobre cultura pop por um ano — talvez dois, para não ter que ver nenhuma evidência do amor do casal nunca mais. Isso é tudo. Simples, certo?

— Você está bem? — pergunta Sierra. — Parece que está introspectiva demais. Introspectiva como se estivesse num livro do Stephen King.

— Eu tô bem — respondo.

— Ahã.

— Bem, antes de trazermos Henry de volta — diz Chad —, vamos conversar com Addison.

Addison se enfeita e se apruma, empurrando os ombros para trás e empinando o peito.

— Addison — diz Chad. — Como vai?

Ela joga os cabelos compridos por cima do ombro e solta um suspiro.

— Estou de coração partido pelo Henry. Sei que ele precisa se recuperar, e que ele e eu tivemos nossas provações e tribulações, mas vale a pena lutar pelo amor verdadeiro. Então estou aqui, Chad, e estou lutando. Estou lutando muito mais do que Cindy já lutou, porque ela nunca esteve aqui por causa do Henry, para começar. Todos nós sabemos disso. Tudo com que Cindy se importava era em divulgar seu nome. Mas não estou aqui pela fama, Chad. Estou aqui por Henry.

— Desliga isso — peço, saindo da cama num pulo e lutando para encontrar o controle remoto. Uma raiva quente pulsa pelas minhas veias. Como ela ousa dizer isso? — Não posso comprar outra TV se eu quebrar essa. Temos que desligar.

— Desligando! Desligando!

Sierra entra em ação rapidamente e corre para a tomada, retirando o plugue.

— Está desligada — avisa, segurando o fio.

Solto um suspiro trêmulo.

— Tá bom, tá bom, eu tô bem.

Nós duas nos jogamos de volta na cama.

— E agora? — pergunto.

— Serviço de quarto? — Sierra sugere.

— Ouvi dizer que as batatas-doces fritas são boas. E peça calda de baunilha para acompanhar.

Ela rola e pega o telefone na mesa de cabeceira.

— Você que manda.

Enquanto estou ali, ouvindo Sierra fazer o pedido extenso e muito detalhado, meu telefone toca.

Deixo cair na caixa postal. Não aguento isso agora.

Sierra desliga e, em sua voz mais séria, diz:

— Espero mesmo que não tenhamos que pagar por toda a comida que acabei de pedir.

— A Gossamer está pagando. Não pode ser mais caro do que o almoço privativo mais caro de todos os tempos que tive hoje.

— Isso é um desafio?

Meu celular começa a tocar outra vez e agora me sento para atender. Talvez seja uma emergência.

— Todo mundo que conheço está assistindo ao programa...

— Pode ser sobre o emprego — sugere Sierra.

— É, às dez da noite.

— A moda nunca dorme.

Olho para baixo e vejo o nome de Beck acendendo na tela.

— Alô? — atendo. — Beck?

— Cadê ele? — pergunta ela. — Você sabe onde ele está? Ele tentou te ligar?

— Ele quem? O que tá acontecendo?

— Você é literalmente a única pessoa que não tá vendo a porcaria do programa no momento? Henry sumiu. Desapareceu em ação. O solteiro se foi. Repito: o solteiro se foi.

Ofego.

— Ai, meu Deus...

— O que foi? — pergunta Sierra.

— Liga a TV. Liga a TV!

— Aff, primeiro você pede pra desligar. Agora pede pra ligar. — Ela se força a sair da cama e começa a mexer com o plugue, depois com o controle remoto. A tela mostra estática e, claramente, nós de algum jeito reiniciamos o aparelho depois de tirar o plugue da tomada.

— Não sei onde ele está — digo a Beck, mas a linha já está muda.

— Puta merda — solta Sierra, quando a TV volta à vida.

Na televisão, Sara Claire soluça de costas para a câmera e Addison está dando um chilique, exigindo saber onde está Henry. Chad está discutindo com Beck e a coisa toda está sendo exibida ao vivo.

Chad cruza os braços.

— Então você está me dizendo que não sabem onde o cara está? Literalmente, um dos astros do reality mais vigiado, e ele apenas pega e some?

— Devo lembrá-lo de que estamos ao vivo? — pergunta Beck.

— Voltamos do comercial — dispara Mallory.

Beck lança um olhar de *faça alguma coisa* para Chad.

Chad se vira para a câmera, uma expressão insana nos olhos e os cabelos desgrenhados.

— Bom, pessoal, parece que temos que notificar um desaparecimento. Alguém quer disparar um alerta de "procura-se Henry Mackenzie"?

— Talvez não seja o melhor momento para fazer piadas sobre pessoas desaparecidas — diz Sara Claire em meio a lágrimas.

— Isso significa que ninguém leva o dinheiro? — pergunta Addison.

Chad olha para Beck, que dá de ombros e assente.

— Mas que besteira! — exclama Addison, antes de sair pisando duro.

Chad começa a rir feito um maníaco, indo de papai tradicional a psicopata americano em tempo recorde.

Sierra se volta para mim.

— Acho que você quebrou o Chad Winkle.

TRÊS
SEMANAS
DEPOIS

CAPÍTULO TRINTA E NOVE

No começo, Henry estava em todos os tabloides e sites de fofoca. A hashtag #SolteiroÀSolta ficou entre os assuntos mais falados por três dias, com uma conta memorável do Twitter se passando como um disque-denúncia falso, relatando avistamentos de Henry em todo canto, desde o monte Rushmore até uma pizzaria em Iowa.

Uma parte de mim pensou que ele apareceria no hotel ou que eu o veria na rua em algum lugar, mas toda noite, quando vou para a cama, minha esperança de que talvez eu o veja de novo diminui um pouco mais.

Já estou chamando a maioria da equipe do St. Regis pelo nome. Sierra me ofereceu o quarto dela, mas como parte do meu contrato com a Gossamer, Erica insistiu que eu negocie para que eles cubram as despesas da mudança e de moradia pelas próximas seis semanas. Quando não estou trabalhando ou procurando um apartamento, Sierra e eu passamos a maior parte das noites na piscina ou no ofurô. Por sorte, na semana passada encontrei o lugar perfeito em Park Slope. Quando contei a Sierra que não moraria em Manhattan, ela agiu como se eu tivesse cortado um dedo seu, mas logo decidiu que isso só significava que agora ela tinha onde dormir no Brooklyn.

Dou uma rápida volta em torno do meu quarto de hotel para ter certeza de que não esqueci nada. Mais cedo, encontrei um sapato enfiado debaixo da pia do banheiro, então não há como dizer o que deixei para trás. Levo a mão ao pescoço mais uma vez para garantir que meu colar ainda está lá. Encontrei uma corrente de ouro espessa para colocar as alianças dos meus pais. Carrego as duas ao redor do pescoço todos os dias como um colar comprido, junto ao meu relicário, e deixei o anel de noivado da minha mãe na casa de Erica por segurança.

— Tudo limpo — murmuro comigo mesma ao abrir a gaveta da mesa de cabeceira. Qualquer coisa que eu tenha esquecido pertence ao St. Regis, no que me diz respeito.

Hoje, depois do trabalho, vou partir para um seminário de duas semanas na Itália com a nova equipe de sapatos femininos, da qual alguns membros são gigantes da indústria e outros são tão novatos quanto eu. É tudo um pouco intimidante, mas já fiz alguns amigos no trabalho, o que impressionou Sierra. (De nós duas, ela era a única que tentava expandir nosso grupo de amizades.)

Quando entro no elevador, meu celular vibra.

— Alô?

— Ah, Cindy, eu não esperava que você fosse atender. Eu ia só deixar uma mensagem de voz — diz Erica, apressada.

— Estou saindo para trabalhar. O que aconteceu? Não são, tipo, cinco e meia da manhã aí?

— Estou experimentando uma nova aula de hot ioga com Drew, e o único horário que conseguimos foi na aula das seis e quinze. Mas enfim, estou no carro, então já peço desculpas pelo barulho da rua, mas qual era o número do seu apartamento mesmo?

— Um três quatro — digo a ela.

— Ah, droga, eu jurava que era onze três quatro. Vou pedir para minha assistente ligar e consertar. Estou com uma empresa de mudança pronta para levar seu guarda-roupa assim que você voltar da Itália. Estou planejando ir aí no final de semana da sua volta, assim podemos comprar os móveis.

— Erica, não precisa fazer isso. A Sierra e eu podemos ir até a Ikea com o caminhão do tio dela.

Erica estala a língua.

— Não vou aceitar que você preencha seu primeiro apartamento de adulta com móveis baratos. Ora, veja só.

Suspiro no aparelho.

— Você sabe que pode só vir visitar. Não precisa usar a compra da mobília como desculpa.

No dia seguinte ao episódio final, liguei para Erica e pedi desculpas e, lentamente, ao longo das últimas semanas, ela voltou a ser carinhosa comigo. Não fez mal o fato de o programa ter sido o assunto do momento desde aquela noite, mas ainda estamos tentando descobrir como nosso relacionamento funciona pós-*Antes da meia-noite*. Ela também ficou impressionada em saber que eu havia fugido de casa para ir a uma entrevista de emprego.

Erica fica em silêncio por um momento.

— Obrigada. Anotado aqui.

— Como vai...

— Você teve notícias dele? — pergunta ela, me interrompendo.

— Não — respondo, melancólica, saindo do elevador. — E do seu lado, alguma novidade?

— Só dos advogados dele — diz ela, pragmática.

— A emissora ficou mesmo tão enfurecida assim com o sumiço a ponto de envolver os advogados? Provavelmente foi a melhor audiência que eles já tiveram.

— Você não está errada — murmura ela, como se alguém a estivesse espionando dentro do próprio carro. — Para ser honesta, é o maior público que já tivemos desde a primeira temporada.

— Como Beck está se recuperando da estreia no horário nobre? — pergunto.

— Bem, Mallory me ensinou a enviar GIFs e, pelo jeito, o Twitter achou que o olhar fatal de Beck a Chad foi o momento perfeito para um GIF, então ando me divertindo muito me comunicando apenas por eles.

— Tenho certeza de que Beck está gostando muito disso. Ei, tenho que desligar agora. Posso te ligar quando estiver no aeroporto, hoje à noite? — pergunto.

— Pode, por favor. As crianças estão doidas para falar com você.

— Está marcado — digo.

Depois de desligarmos, vou até a mesa da recepção e Lydia, a gerente, dá a volta para me abraçar e desejar boa sorte. Ela assistiu

SERÁ QUE É O MEU NÚMERO?

ao programa e até me pediu para assinar o caderno de autógrafos da sua filha de onze anos.

Houve alguns momentos assim. Ser reconhecida no metrô ou na fila do café ou no lobby do hotel. Mas, na maior parte do tempo, Nova York é um bom lugar onde desaparecer. Recém-formada em moda que virou estrela de reality é só outro quadradinho na cartela de bingo de alguém em NY.

No caminho para a Gossamer, faço uma parada rápida. Ao contrário da primeira vez que visitei a LuMac, não há paparazzi, produtores, nem equipe de filmagem. A loja foi convertida da passarela para seu layout habitual de loja conceito.

Quando bato na porta de vidro, a vendedora alta e esguia que definitivamente perdeu a hora essa manhã me ignora. Tento outra vez, batendo com um pouco mais de força. Dessa vez, ela levanta a cabeça e revira os olhos antes de marchar até a porta e apontar para o horário de funcionamento.

Olho para meu celular. São apenas nove horas e eles só abrem às dez, mas de jeito nenhum vou conseguir atravessar a cidade no horário de almoço.

— Preciso falar com Jay! — grito, através do vidro. — Sou amiga delu.

Mais baixinho, acrescento:

— Tipo.

A garota aponta para o próprio ouvido e diz, sem voz: *não consigo te ouvir,* apesar de obviamente conseguir.

— Eu disse — grito ainda mais alto, sentindo-me uma lunática total — que sou amiga de Jay.

Ela levanta as mãos e dá de ombros antes de se afastar.

— Oi, amiga.

Giro nos calcanhares.

— Jay!

— Ouvi dizer que somos amigos — diz Jay, brincando. Hoje elu veste um macacãozinho de linho azul e branco com um par de *sneakers* da Gucci. É a roupa perfeita para o verão em Nova York.

— Acho que assustei a gerente.

Elu estremece.

— Nada conseguiria assustar aquela *troll*. Sabe, uma vez ela disse para a própria Lucy que ela não podia levar mais de seis peças para dentro do provador.

Meus olhos se arregalam.

— E ela ainda trabalha aqui?

— Você acredita que Lucy pensou que ela estava brincando e lhe deu um bônus pelo senso de humor ácido?

— E isso é algo pelo que as pessoas dão bônus?

Jay dá um sorriso maldoso.

— Não sob minha supervisão. Estou supondo que você não tenha vindo aqui para me contar todas as fofocas quentinhas da Gossamer.

— Eu poderia... — ofereci.

Jay pega minha mão e vai direto ao assunto.

— Ele ainda não voltou ao escritório.

— Você me avisa quando ele voltar?

O sorriso dele desaparece.

— Acho que faz sentido que ele fique com você no divórcio — falo.

— Meu bem, eu não sou de ninguém. Mas você tem que entender, Henry passou a maior parte da vida ocupando o segundo lugar em relação à carreira de alguém.

— Então ele sabe? Ele sabe por que eu não estava lá?

Jay estreita os olhos.

— Você é sagaz mesmo, hein?

— Olha, você não pode me culpar por ler as entrelinhas. — Empurro meus óculos escuros para cima, segurando o cabelo, para elu poder ver meus olhos e, talvez, eu possa hipnotizá-lu para que entregue esta mensagem para mim. — Olha, vou hoje à noite para a Itália. Não espero vê-lo antes disso, mas se você puder avisá-lo que vou voltar... e que, no mínimo, eu gostaria de conversar sobre o que aconteceu. E de me desculpar.

Elu assente, enfático.

— Não posso prometer nada, mas faça uma boa viagem. Pense em mim, definhando no Olive Garden da Times Square enquanto você se esbalda em massa fresquinha.

— Ei, não é tão ruim assim. E, sim, vou lamber os pratos — digo a elu. — Só por você.

Os escritórios da Gossamer me lembram de minhas salas de aula na Parsons. Tenho minha própria mesa de trabalho, completa com toda a tecnologia de que posso precisar e minha estação particular de sapataria para poder construir protótipos antes de enviá-los ao nosso fabricante de amostras oficiais.

Ao meu lado está Freja, uma designer dinamarquesa recém--saída da faculdade em Londres. Estamos praticando algumas frases em italiano todo dia no almoço, e ela está convencida de que eu vou conhecer um ótimo cara europeu para me recuperar na Itália. Vários caras, se depender dela.

— *Buongiorno*, Cindy! — diz ela, olhando para trás. — Vou correndo em casa na hora do almoço para pegar minha mala, então talvez possamos chegar ao aeroporto um pouco mais cedo. Tomar um pouquinho de *vino* para começar a viagem, hein?

— Você sabe que é uma viagem a trabalho, né? — Eu a relembro.

— Vocês, estadunidenses, são tão melódicos — diz ela.

Solto uma fungada.

— O quê? Eu falei errado?

— Acho que você quer dizer *metódicos*.

Sento-me em minha mesa e pego o sapato em que venho trabalhando nas últimas semanas. Apesar de a maioria de nós já estar no escritório há um tempinho, nossa equipe só foi montada oficialmente agora para a viagem à Itália, então, quando não estamos participando de treinamentos com o RH, somos incentivados a apenas... brincar.

Meu telefone apita e encontro uma mensagem no grupo com Sara Claire e Stacy.

Stacy:
E se eu dissesse pra vocês que já estou me mudando pra morar com minha ex?

Sara Claire:
ALERTA VERMELHO, É MUITO CEDO

Cindy:
Nah. A vida é curta.

Beck me deu o número delas alguns dias depois do episódio final. Naquela noite, nós três conversamos numa videochamada por quase cinco horas. Contei tudo. Sobre ter conhecido Henry no avião. Erica. Meus pais. Anna e Drew. E, no final, Sara Claire e Stacy também tinham lá seus segredos. O pai de Sara Claire subornou alguém da equipe de alimentação para passar um celular para ela, e é claro que Stacy soltou todos os detalhes sobre a ex entrando de penetra no quarto de hotel.

Sara Claire ficou chateada com o episódio final, claro, mas abraçou plenamente seu status de novo meme favorito dos Estados Unidos. Como recusei participar da próxima temporada, parece que Sara Claire está sendo visada para o meu posto. Ela já deixou muito claro que a única pessoa a escolher o vencedor será ela. E Stacy está feliz por voltar à vida normal, embora Beck já tenha entrado em contato para dizer que adoraria tê-la na versão queer de *Antes da meia-noite,* que acaba de receber o sinal verde para produção, caso a namorada dela volte a ser ex.

Desde essa maratona de videochamada, nós três nos mantivemos em contato constante, e Sara Claire já está exigindo que nos encontremos em Austin para um final de semana só de meninas.

Largo meu celular de volta na bolsa e me concentro no trabalho. Na faculdade, nunca trabalhei muito com vestuário masculino, mas no meu tempo livre nas últimas semanas, venho me desafiando a tentar. Depois de rolar minha mala para debaixo da mesa, abro meu bloco de desenho na página que tenho revisitado sem parar nos últimos dias.

No alto, numa escrita delicada, intitulei meu projeto de *O Henry.* Embaixo do título está meu esboço e uma amostra de tecido. Um mocassim de camurça azul-escuro, com a frente levemente pontuada e um acabamento supermacio, com uma borla no topo. Eles são mais extravagantes do que meu Henry usaria, mas os detalhes me lembram dele. Refinado, polido e ousado, sem ser espalhafatoso nem se levar a sério demais.

Crow tinha razão. Cruzar uma ponte me permitiu olhar para trás e ver tudo pelo que passei, e, quando me sento para desenhar, alguns dias após o episódio final, as coisas começam a parecer cada vez mais naturais. Eu estava desenhando outra vez. Desenhando de verdade. Alguns designs eram bons. E alguns eram até ótimos. Mas eu estava grata por todos. Mais importante, eu estava aliviada por ter de volta em minha vida a coisa que me traz tanta alegria. Acho que, por um momento, comecei a me perguntar se eu tinha inventado tudo, e o pinguinho de talento que me carregou pelos três primeiros anos da faculdade de moda tinha sido pura sorte.

— Você encontrou a borda que desencavei para você? — pergunta Freja.

— Não.

Eu me viro na cadeira e vejo uma borda azul-marinho macia perto do teclado. Ela é espessa, não delicada demais, e me lembra dos cordames do veleiro naquela última noite.

— É perfeita — digo.

Tiro o sapato do armário ao lado da minha mesa, onde podemos manter nossos trabalhos em andamento. Parece um arquivo antigo, no qual as gavetas foram substituídas por sapatos.

O sapato no qual venho trabalhando tem aparência rústica assim, a olho nu. Costuras expostas. Tachinhas óbvias. Mas posso ver o que ele deve ser. Posso ver o potencial, e essa borda é o acabamento perfeito.

CAPÍTULO QUARENTA

No final do dia, quando Freja e eu estamos descendo a rua com nossas malas para pegar um táxi, ela começa a apalpar os bolsos freneticamente e a remexer a bolsa.

— Esqueci. Droga! Não acredito que fiz isso. Ou deixei no escritório.

— Esqueceu o quê? — pergunto. — Seja lá o que for, podemos comprar um quando chegarmos no aeroporto.

— A menos que você conheça alguém que venda passaportes dinamarqueses no JFK, preciso passar em casa.

— Honestamente, essa não é uma ideia muito improvável de negócio — brinco.

Minha piada não reduz o pânico em seus olhos.

— Certo, passe em casa — falo, em minha voz mais tranquilizadora. — Fica apenas a alguns quarteirões daqui mesmo. Eu vou correr até o escritório e conferir lá. Deixe suas malas comigo, e vou garantir que tenha um carro à nossa espera quando você voltar. O *vino* no aeroporto pode esperar.

Ela concorda e dispara pela rua.

Levo nossas malas de volta para o lobby e pego o elevador para o quadragésimo sétimo andar. Passo pela sala de espera e aceno para Carlos, o recepcionista, ao passar pela mesa dele. Ele está ao telefone, mas me dá um olhar confuso.

— Freja esqueceu um negócio — cochicho.

O andar todo está vazio, exceto por uma mesa: a minha.

Minha luminária está acesa, iluminando-o, de modo que não tenho como não o ver ali. Não que eu pudesse ignorá-lo.

— Henry — digo, seu nome tirando o ar diretamente dos meus pulmões.

Ele levanta a cabeça, um sorriso triste se espalhando pelos lábios, e a constante barba por fazer que eu sempre via nele se transformou numa barba curta.

— Eu... pensei que você tinha ido embora.

— Eu fui... eu vou... eu só... minha amiga esqueceu uma coisa, então eu...

— Você vive de malas prontas? — pergunta ele. — Ou só gosta de manter uma coleção de sapatos com você o tempo todo?

— Ainda engraçadinho — digo.

— No final, um reality não acabou com a minha personalidade.

— Sorte minha. — Eu me aproximo alguns passos, hesitante. Sinto como se tivesse capturado um animal selvagem, e não quero correr o risco de assustá-lo. — Jay te contou onde me encontrar?

— Entre outras coisas. Na verdade, eu esperava só deixar algo para quando você voltasse. — Ele se senta no meu banquinho. — Parabéns, aliás. A Gossamer é bem relevante. Eles deram sorte de ter você.

— Obrigada. — Minha pulsação se acelera quanto mais me aproximo dele, e me pergunto se ele também sente isso. Essa euforia elétrica que vem quando estamos só nos dois, como se ainda tivéssemos toda uma equipe de produção e uma casa lotada de mulheres de quem nos esconder.

Ele levanta uma sacola de compras branca onde se lê JIMMY CHOO na frente em letras douradas e delicadas.

— Pensei em te trazer uma oferta de paz. Tenho que voltar ao trabalho em algum momento, e acontece que a indústria da moda é um mundo pequeno, então que jeito é melhor para melhorar o clima do que com sapatos?

— Você está falando a minha língua — digo, chegando mais perto, até estarmos a menos de meio metro de distância.

— Erica é minha madrasta — falo. — Eu queria te contar o tempo todo.

Ele assente.

— Beck me contou.

— O quê?

— É, eu... hã... Quando eu não estava trabalhando no programa ou apagando incêndios na empresa, eu estava às turras com os executivos por causa da "esposinha". Nossa, essa não é a pior palavra de todos os tempos?

— *Catarro* — digo. — Mas logo em seguida, sim, *esposinha*. Mas você queria escolher a mim? Por que você não me contou?

— Eu não queria te prometer nada que não pudesse cumprir — explica. — Contratos já haviam sido assinados. Eles queriam que eu propusesse casamento. Para Sara Claire! Pode imaginar? Eu mal a conheço. A princípio, eu disse sim, porque gosto de você, sim, mas fui ao programa para salvar a LuMac. Eles me prometeram coisas que... bem, coisas que poderiam salvar a empresa do dia para a noite. Apresentar a LuMac em toda a programação e todas as produções. Patrocínio de desfiles. Comerciais no horário nobre. Mas... hã... eu basicamente estraguei isso tudo.

— E agora? — pergunto. — O que acontece com a LuMac?

— O programa nos deu um impulso, disso não há dúvidas — diz ele. — Não é o acordo grandioso que a emissora ofereceu, mas estamos fora da zona de perigo e conseguimos tempo suficiente para descobrir como levar a LuMac adiante. E podemos fazer isso sem nos vender para Hollywood, o que deixou minha mãe feliz.

— Você e Jay são uma potência — elogio.

Ele passa a mão pelo cabelo desgrenhado, precisando de um corte. A calça jeans é surrada e a camiseta branca provavelmente é usada mais por baixo de camisas do que como peça única. Pergunto-me se todos os ternos eram fruto do trabalho de Irina e se este é o Henry real. Jeans puído, camisetas e tênis Converse. Isso é muito mais próximo da versão de Henry que conheci no avião.

— Bom, pensei que a minha oferta de paz era chamativa, mas acho que você me superou.

Ele gesticula para meu bloco de desenho aberto, onde meu design inspirado por ele está totalmente à mostra.

SERÁ QUE É O MEU NÚMERO?

Minhas bochechas coram de vergonha ao pensar nele vendo meu trabalho e o fato de ser tão intensamente inspirado nele. Estendo a mão para trás dele para pegar o protótipo e uma veia no pescoço de Henry salta quando minha cintura roça a lateral de seu braço.

— Isso não é nem uma amostra ainda — explico. — É só algo em que venho mexendo, mas, Henry, eu lhe apresento... O Henry.

Ele pega o sapato na mão, deslizando o polegar pelo material para sentir tanto o lado áspero quanto a maciez da camurça.

— Você se incomoda? — pergunta ele, olhando para os próprios pés. — Eles parecem ser do tamanho certo. E aí eu poderia dizer que experimentei um original da Cindy.

— Eu ficaria honrada — falo, ao pegar o sapato e me ajoelhar. Com cuidado, desfaço os laços do queridinho Converse branco. Olhando para ele com meu sapato na mão, pergunto: — Pronto?

Ele assente ao deslizar o pé para dentro, o calcanhar se encaixando perfeitamente no lugar.

— É o meu número — diz ele, uma melodia na voz.

— Fica perfeito em você. — Tento não parecer tão triste. — Henry?

— Oi.

— Desculpe. Desculpe por não ter ido. Eu... não achei que você fosse me escolher, e não podia arriscar perder — gesticulo para o belo espaço ao nosso redor — tudo isso.

— Não se desculpe — diz ele, decisivo, me puxando para levantar até estarmos à distância de uma respiração. — Sou eu quem peço desculpas. Eu estava tentando salvar a LuMac e usar bem as cartas que tinha quando deveria ter sido franco com você desde o começo. Cindy, sempre foi você. Era você desde o momento em que nos encontramos, ainda no nosso portão no aeroporto.

— Mas... mas então por que você concordou em escolher Sara Claire, para começo de conversa?

Ele chacoalha a cabeça.

— Não pensei que pudesse ser simples assim. Com certeza, eu não tinha acabado de conhecer a garota dos meus sonhos num voo e era isso. Eu só... queria ser o filho que salvou o dia. Mas não posso ser isso para eles. Por algum raciocínio estranho, achei que se eu não pudesse salvar a LuMac para a minha mãe, então eu não merecia você. Mas se vou salvar a LuMac, tem que ser por causa da minha própria visão, não a da minha mãe. — Ele levanta a mão e empurra uma mecha solta de cabelo para trás da minha orelha. — Eu não previ você. Não sabia que alguém como você podia existir. Cindy, estar com você me faz sentir como se eu pudesse respirar tranquilo.

— Tem certeza de que não está apaixonado pela Addison? — pergunto.

Ele bufa e revira os olhos.

— Bom, você não a expulsou quando teve a chance.

— Olha, te juro que a emissora, incluindo a sua madrasta, arrancariam minha cabeça se eu não a mantivesse no programa — explica ele. — Aí a Anna admitiu tudo, e pensei, mas que merda? Vou fazer a vontade deles para deixá-los felizes.

Ele pega minhas mãos na dele e, erguendo os olhos, encontro os dele e me perco em seu olhar profundo.

— Mas a pergunta real é: tem certeza de que pode se envolver romanticamente com sua concorrência? Não vai ser um conflito de interesses? — pergunto.

Ele se inclina na minha direção, mordiscando meu lábio inferior.

— Acho que consigo aguentar a pressão, mas sempre posso conferir com o RH rapidinho. — Ele leva o celular ao ouvido, sem se afastar um centímetro de mim. — Alô? RH? Aqui é o chefe. Tenho uma namorada nova, muito linda, e ela trabalha para uma marca concorrente. Oi, como é? Vocês não ligam? Ah, que bom.

— Estou menos preocupada com o RH do que com a sua mãe — falo.

— Ela e eu tivemos um tempo nas últimas semanas para conversar muito. Ela é sua fã mais do que você imagina — afirma, e abre meus lábios com os dele enquanto seus braços me envolvem. — Você está indo embora mesmo? — pergunta contra minha boca. — Agora mesmo?

Assinto.

— Estou atrasada, na verdade.

— Sou muito bom em perder voos... e em desaparecer. Sou bom nisso também.

— Está a fim de desaparecer esse final de semana e me encontrar na Itália? — pergunto, os lábios roçando os dele enquanto nos beijamos a cada sílaba.

— Meu show de sumiço é famoso por botar o pé na estrada.

— Estarei de volta daqui a duas semanas — falo. — Mas acho que teremos que ver se você passa pela primeira eliminação.

— A concorrência não tem chance alguma — brinca, ao me puxar contra si.

— Ah, e estou me mudando para o Brooklyn.

— Bem, então é isso — diz ele, com um sorriso brincalhão. — Terminou tudo entre nós.

Ainda não sei se acredito em destino e se tudo acontece por um motivo, mas sei que o melhor que posso fazer é encontrar um propósito em tudo, assim como alegria, como minha mãe escreveu tantos anos atrás. Seja vivendo tão plenamente quanto posso para honrar meus pais, seja apenas sendo grata pelos amigos e conexões que encontrei num programa besta de reality. Qualquer coisa pode ter um propósito. Qualquer coisa pode ter significado, se você escolher dar um significado a ela.

Sorrio colada nos lábios dele.

— Henry?

— *Ma petite fraise?*

— O que tem na caixa de sapatos?

— Sapatos, claro. Um par de sapatos muito memoráveis.

— E eles são mesmo para mim?

— Se for o seu número... princesa — murmura ele.

AGRADECIMENTOS

Ainda estou me beliscando pelo fato de poder escrever este livro. Quando era pequena, eu passava muito tempo obcecada com as princesas da Disney, mas especialmente com a Cinderela. Os sapatinhos, o vestido, a carruagem, a música, a fada madrinha. Era tudo tão mágico! Ter a oportunidade de reimaginar esse conto emblemático com um toque moderno e uma heroína plus size como Cindy (cujo tamanho está muito mais próximo da mulher estadunidense média do que da Cinderela original) e lidando com o luto enquanto encontra seu propósito e até se apaixona foi um sonho realizado para mim. Exatamente como diz o original: "Um sonho é um desejo que o seu coração faz", e esse sonho não teria virado realidade sem algumas pessoas verdadeiramente incríveis.

Muito obrigada às minhas editoras, Jocelyn Davies e Brittany Rubiano. Jocelyn, muito obrigada por ter fé na minha visão para esse conto de fadas moderno e por me conceder sua infinita sabedoria sobre o programa *The Bachelor*. Graças a você, passei de espectadora casual para uma cidadã participante da Nação Bachelor. Brittany, sou muito grata por sua bondade e paciência, especialmente enquanto eu tentava decifrar como raios escrever um livro durante uma pandemia global. (Muito pão caseiro, Zoom e temporadas antigas de *The Bachelor*.)

Ao meu agente, John Cusick, obrigada por sempre ser meu parceiro no crime e por usar qualquer chapéu que eu precise que use, em qualquer dia. (Embora eu não devesse me surpreender. Você tem um estilo excelente.)

Toda a equipe da Disney foi muito calorosa e receptiva. Seu entusiasmo por mim e por este livro foi imensurável. Obrigada especialmente a Tonya Agurto, Kieran Viola, Jenifer Levesque, Cassidy Leyendecker, Seale Ballenger, Lyssa Hurvitz, Dina Sherman, Elke Villa, Holly Nagel, Tim Retzlaff, Danielle DiMartino, Monique Diman e o resto da equipe de vendas, Sara Liebling, Guy Cunningham, Jody Corbett, Jacqueline Hornberger, David Jaffe, Dan Kaufman e Ariela Rudy Zaltzman.

Estou apaixonada pela capa deste livro e quanta atenção foi prestada ao dar vida a Cindy e a Henry. Obrigada a Marci Senders por sua visão e a Stephanie Singleton por sua arte.

Escrevi este livro em 2020, e ninguém poderia ter me preparado para o ano que teríamos. Meus amigos e familiares são uma grande rede de apoio para mim, e todos tivemos que encontrar modos criativos de estarmos disponíveis um para o outro. Apesar de termos passado parte do ano separados, sinto-me mais próxima e mais apoiada por vocês do que nunca. Obrigada a Bethany Hagen, Natalie C. Parker, Tessa Gratton, Ashely Meredith, Ashley Lindemann, Luke e Lauren Brewer e Kristin Treviño.

Mãe e pai, muito obrigada por terem comprado para mim os VHS com as animações que foram uma parte tão importante da minha infância. Nunca me esquecerei da magia de assistir a *Cinderela* pela primeira vez na casa da babá sentada no chão, perto demais da televisão. Obrigada por sempre me deixarem acreditar que eu podia ser a princesa e a heroína.

Obrigada à minha família estendida — Bob, Liz, Emma, Roger, Vivienne e Aurelia. Escrevi este livro por muitas razões, e uma delas definitivamente foi para que minhas sobrinhas tivessem o direito de se gabar, então desfrutem, meninas! Titia Julie ama vocês.

Dexter, meu cachorro e meu bom garoto, e Rufus e Opie, meus gatinhos travessos, amo muito vocês três.

Ian, obrigada por sempre ser minha maior inspiração. Se eu tinha que ficar em quarentena com alguém, fico feliz por ter sido com você.